Alexander Kronenheim

Unter der Macht Roms

- Eine neue Hoffnung -

*Bibliografische Information der Deutschen Nationalbibliothek:
Die Deutsche Nationalbibliothek verzeichnet diese Publikation in der
Deutschen Nationalbibliografie; detaillierte bibliografische Daten
sind im Internet über http://dnb.dnb.de abrufbar.*

© *2016* **Alexander Kronenheim** *; 1. Auflage*

Cover und Text: © *2016 Alexander Kronenheim*

Herstellung und Verlag: BoD – Books on Demand, Norderstedt

ISBN: 9783741237423

Inhaltsangabe   **Seite**

1. Kapitel 7
2. Kapitel 30
3. Kapitel 45
4. Kapitel 58
5. Kapitel 63
6. Kapitel 84
7. Kapitel 98
8. Kapitel 111
9. Kapitel 132
10. Kapitel 150
11. Kapitel 166
12. Kapitel 182
13. Kapitel 200
14. Kapitel 208
15. Kapitel 219
16. Kapitel 233
17. Kapitel 248
18. Kapitel 259
19. Kapitel 269
20. Kapitel 286

1. Kapitel

Es war nicht zum Durchkommen!

In allen Straßen und Gassen, die sich eng und verwinkelt zum Forum Romanum hinzogen, wogte eine dichtgedrängte, bunte Menge von Männern, Weibern und Kindern, meist in festlich gefalteten, weißen Trauertogen, aber stark untermischt mit Afrikanern, blond- oder rothaarigen Germanen, kahlköpfigen Ägyptern, tätowierten Wilden aus Britannien, wachsfarbigen Asiaten; Kopf an Kopf schoben sich die Massen laut schreiend und gestikulierend hin und her, teils zu Fuß oder in Sänften, die von Sklaven getragen wurden, teils auf Elefanten, die von einem auf dem Hals sitzenden Sklaven mit einem spitzen Stecken gelenkt wurden, oder zu Pferd. Priesterzüge mit ihren Götterbildern auf Tragbahren, hohe Beamte, die trotz ihrer Liktoren, die ihnen vorangehend, Platz zu machen suchten, nur langsam vorwärts kommen konnten und vornehme Römer mit ihrem zahlreichen Gefolge von Klienten, versuchten sich Bahn zu brechen und zum Palatin durchzudringen, um sich dort dem Konsekrations-Zug[1] anzuschließen. — Das Forum glich einem Versammlungsort der ganzen bekannten Welt.

---

[1] Konsekration (von lateinisch consecrare: weihen, heiligen) ist die Übertragung einer Person in den sakralen Bereich.

An der Mündung eines hügeligen, schmalen Gässchens in die Via Sacra[2], wo sich in gewöhnlichen Tagen eine Garküche befand, in der nach römischer Mode auf offener Straße gebacken, gekocht und verkauft wurde, hatte sich eine Anzahl Handwerker um einen hässlichen, verwachsenen, kleinen Knirps gruppiert, der auf einer etwa fußhohen Untermauerung stand, die sonst zur Aufnahme eines Kessels mit siedendem Öl diente, in welchem die mannigfachen plebejischen Leckerbissen gesotten wurden.

„Liebster Cornelius, tu' mir den Gefallen und schiebe den dicken Barbier auf die Seite; der Mensch hat einen Kopf wie ein Kürbis; ich kann nicht das Geringste sehen!"

„Ei, du kleines buckliges Scheusal," ereiferte sich der Barbier, „warum wächst du nicht wie alle anderen anständigen Leute gerade in die Höhe? Ist es überhaupt erlaubt, mit einem solchen unförmlichen Buckel, solchen schiefen Knien und hängenden Schlappohren die Welt zu verunstalten und den Platz zu versperren? Was geht dich mein Kopf an?"

„Er muss herunter; geh, lieber Cornelius, nimm ihn herunter."

„Der Zug kommt, der Zug kommt!" erscholl es plötzlich von allen Seiten.

---

[2] Via Sacra (heilige Straße) war der Hauptweg des Forum Romanum. Sie führte vom Kapitol zum Kolosseum.

„Siehst du den Zug, Vatinius?"

„Nein," sagte der Bucklige wieder, „es ist noch nichts zu sehen."

„Nun so wünschte ich, der neue Gott möchte sich ein wenig beeilen; wir stehen nun schon so lange Stunden hier."

„Glaubst du, Cornelius, dass das so rasch geht? Man kann doch einen neuen Gott nicht so ohne weiteres im Backofen backen!"

„Ich glaube, wenn es nach dem guten Kaiser Claudius gegangen wäre, so hätten wir uns noch lange mit den alten Göttern behelfen müssen. Es war gewiss nicht sein Wille, so rasch und plötzlich zum Gott zu werden."

„Eh" — machte der kleine Vatinius, indem er in höchst drolliger Weise die Kopfhaut in die Stirn hereinzog — „man munkelt allerlei."

Die Umstehenden, die zuerst über die komische Bewegung der Gesichtsmuskeln des Zwerges gelacht hatten, spitzten nun die Ohren und fragten kreuz und quer. Vatinius fuhr mit einer gewissen Lebendigkeit und Aufgeräumtheit fort, als ob es ihm besonderes Vergnügen bereiten würde, seine giftigen Kommentare über die Sache auszulassen:

„Ei, was wollt ihr denn? Ihr seid ja alle Klötze; ihr habt einen neuen Gott und werdet nun wissen, wem ihr eure

Böcke, eure Lämmer, eure Ochsen opfern müsst, wenn ihr euch mit den Mächtigen in Rom gutstellen wollt. Was kümmert es euch denn, woher der Gott kommt und wie er gemacht wird? Wir haben da eine Schüssel voll appetitlicher, delikater Schwämme, wie sie der Kaiser gern aß. Hätte er sie nicht gern gegessen, so hätten wir heute vielleicht noch keinen neuen Gott, er aß sie aber gern und starb daran. Ob nun die Schwämme von Natur giftig waren, oder erst vergiftet wurden, ob das Rezept von dem kaiserlichen Leibkoch Xenophon, oder von der Kaiserin Agrippina, oder von der alten Locusta[3] stammte, das ist bei der Sache durchaus gleichgültig. Wir haben unseren neuen Gott und damit Punktum!"

Weniger in den Worten, als in der Art und Weise, wie sie Vatinius vortrug, lag seine Wirkung. Der große Kopf mit den groben, rohen Zügen, die zu der stutzerhaften Kleidung gar nicht passen wollten, das bewegliche, groteske Mienenspiel mit den großen funkelnden Glotzaugen, die einen eifrigen erbosten Ausdruck hatten und vor allem ein sonderbares Wackeln mit den Ohren sicherten ihm bei der rohsinnlichen Zuhörerschaft einen unbedingten Beifall. Vatinius war seines Zeichens ein Gesichterschneider und verdiente sich unter der Gauklerbande, die sich Jahr aus Jahr ein am Circus Maximus herumtrieb, ein schönes Geld. Solche zweifelhafte Künste wurden in Rom vorzüglich bezahlt. Heute gab er eine Gratisvorstellung, denn er wollte sich bei seiner Umgebung beliebt machen. Er war ehrgeizig

---

[3] Locusta = römische Giftmischerin

und hatte große Pläne im Kopf. Ein Mann von den Talenten und Künsten des Vatinius brauchte in Alt-Rom vor nichts zurückzuschrecken und wenn er auch aus einer elenden Schusterbude in Benevent[4] stammte, aus der er aus Furcht vor Schlägen entlaufen war.

Zwei Reiter hatten sich aus der Gasse herausgearbeitet und hielten nun, ziemlich ratlos den eingekeilten Volkshaufen übersehend, in der Nähe der Gruppe still, die der Weisheit und den Grimassen des Vatinius lauschte. Sie waren beide mit der Senatorentoga, der Toga Praetexta[5] bekleidet und machten einen sehr vornehmen Eindruck.

„Wir kommen hier nicht durch," sagte der Jüngere von beiden; „vielleicht ist es besser, wir umreiten das Forum auf dieser Seite und nähern uns dem Palatin vom Kapitol aus."

Der Ältere übersah den Weg, der auf diese Weise beschrieben wurde und bemerkte, dass das Gedränge überall das Gleiche war.

„Die Zeit drängt. Wir müssen hier hindurch."

---

[4] Benevent ist die Hauptstadt der italienischen Provinz Benevento in der Region Kampanien

[5] Die höheren Magistrate (z.B. Prätoren, Konsuln) und manche Priester trugen eine mit einem etwa 75 Millimeter breiten Purpurstreifen eingefasste Toga (toga praetexta), ebenso die Knaben bis zur Volljährigkeit.

sagte er dann und lenkte sein Pferd mitten in die Volksmassen hinein. Aber die römische Plebs[6] war solche Rücksichtslosigkeiten nicht gewöhnt und duldete sie vor allen Dingen nicht von ihren Beamten. Man schlug mit Fäusten nach dem Tier, das sich in Folge dessen hoch aufbäumte und seinen Reiter abzuwerfen drohte. Der Jüngere sprengte vor seinem Begleiter in die Volkshaufen und rief laut:

„Platz, Platz, macht Platz für den edlen Seneca[7]."

Der Name war dem Volk wohl bekannt; jedermann wusste, dass Seneca[8] als ehemaliger Lehrer des neuen Kaisers und als sein jetziger Berater einen Einfluss ausüben konnte, der schon manchem verhängnisvoll geworden war und noch werden konnte. Die Nächststehenden versuchten auch, den Reitern bereitwillig Platz zu machen, aber es nützte nichts; die Massen standen zu kompakt und hatten auch gar keinen guten Willen sich irgendwie zu inkommodieren.

---

[6] Plebs: Die Plebejer (lat. plebs „Menge, Volk") waren in der römischen Republik das einfache Volk.

[7] Seneca war ein Stoiker. Unter den Philosophenschulen waren es vornehmlich die Stoiker, die in Rom dieser Zeit zur Geltung kamen.

[8] Lucius Annaeus Seneca stammte ursprünglich aus Spanien (aus Cordoba). Seine Mutter Elia war eine Spanierin; sein Vater Marcus Annaeus Seneca ein Römer. Seneca war sehr früh nach Rom gekommen und genoss eine römische Bildung.

„Was will der alte Seneca beim toten Kaiser? Er soll zum neuen Kaiser gehen." scholl es aus der Menge heraus und Vatinius rief bissig:

„Er soll dem neuen Kaiser lehren, wie man Schwämme isst!" Wüstes Gelächter und lauter Tumult folgte dieser Bemerkung; von einem Weiterkommen war für die beiden Reiter nicht mehr die Rede. Indessen war ihnen das Glück doch noch günstig; nach Verlauf von einigen Minuten erschienen hinter ihnen in der etwas gebogenen Gasse reitende Prätorianer, als Anführer einer ganzen Kohorte, die als Palastwache zum Palast zogen.

„Es wird Burrus sein," sagte Seneca zu seinem Begleiter; „er wird uns inmitten seiner Soldaten aufnehmen und wir kommen so rasch und pünktlich zum Palatin."

Die Prätorianer, meist stämmige Gallier und Germanen, hünenhafte Gestalten von wildem und trotzigem Aussehen, machten schon weniger Federlesens mit der Plebs. Sie drangen rasch vorwärts und halfen mit ihren kräftigen Ellenbogen und den fast meterlangen, eisenbeschlagenen Schildern energisch nach, wenn ihnen der Platz mangelte; das laute Schimpfen der bei Seite gedrängten, der Gequetschten und Verwundeten war ihnen gleichgültig; sie hatten nicht nötig sich um die Volksgunst in Rom zu bekümmern und blickten nicht zurück, wenn unter ihren Schlägen und Stößen Flüche und Geschrei laut wurde. Sie waren eine Macht für sich, von der man nie recht wusste, ob sie dem Kaiser diente oder der Kaiser ihr. Jedenfalls trieben sie mit der

Kaiserwürde einen einträglichen Handel; wenn man auch noch nicht behaupten konnte, dass sie die Kaiserwürde verauktionierten, an den Meistbietenden losschlugen, so wusste man doch, dass kein Kaiser auf den Thron kam, der nicht zuvor den Prätorianern ihre Hilfe abgekauft hatte und auch Kaiser Nero hatte für seine Würde derbe Sümmchen abgeben müssen.

Afranius Burrus, der Anführer dieser Kohorte, und Seneca begrüßten sich wie alte Bekannte und ritten dann weiter auf den Palatin zu. — Wo früher nicht Platz für zwei Reiter war, gab es jetzt plötzlich Raum für hundert; das Volk vergaß den Prätorianern gegenüber seine souveränen Rechte und seine schlechten Späße und drückte sich zu Gunsten seiner heilen Glieder rechts und links zusammen, um den Zug passieren zu lassen.

„Warum bist du nicht im Palast, ehrwürdiger Seneca?"

„Ich komme soeben aus Kampanien."

Der Prätorianer hob sich ein wenig im Sattel und sah den Senator fragend an.

„Du weißt, Burrus," fuhr Seneca erläuternd fort, „ich bin kein Freund von Katastrophen; ich bin ja kein Prätorianer; auch nützen sie mir nichts. Mir können sie nur Schaden bringen oder doch Gefahr; jedenfalls bin ich umso sicherer, je weiter ich davon entfernt bin."

So groß und vierschrötig Burrus war, so unbeholfen und langsam war er in geistiger Beziehung, ganz das

Gegenteil zu dem scharf und klar denkenden, geistig in so bedeutender Weise bevorzugten Seneca.

„Hast du denn kommen sehen, was geschehen ist?" fragte er noch immer erstaunt und verwundert.

Seneca zuckte die Achseln und schwieg.

„Ich glaube," fuhr Burrus fort, „Kaiser Claudius wäre heute noch am Leben und würde sich mit uns freuen, wenn er Senator geblieben wäre."

„Ihr habt ihn ja selbst zum Kaiser gemacht."

„Pah — es war kein anderer da. Er war so wenig Mann, dass wir einen besseren Kaiser gar nicht finden konnten. Übrigens war der Vorgang lächerlich genug; ich erinnere mich noch genau auf diesen Morgen; Caligula lag noch blutend und warm auf den Stufen, die zu seinem Speisesaal führten, wo ihn die Soldaten gefunden und ermordet hatten, als Perennus zum Palast hinauseilen wollte, um das Volk zurückzudrängen; die Verwirrung war ja entsetzlich! Da stößt er in der Hast mit seinem Schild an einen zur Seite gerollten Türvorhang, aus dem er zu seiner Überraschung ein klägliches Wimmern hört. Verwundert wickelt Perennus den Fetzen auseinander und packt den Senator Claudius aus. ‚Wer bist Du?' fährt ihn der Soldat, der noch das blutige Schwert in der Hand hielt, an, und Claudius wimmert ihm Beschwörungen bei allen Göttern entgegen, man soll sein armes Leben schonen, er sei der Senator Claudius, er trage an nichts Schuld und wäre ja nur der Onkel des Caligula. Nun weiß ich wahrhaftig nicht, was sich Perennus in diesem Augenblick gedacht hat, er muss wohl berauscht gewesen sein; kurzum, er nimmt den Senator bei den Beinen, lädt, ihn auf die Schultern und schreit wie besessen durch den Palast: ‚Es lebe der Kaiser, es lebe der Kaiser'. Wir standen dabei und wussten zunächst nicht, was wir von der Faxerei denken sollten; als aber Perennus nicht wieder aufhörte zu toben und zu schreien, so schrien wir schließlich alle mit: es lebe der Kaiser, es lebe Kaiser Claudius! So wurde der Senator Claudius Kaiser des römischen Reiches."

„Zu seinem Schaden."

„Das war seine eigene Schuld; warum duldete er eine Agrippina, selbst eine Messalina neben sich? Wer Kaiser von Rom ist, muss doch wenigstens den Weibern Stand halten können!"

Burrus sprach lebhaft und aufgeregt, weshalb ihm Seneca einen warnenden Blick zuwarf; Burrus zuckte aber verächtlich mit den Achseln und fuhr fort:

„Würdiger Seneca, du bist ein ewiger Leisetreter. Dir würde ein schlängelnder, kriechender Gang ziemen, der ja auch schon seine goldenen Früchte für dich getragen hat. Aber was nützen dir alle deine Reichtümer und Güter in den Albaner und Sabiner Bergen, in Kampanien und Apulien, wenn du stets für sie und für dich zu zittern hast? Jedem elenden Bettler- und Lumpenhaufen gegenüber liegst du auf dem Bauch und machst süße

Mienen, sobald sich das Gesindel nur ‚Römer' nennt; was soll denn nun schließlich aus solcher Seifentreterei werden? Du bist und bleibst doch nur ein Knecht der Volksgunst, ein Objekt ungemessener Herrscherwillkür. Dein Reichtum selbst wird dir zur Falle werden, wenn du nur erst reich genug bist, damit sich der Fischzug lohnt. Da stehe ich doch auf ganz anderen, solideren Füssen! Ich kenne meine Prätorianer und Rom kennt mich. Der Kaiser weiß, um welchen Preis man mit uns anbindet. Soll ich mich um einen Pöbelhaufen scheren?"

Burrus hielt inne und sah seinen Begleiter mit einem stolzen herausfordernden Blick an; er war machtbewusst und prahlte gern. Seneca warf ihm einen flüchtigen kühlen Blick zu und sagte nach einer Weile langsam:

„So habe ich schon viele reden hören, die jetzt nichts mehr sagen; denk an Silanus, an Valerius Asiaticus, oder an Scribonianus — ich könnte dir eine ganze Reihe von Namen aufzählen. Alle fühlten sie sich so sehr auf ‚soliden Füssen' wie du sagst, dass sie umfielen, selbst der ‚herrliche Paetus' musste mitsamt seiner armen Arria mit abgeschnittener Gurgel zum Hades hinab."

„Und warum?" fiel Burrus hitzig ein, „weil sie allesamt und insbesondere zu schwach waren, einer Messalina Stand zu halten. So viel edles Römerblut um eine Megäre[9]!"

---

[9] Megäre - eine böse, wütende Frau (nach einer der drei Erinnyen aus der griechischen Mythologie)

„Nun vor dieser braucht niemand mehr Angst zu haben, sie hat ihren Lohn; aber" der Senator stockte; er trieb sein Pferd hart an das des Burrus heran, der ihn begierig ansah. Dann fuhr er etwas leiser fort:

„Es gilt jetzt auch einer Frau die Spitze zu bieten; Burrus, gib wohl Acht! Wenn eine Frau Tochter, Gemahlin und Mutter eines Kaisers war, so kannst du schon glauben, dass das Regieren zur Gewohnheit wurde; manche finden das Regieren zu schön und können es nicht entbehren. Zu diesen gehört Agrippina; die Tochter hat es ersehnt, die Gemahlin hat es probiert, die Mutter wird es ausüben; Claudius konnte uns vor der Schmach eines Weiberregiments nicht retten — er konnte ja nicht einmal sich selbst retten — wird es der junge Nero können? Wird er es einer Agrippina gegenüber können?"

„Wer weiß, ob du das richtig siehst; die Kaiserin, die mit uns verhandelte noch ehe der Tod des Kaisers in Rom bekannt wurde — er war schon sieben Tage tot, ehe es jemand erfuhr — brachte uns ihren Sohn, den jetzigen Kaiser; natürlich dachte man zunächst an den echten Sohn des Claudius, an den jungen Britannicus. Aber dieser hat bekanntlich nicht das Glück, der Sohn der Agrippina zu sein und da sie für ihren Sohn Nero, der ja schließlich doch noch etwas älter war und auch von Claudius adoptiert worden ist, reichlich und nobel bezahlte, für Britannicus aber nichts tun wollte, so schob man den echten Sohn bei Seite. Dabei nun machte die Kaiserin den Prätorianern die bundvollsten Zusicherungen und Versprechungen und speziell mir hat sie gesagt, dass in meiner Machtsphäre durchaus nichts geändert werden sollte."

Rasch und erschreckt sah ihn Seneca an.

„Das hat dir die Kaiserin gesagt?"

„Warum soll sie es denn nicht gesagt haben? Die Sache war, wie ich dir sagte". Nach einer nachdenklichen Pause sagte der Senator wieder leiser und geheimnisvoll:

„Burrus, du bist zu mir immer offen und ehrlich gewesen, du sollst dich über geringere Offenheit meinerseits nicht zu beklagen haben; höre mir also gut zu! Ich hoffe es wird uns hier niemand belauschen, der Straßenlärm verschlingt ja ohnehin alles. Es ist etwa sechs Wochen her, als ich bei Kaiser Claudius zur Tafel war; du weißt, er liebte mich und lud mich oft zur Tafel ein damit er mit mir beratschlagen konnte. Die Kaiserin lag neben ihm; ich sah, wie sie glücklich war, wenn sie ihm einen Wunsch an den Augen ablesen konnte, wenn sie ihm eine Lieblingsspeise, eine bevorzugte Schüssel zureichen konnte; sie war heiter, gesprächig, liebenswürdig, die Zufriedenheit des Kaisers schien ihr ganzes Streben, ihr ganzes Glück zu sein. Sie war die aufmerksamste Zuvorkommenheit selbst und auch der junge Britannicus erfreute sich in ungewöhnlicher Weise ihrer Liebkosungen. Sittsam zog sie sich zurück, als der Kaiser — wie er es oft tat — nach Tisch die Possenspieler befahl. Auch mir gefielen an diesem Tag die platten Scherze des Maccus und Pappus, des Bucco und Dossenus[10] nicht besonders und ich folgte bald nach. Ich ging durch das Peristyle[11] und stieg die Stufen hinab zu dem Palast des Tiberius, der ja jetzt zum Teil verödet steht. An der äußeren Säulenhalle langsam und schweigend hingehend, stand ich bald vor dem Atrium[12], aus dem ich zu meiner Überraschung ein flüsterndes Stimmengeräusch hörte. Indessen bemerkte man mich trotz der Dunkelheit sofort und ich sah nur noch, wie die Kaiserin im Inneren des Hauses verschwand, während eine Frau, die direkt aus dem Hades zu kommen schien, den Palast verließ. Diese Frau war.."

Seneca beugte sich ganz nahe zu Burrus hin und flüsterte ihm den Namen „Locusta!" ins Ohr. Burrus erschrak; er fasste den Zügel seines Pferdes strammer und sah zweifelnd, argwöhnisch, finster und mit geduschten Brauen zu dem Sprecher hin.

---

[10] Marcus (Harlekin), Pappus (Sündenbock im Spiel, guter Alter), Bucco (Vielfrass), Dossenus (buckliger Schlaukopf, auch Wahrsager, Gauner) waren stehende Typen in der altrömischen Posse und sind mit geringen Abänderungen auch heute noch Figuren des unteritalienischen Volkstheaters.

[11] Das Peristyl ist in der antiken Architektur ein rechteckiger Hof, der auf allen Seiten von durchgehenden Säulenhallen (Kolonnaden) umgeben ist.

[12] Das Atrium ist ein rechteckiger Innenraum in der Mitte des Hauses, von dem aus die umliegenden Räume zugänglich sind. Es diente als Aufenthaltsraum für die Familie. Licht erhielt das Atrium über eine Öffnung im Dach.

„Zwei Tage später, Burrus, war ich in Puteoli, von wo ich heute zurückkomme. Von dieser Stunde ab wusste ich, was kam. Den Rest kennst du, du weißt nun auch, was du von der Liebenswürdigkeit der Kaiserin zu halten hast, du weißt auch, wem du gegenüber stehst. Burrus, ich meine es gut, sieh dich vor!"

Seneca sprach absichtlich mit starkem Ausdruck und eindringlicher Betonung. Ein feiner, kaltblütiger Beobachter hätte wohl sehen können, dass ihm sehr viel daran lag, bei Burrus eine ganz bestimmte Wirkung hervorzubringen. Ein solcher Beobachter war aber Burrus nicht, er sah nur die freundlichen, besorgten Mienen Senecas und dankte ihm herzlich für seine Enthüllungen.

„Ich bin nicht Paetus, Seneca, hörst du? Und auch nicht Scribonianus; ich bin Burrus, der Prätorianer, ich stoße zu!" sagte Burrus; die ganze gewaltige Gestalt hob sich vor dem feinen, diplomatischen Seneca drohend im Sattel empor. Seneca nickte befriedigt.

Sie waren jetzt glücklich bis in die Nähe des Konkordiatempels gekommen, dem gewöhnlichen Versammlungsort des Senates, als man plötzlich vom Palatin herüber laut dröhnende Tubastöße, denen sich auch bald schmetternde Hornmusik und Paukenschläge anschlossen, vernahm.

„Der Zug hat sich bereits in Bewegung gesetzt, du kommst zu spät," sagte Burrus.

„Dann werde ich ihn hier erwarten. Lass uns so lange in den Tempel der Concordia gehen," antwortete Seneca. Die beiden Senatoren verabschiedeten sich von dem Prätorianer und Seneca hatte einen eigentümlichen Gesichtsausdruck, als er die hünenhafte, breitschulterige Gestalt des Burrus davonreiten sah. Er schien wie erleichtert und atmete in der Tat tief auf, wie von einer Bergeslast befreit. Auf seiner Reise von Kampanien nach Rom hatten oft tiefe Falten seine Stirn durchfurcht. Er hatte sich die Umstände vergegenwärtigt, unter denen er jetzt bei Hof aufzutreten hatte. Zwei Möglichkeiten boten sich: Entweder man suchte seinen Einfluss auf den neuen Cäsar, dann war alles gut. Oder man fürchtete ihn teils wegen seines Einflusses, teils wegen seiner Mitwissenschaft; dann war alles verloren. Er kannte seinen Feind; er war ebenso mächtig, wie rücksichtslos und grausam. An einen Widerstand gegen die Kaiserin war für Seneca nicht zu denken und deshalb hatte er erleichtert aufgeatmet, als er glaubte in Burrus einen Sturmbock gegen sie gefunden zu haben. Er war der Konsekration des neuen Gottes wegen nach Rom gekommen; er durfte dabei nicht fehlen, das ging gar nicht. Man hätte ihn verdächtigt. Gleichzeitig wollte Seneca aber auch sehen, wie die Strömung bei Hof für ihn war. War sie gut, konnte er bleiben, war sie schlecht, so wollte er sofort wieder von Rom abreisen, um sich in Samnium oder Apulien in ländlicher Einöde zu verbergen, bis alle Gefahr vorüber war; denn Kampanien, wo auch die Kaiserin mehrere Villen hatte, schien ihm in diesen Fall nicht sicher. Der Lucriner See hatte schon so manches Opfer gesehen. —

Die Spitzen des Konsekrations-Zuges stiegen jetzt herab und berührten von der Velia kommend, schon das Atrium der Vesta. Sie zogen zwischen diesem und der Rostra Julia hindurch und betraten hier die Südostspitze des Forums. Jetzt konnte man auch schon die Rohrpfeifen, Flöten, Becken und sogar die Kastagnetten der verschiedenen Zuggruppen unterscheiden und der ganze weite Platz des Forum Romanum kam in eine unbeschreibliche Aufregung. Laute, tumultartige Zurufe, teils beifälliger, teils abfälliger, höhnischer oder spöttischer Art schallten aus dem Publikum, so dass die Konsekration des Kaisers, — weit entfernt einen würdigen, heiligen Eindruck zu machen — mehr einem Schauspiel, einer Volksbelustigung glich. Schon die Aufstellung der Wachspuppe auf dem Palatin, die den Kaiser Claudius darstellen sollte — die Leiche des Kaisers Claudius war längst und mit allem Pomp öffentlich bestattet worden —, wurde als eine leere Zeremonie angesehen, über die der entfaltete Pomp, die Purpurteppiche, die goldgestickten kostbaren Gewänder, die Elfenbeinbahre u.s.w. nicht hinwegtäuschen konnten. Noch mehr machte nun der großartige Paradezug vom Palatin zum Marsfeld, wo die Konsekration vor sich ging, den Eindruck eines Volksschauspiels. Der Zug wurde von den Prätorianern eröffnet, die in ihren wuchtigen, schweren und glänzenden Rüstungen den ungezügelten, übermütigen Volk noch am meisten imponierten. Hinter diesen erschienen die Tuba- und Hörnerbläser, deren unisone, ernste und markige Musik schaurig und traurig die engen Gassen und weiten Plätze durchhallte und an den vier- und fünfstöckigen, hohen Gebäuden klagende Echos erweckte. An diese schloss sich der hoch und prächtig aufgebaute Wagen, auf dem im offenen Paradebett die Wachspuppe lag, die den Kaiser vorstellte. Lange, kostbar gestickte Teppiche wallten in schönen Falten von dem Prachtbett herab, das mit kriegerischen Ehrenzeichen, Waffen und Siegeskränzen behangen war. Umgeben war der Wagen mit Scharen von Sängern, Flötenspielern und Tänzern, die teils Loblieder — Nänien — auf den Verstorbenen sangen, teils durch eigenartige rhythmische Tanzbewegungen die Eigenheiten des Verstorbenen darstellten. Dann erschienen aus dem Stand der Ritter ausgewählte Ehrengeleite, die in festlichen und kostbaren Paradegewändern, beritten und in der Anzahl von etwa tausend den Zug umgaben. Nun kamen diejenigen Zuggruppen, die die Aufmerksamkeit des Volkes am meisten fesselten. In prächtig geschmückten zweirädrigen Wagen, die langsam und sicher von besonderen Rosslenkern geführt wurden, erschienen die meist von Schauspielern dargestellten verstorbenen Verwandten des toten Kaisers. Von edlen apulischen oder auch cappadocischen Pferden, die in Silber und Perlen, Federschmuck und reiche Decken geschirrt waren, gezogen, nahten sich in wohlgelungenen Masken, prächtigen Kostümen und oft mit bedeutungsvollen Attributen die Gestalten eines Julius Cäsar, Augustus, Tiberius und andere Helden aus der römischen

Geschichte bis hinauf zu Romulus. Das Volk jubelte! Es war alles so prächtig, so realistisch durchgeführt so voller Farbe und Leben, so voller Beweglichkeit, Feuer und Glanz, dass immer neue, kräftige Beifallssalven über das alte Forum hinwegtönten. Es war ein lebendiger Anschauungsunterricht in der römischen Geschichte, was sich da vor dem Volk im strahlenden Sonnenglanz des italienischen Himmels abspielte. Am meisten wurde der Tiberius des beim Volk sehr beliebten Schauspielers Roscius angejubelt. Viele im Volk hatten Tiberius noch persönlich gekannt und bewunderten die Treue und die malerische Schönheit in Kostüm und Maske des Roscius. Stolz und imponierend setzte der Schauspieler den Fuß auf die Leiche des verräterischen Sejanus und hielt in der Hand den elfenbeinernen, mit einem goldenen Adler gekrönten Imperatorstab. Es wurde als selbstverständlich angesehen, dass die Leiche des Sejanus von einer wirklichen Leiche dargestellt wurde. Stundenlang dauerte der Zug und das Volk war von unverwüstlicher, ausdauernder Schaulust. Auf die kaiserlichen Verwandten folgten endlose Priesterzüge in ihren mannigfachen Amtstrachten und mit den entsprechenden Götterbildern; voran die fünfzehn Pontifices nebst den Vestalinnen mit der Vesta und dem Saturnus, dann die Opferpriester (flamines[13]) in der Toga praetexta und mit

---

[13] Die Flamines durften nie ohne diese Mütze sein. Fiel sie etwa in der Öffentlichkeit oder gar bei einer Amtshandlung vom Kopf, so gingen sie ihrer Ämter verlustig. Sie durften keine Fesseln sehen. Selbst ihre Ringe waren gebrochen.

dem Albogalerus — einer runden mit einem Ölzweig geschmückten Mütze — bedeckt, im Gürtel das kurze breite Opfermesser, in der Hand eine Rute, mit der sie sich vor unreiner Berührung schützten. Viele im Volk fielen vor ihnen nieder, andere pfiffen und johlten wüst um sie her. An sie schlossen sich die fünfzehn Viri Sacri Faciundis[14] und eine endlose Schar von Auguren, Fetiales, Haruspices[15], schließlich auch die Salier, die Priester des Mars in glänzenden Rüstungen und mit den bekannten heiligen Schildern. — Längst hatten die Spitzen des Zuges schon das Marsfeld erreicht und noch immer stiegen neue feierliche Züge vom Palatin herab. Nach den Priestern kam der Senat, die kaiserlichen Klienten und eine Unmasse Palastbeamte, Freie, Freigelassene und Sklaven aus aller Herren Länder, in allen möglichen Trachten und von den verschiedensten Hautfarben — alles wälzte sich in endlosen Wogen hinter dem imposanten, gewaltigen Konsekrationszug her.

Auf dem Marsfeld wurde er vom kaiserlichen Hof empfangen. Der junge, kaum den Jünglingsjahren entwachsene Kaiser Nero, der intime Rat des Kaisers, bevorzugte Edle und Unedle, die Konsuln, hervorragende Senatoren, der Stiefbruder des Kaisers, Britannicus, seine Mutter Agrippina samt ihrem Gefolge von Männern

---

Betrat ein Gefesselter ihr Haus, so war er sofort frei. Die Fesseln wurden durch das Impluvium auf das Dach geworfen.

[14] Viri Sacri Faciundis : die Wächter der sibyllinischen Bücher im Jupitertempel auf dem Kapitol

[15] Haruspices: Wahrsager, Zeichendeuter

und Frauen, harrten auf einer Tribüne, die rechts vom Konsekrationsgebäude errichtet war. Das letztere selbst war ein mit einem Steinunterbau versehenes, dreistöckiges Holzgebäude. Das erste Stockwerk war mit elfenbeinernen Standbildern verziert und mit schweren seidenen und wollenen Teppichen behängen. Im Innern war es vollständig mit Räucherwerk, aus Rosen, Krokus, Myrten, Zypressen und Nardenöl aus Indien angefüllt. Das zweite Stockwerk war leer und nur von sechs Holzpfählen, die mit kostbaren Stoffen verhangen waren, gebildet. Die spitz zulaufende Krönung des Ganzen erschien als ein gewaltiger Sarkophag von vier Säulen flankiert. Sie war wieder mit Bändern und Teppichen behängen, im Innern aber mit dürren Reisern, Pech und sonstigen leicht brennbaren Stoffen angefüllt. Lange, weiße Trauerteppiche flatterten von den Säulen herunter und umflatterten in malerischer Weise das ganze Gebäude.

Die heiße Oktobersonne hatte sich bereits gesenkt, als endlich der ganze Zug auf dem Marsfeld versammelt, und die Bahre des Divus Claudius in das zweite Stock hinaufgehoben worden war. Es begannen nun die üblichen Kampfspiele der Gladiatoren, die sich unter allgemeinem Beifall des Volkes und zur Ehre des neuen Gottes gegenseitig abschlachteten. Hieran — es war schon vollständig finster geworden und die Nacht mit zahllosen Fackeln erleuchtet, — schlossen sich die mimischen Darstellungen der Schauspieler. In glänzenden Kostümen und bei grotesker Beleuchtung wurden die merkwürdigsten und ruhmreichsten Szenen aus der römischen Geschichte aufgeführt und zwar mit einer grauenhaften Realität. Zum Tod verurteilte Verbrecher mussten den Mucius Scävola darstellen und sich wirklich die Hand abbrennen, Tiberius Gracchus wurde wirklich von den Aristokraten totgeschlagen und Julius Cäsar wirklich von Brutus und Cassius ermordet. Der Jubel des Volkes war unbeschreiblich und weit über die Grenzen der Stadt hinaus erfüllte sein Geschrei und sein Toben die Nacht.

Schließlich erhob sich der neue Cäsar, der junge Nero, um dem seltsamen Schauspiel seinen letzten, glänzenden Akt hinzuzufügen. Von einer Schar junger Patrizier, Senatoren und Ritter umgeben, stieg er von seiner Tribüne herab, eine lodernde, qualmende Pechfackel in der Hand. Wie ein junger Gott stieg der neue Imperator, umbraust von den jubelnden Zurufen der römischen Bürger, umloht von der flackernden Glut der Pechfackeln, herab von seiner Tribüne. Es war ein kräftiger herkulischer Körper. Mit großartiger Geste und mit tadellosem Anstand eines Redners nahm er das Wort und rief mit weithin schallender Stimme in das Volk hinein:

„Dem großen Divus Claudius, dem neuen Gott Roms und seiner Reiche und dem mächtigen römischen Volk, das den Erdball beherrscht, weihe ich dies!"

Damit warf er die Fackel mit mächtigem Schwung in das Konsekrationsgebäude und alle die Tausende der umstehenden Ritter, Senatoren und Würdenträger folgten seinem Beispiel. Knisternd und prasselnd lohten die Flammen zum dunkeln Nachthimmel hinauf und in wenigen Minuten war der ganze leichtbrennbare Bau des Konsekrationsgebäudes eine einzige Flammenmasse, die ihre dunkelroten Strahlen und Funken, ihre qualmenden und duftenden Rauchmassen in die Nachtluft hinaufwirbelte. Nicht endendes Beifallsgeschrei lohnte den Herrscher diese Heldentat und Rom zitterte unter der wilden Lust, unter dem tollenden Jubel seiner Bürger. Aus dem Flammenmeer aber erhob sich, von zwei Adlern getragen, die Seele des abgeschiedenen Kaisers, die in Richtung der Wolken flog und im Dunkel der Nacht verschwand.

Durch diese Zeremonie wurde die römische Staatsreligion wieder um einen Gott reicher, soweit das gewaltige römische Reich ging, musste der neue Gott Claudius gesetzmäßig verehrt werden und jedermann tat das, wenn er nicht verbrecherischen Sekten zugezählt werden wollte. Die Astronomen hatten in den nächsten Tagen alle Hände voll zu tun, bis sie den neuen Stern Claudius am Himmel gefunden hatten und dem neuen Gott in alter Weise göttergleiche Verehrung und Anbetung entgegengebracht werden konnte.

2. Kapitel

In einer Zeit, wo die Menschen ihre Götter selber machten, war es nicht verwunderlich, wenn Abnormitäten in der Menschlichkeit wie Nero groß gezogen wurden. In überraschender Weise war es Seneca gelungen, sich in Rom zu halten, seinen wankenden Einfluss neu zu kräftigen und seine Situation zu befestigen. Jahre waren vergangen seit seiner Rückkehr aus Kampanien und immer kühner, freier und mächtiger reiften die Pläne des politischen, philosophischen Seneca. Natürlich waren schwere Taten geschehen in dieser Zeit! Burrus war nicht mehr; der rohe, fühllose und widernatürliche Mord der Kaiserinmutter Agrippina, die so viel für ihren Sohn getan, ihn so sehr geliebt hatte, der Brudermord des Britannicus, dem seine Legitimität zum Verbrechen gemacht wurde und andere Scheußlichkeiten des Kaisers waren zu Merksteinen der Gottlosigkeit, der zucht- und zügellosen Leidenschaft, zu Merksteinen des Verfalls und der Nacht des Menschentums geworden. Und doch war das dieselbe Zeit, in der die Seneca'sche Philosophie in Rom fast allgemein zum Sieg durchgedrungen war, in der die Seneca'schen Tragödien geschrieben und gelesen wurden und all' die tiefsinnige Weisheit zu Tage trat, die Seneca mit so bedeutender Beredsamkeit und zierlichen, durchdachten Redensarten zu verbreiten wusste. Und doch — eine Ironie des Schicksals — war es ein Schüler Seneca's, der eine so traurige Beweiskraft für die Tiefe der menschlichen Laster lieferte. Hatte Seneca mehr als einen moralischen Anteil an diesen Verbrechen? Er hatte den Kampf mit

Agrippina, der nach gerader Moral ihm ' hätte zufallen müssen, auf die robusten Schultern des Burrus abgewälzt, der darunter zusammen gebrochen war, nicht ohne die Kaiserin selbst mit ins Verderben zu ziehen. Die Resultate all' dieser Tatsachen stimmten so vorzüglich zu Seneca's materiellem Nutzen, dass sein Glück oder seine Klugheit Erstaunen hervorruft. Oder war sein Anteil nicht nur moralisch?

Diese Frage aufzuwerfen oder gar zu beantworten, konnte niemandem im ganzen römischen Reich einfallen, umso weniger, als Seneca nunmehr ein jährliches Einkommen von etwa anderthalb Million Sesterzen[16] hatte und dem gemäß sich über solche Untersuchungen kaltlächelnd hinwegsetzen konnte. Er bezog vom Hof als Erzieher oder Ratgeber des Kaisers jährlich 250000 Sesterzen, und aus seinen Landgütern, deren Anzahl mittlerweile auf dreizehn gestiegen war, hatte er je nach den Ernteerträgnissen mehr oder weniger über eine Million Sesterzen. Dazu kam noch eine Manipulation, die man eigentlich als einen Handel hätte bezeichnen können, wenn ein solcher für einen Römer nicht schandhaft gewesen wäre. Da aber viele vornehme Herren in Rom diesen Handel betrieben, war es eben kein Handel und niemand durfte den Vorgang als unanständig bezeichnen. Man konnte wohl davon

---

[16] Der Sesterz war Münze und Hauptrecheneinheit (monetär) in der römischen Republik und Kaiserzeit bis zum Kaiser Diokletian. Umgerechnet würde 1 Sesterz heute einen Wert von ca. 3,15€ haben.

sprechen. Wenn nämlich ein siegreicher Krieg beendet worden war, so strömten in Rom ganze Heere Sklaven zusammen, die, momentan ohne genügende Verwendung, oft zu merkwürdig billigen Preisen zu haben waren. Seneca brauchte dann für seine Landgüter immer erstaunlich viele Sklaven. Kam dann die Zeit der großen Spiele heran, wo Tausende von Gladiatoren, Hoplomachen, Veliten, Essedarier u.s.w. konsumiert wurden, so hatte Seneca immer überschüssige Sklavenherden, die er in die Gladiatorenschulen verkaufte. Das war also kein Handel, denn außer Seneca machten es viele andere edle Römer ebenso und die edlen Römer hielten den Handel für ein schändliches Gewerbe.

Unter Nero blühte diese Art Geschäft ganz besonders, denn dieser Kaiser war nicht nur einfach Kaiser, sondern er war auch Künstler, der für die römischen Spiele in nie dagewesener Großartigkeit und Freigebigkeit sorgte. Die Römer waren stolz auf einen so kunstsinnigen und genialen Kaiser, der alles bisher Dagewesene durch Pracht und Umfang seiner Leistungen in den Schatten stellte. Was war es schon, wenn Caligula in den zweiundvierzig Monaten seiner Regierung 500 Millionen verzettelt hatte, oder wenn bei einer einzigen Naumachie[17] des Kaisers Claudius auf dem Lucriner See von 19000 Gladiatoren 3000 ertrunken waren, oder wenn

---

[17] Als Naumachie wurden in der Antike sowohl nachgestellte Seeschlachten als auch die Anlagen, in denen diese Schauspiele stattfanden, bezeichnet.

Augustus zu seinen Tierhetzen 3000 Bestien aus aller Herren Länder zusammenschleppte? Nichts wollte das heißen! Nero stellte alles in den Schatten.

Seneca hatte also wieder viel gekauft, meist stämmige blondhaarige Germanen und Gallier, wunderbares Zirkusmaterial, und er hoffte sie bei den bevorstehenden Spielen mit einigem Nutzen wieder loszuschlagen.

Es war ein heißer Tag und Seneca lag im Peristyl seines Hauses in der Via Lata auf einem Polster, wo er sich von einem Bad, das er eben genommen hatte, ausruhte. Sklaven liefen hin und her, um ihren Herrn zu salben, zu parfümieren, zu kleiden, zu bürsten. Vor ihm stand ein schwarzer Numidier, der ihm mit einem riesigen Pfauenfederwedel frische Luft zufächelte.

„Wer heult denn da draußen so entsetzlich? Das klingt ja abscheulich."

Die Via Lata war eine stille, vornehme Straße; jedes Geräusch, namentlich jedes unangenehme, fiel auf, deshalb war Seneca über das Gewinsel zornig.

„Es ist die Frau" sagte der Numidier.

„Was für eine Frau?"

„Die dich sprechen wollte."

„Was! — Die ist noch immer da? Die war ja schon heute früh da; warum jagt man sie denn nicht fort?"

„Sie wird immer fortgejagt, aber sie kommt immer wieder."

„Uff!"

Langsam und ruhig fächelte der Numidier weiter, wie ein Automat. Gedankenlos sah ihn Seneca an, fand aber an der Figur so wenig Bemerkenswertes oder Anregendes, dass er — wie träumend, fast schlafend — an ihm vorbei sah, wodurch sein Blick auf ein Wandgemälde des Peristyls fiel, das eine Naumachie darstellte. Im Vordergrund war ein in das Meer vorspringender Felsen abgemalt, auf dem ein Hermaphrodite lag und sichtlich mit großem Behagen und klassischer Ruhe einem Schauspiel auf dem Meer zusah.

„Immer das Gewinsel! Ist das nicht wirklich ein rechter Ärger mit der Frau?"

Weiter auf dem Meer zurück schwamm ein riesiges Fabeltier, dessen Schwanz so lang war, dass er sich bis in den im matteren blau gehaltenen Himmel hinein erstreckte und sich im Ungewissen und Nebelhaften verlor. Aus dem fürchterlichen Rachen, den er drohend aufsperrte, strömte Feuer und Dampf heraus und eine mächtige Zunge, mit schöner Purpurfarbe rot angestrichen, hing zwischen den zwei einzigen aber unverhältnismäßig großen und furchtbar spitzen Zähnen hervor. Neptun mit einem Dreizack stand auf einem runden und hübsch feisten Delphin im Kampf mit dem Scheusal. Er war ganz nackt, nur ein weißes Tuch hing ihm flatternd um die Schultern. Ob er das grausige Vieh wirklich erlegen wird? Wohl nicht; der Kampf war so ungleich.

„Was will denn eigentlich die Frau?"

„Ich weiß es nicht."

Seneca nickte schläfrig und träumend immer tiefer. Es schien ihm, als ob das wilde Seevieh wirklich den Neptun mit seinem Dreizack verschlingen wollte. Neptun hob seine Waffe und drohte und drohte, aber stieß nie zu! Wenn — so sann Seneca schläfrig weiter — wenn der Neptun nun wirklich — verschlungen wird dann ... dann wird ja das Vieh wohl Ruhe haben... dann ...dann —. Seneca schläft!

Ruhig und automatisch fächelte der Numidier seinem Herrn Kühlung zu, und eine flehende, herzbrechende Stimme erklang bis in das Peristyl des Seneca:

„Schlagt mich, tötet mich, macht mit mir, was ihr nur immer wollt, aber habt Erbarmen mit meinen Söhnen, gebt mir meine Söhne frei, meine einzige Habe, meine Stütze, mein Trost. Habt ihr keine Kinder? Keine Mutter? Wisst ihr nicht, was sich Mutter und Kind sind? Ein Herzschlag, ein Leben! Wollt ihr sie den Tieren vorwerfen, wollt ihr sie sich selbst töten lassen? Oh erbarmt euch ihres jungen Lebens. Soll Bruder den Bruder morden auf euren grausamen Befehl? Oh gebt sie mir zurück. Ich habe sie gleichzeitig unterm Herzen getragen, habe sie genährt und großgezogen; sollen sie nun ein Fressen für Tiger und Bären sein? Oh habt Erbarmen!" —

Der Türhüter, ein brauner Ägypter, schwang die Peitsche, im Peristyl Senecas hörte man schallende Peitschenhiebe, gurgelndes Schluchzen und einen dumpfen Fall — dann wurde es ruhig. Langsam fächelte der Numidier weiter, noch immer schlief Seneca, noch immer drohte Neptun mit seinem Dreizack und noch immer sperrte das Meervieh seinen entsetzlichen Rachen auf.

„Ich will für euch beten und alle eure Götter für euer Wohlergehen bitten. Ich will der Naturmutter Isis und dem ewig jungen Osiris opfern und zum zornigen und düstern Serapis beten, ich will mich dem hundsköpfigen Anubis und dem erhabenen Harpokrates weihen und sie um das Wohl eurer Eltern und Kinder bitten, aber übt Erbarmen mit einer Mutter, übt Erbarmen mit zwei unschuldigen Kindern, die verdammt sind hinabzusteigen aus dem lieblichen Sonnental in den ewig finstern, grässlichen Orkus. Schont uns wegen meines hohen Alters und ihrer Jugend — Erbarmen — Erbarmen!"

Da kam es Seneca im Traum vor, als ob der Neptun doch mit entsetzlichem und furchtbaren Wurf zugestoßen hätte. Aber der Neptun war kein Neptun mehr und aus dem Dreizack war ein kleines, unscheinbares Verbrecherkreuz geworden, so dass sich Seneca sich wunderte, wie schreckliche Wunden von einem solchen kleinen Holzkreuz entstanden waren. Aus dem Leib des

Untiers strömte dickes rotes Blut und vermischte sich mit dem Meer, das sich erst trübe und mattrot, dann immer dunkler und röter färbte. Soweit er sehen konnte, sah das Meer nicht mehr schön blau wie vorher aus, sondern blutrot, und das Meerungetüm kämpfte unter schauerlichen Zuckungen sein Ende. Wilde rote Blutwellen rollten über seinen furchtbaren Leib, der mit schön und gleisnerisch glänzenden Schuppen bedeckt war, der Riesenschwanz peitschte in dämonischer Wut die Meereswellen auf, so dass sich ein schmutzig roter Schaum bildete, in dem das Tier allmählich unter immer neuen Zuckungen und Kämpfen versank. Seneca fing an schwer und unruhig zu atmen. Ihm war, als wenn er selbst mit unter dem Ungeheuer zu leiden gehabt hätte, keuchend holte er Atem und heißer Schweiß bedeckte ihm Brust und Stirn.

„Weit aus dem kalten Norden bin ich hierhergekommen auf der Spur eurer Heere, mit blutenden Füssen, durch Hunger und Kälte geplagt, brennende Sehnsucht und glühende Mutterliebe im Herzen, um euch anzuflehen um ihr Leben, welches euch im wilden, mörderischen Streit zur Beute fiel. Bitte seid großmütig, wie es dem Sieger ziemt, bitte erbarmt euch, übt Gnade an ihnen und an mir, ihrer Mutter. Der reiche Segen der Götter wird euch zum endlosen Dank werden. Lasst mich eure Füße mit meinen Tränen baden und lasst mich im Staub vor euch liegen, vor eurem Sieg, vor eurer Größe. Lasst mich euch anbeten und wie einen Gott verehren, aber übt Erbarmen an meinen Söhnen und übt Gnade an mir!"

Wieder fiel ein wuchtiger Hieb und ein schriller Schrei durchtönte das Haus des vornehmen philosophischen Seneca, wovon er aufwachte. Der Kopf war ihm wüst, das hässliche Traumbild lag ihm noch in den Sinnen — er musste recht schlecht gelegen haben, dass ihm solche hässliche Träume kamen.

„Meine Toga," befahl er mürrisch, worauf der Numidier sein eintöniges Handwerk einstellte und den Kammerdiener des Seneca rief. Dieser, ein junger Grieche aus Lesbos mit hübschen Zügen, vorzüglich gewachsen, war sofort zur Hand und Seneca wurde zum Ausgehen gekleidet. Dann bestieg er seine Sänfte, die sofort von vier breitschulterigen Kappadoziern aufgehoben wurde und verließ das Haus.

An der Tür angelangt, hörte er wieder die eigentümlich innerliche, markerschütternde Stimme der Frau.

„Erbarmen, Erbarmen!" rief die Stimme. — So ungefähr konnte das Schreien der Verdammten durch die Unterwelt tönen, dachte Seneca und wandte sich überrascht um. Er sah gerade noch, wie zwei handfeste schwarze, wohl zur Hauswache gehörigen Mauretanier mit krausen Haarlocken, dicken Wagenknochen und wulstigen Lippen, eine Frau fortrissen, die eigentlich — so viel Seneca von Weitem sehen konnte, eine höchst merkwürdige Erscheinung war. Eine große kräftige Gestalt, welche die Sklaven, die doch auch nicht zu den Kleinsten gehörten, im wilden verzweifelten Ringen kaum bändigen konnten, mit einer Haut von ganz seltenem

Weiß und Zartheit, rötlich blondem Haar und — ein Wunder in Rom — ganz hellblauen Augen. Nicht so dunkel wie das Meer, aber so tief und unergründlich wie das Meer schienen die Augen zu sein. Ihre Gesichtszüge zeigten tiefe Furchen, ähnlich einer tragischen Maske, es lag eine ganze Welt voll Schmerz darin. Ihre Kleidung war mangelhaft, elend aus Fellen — die Haare nach innen — zusammengeflickt, von der Hüfte ab bedeckte sie ein grauer Leinwandrock in ärmlichen Falten. Die Füße waren nackt und nur an einigen — wahrscheinlich verwundeten — Stellen mit schmutzigen Fetzen umwickelt.

Schon mit verlöschender Stimme rief sie noch einmal:

„Erbarmen!" Dann brach sie unter den Fäusten der schwarzen Mauretanier zusammen und die Sänfte des Philosophen Seneca bewegte sich um eine Straßenbiegung zum Circus Maximus fort.

Lautes, lebhaftes Treiben umtobte die Sänfte des Seneca, als er bald darauf am Forum vorübergetragen wurde, aber durch all' das Geschrei und dem Lärm hörte er wieder und wieder den Ton der Frau, die immer „Erbarmen, Erbarmen!" rief. Es war als wenn der Ton an seiner Seele gezerrt und gezogen hätte und wie um sich selbst vor einer unbegreiflichen, unverstandenen Macht zu rechtfertigen, dachte er still vor sich hin:

„Pah — was will denn die Frau? Was will sie denn gerade von mir? Wenn sie Geld hat, so kann sie ja ihre

Söhne freikaufen, wenn nicht — wozu dann soviel Lärm? Erbarmen! Was kann das sein? Von solchen Sachen war in Rom noch niemals die Rede. Was würde denn aus der ganzen römischen Weltherrschaft werden, wenn man in Rom etwas von Erbarmen gewusst hätte? Warum also soll denn gerade ich etwas davon wissen?"

Seneca begriff das nicht. Soeben trugen sie ihn an der Rostra Julia — der Rednertribüne des Cäsar am südöstlichen Ende des Forums vorbei. Wie oft hatte er dort gestanden und mit schlauer Berechnung zum Volk gesprochen. Wie oft hatten vor ihm und nach ihm andere dort gestanden und hatten mehr oder minder klug dasselbe getan — aber von ‚Erbarmen' war dabei nie die Rede gewesen. Was konnte das also sein? Seneca dachte und dachte nach, aber er wusste es nicht, andere wussten es auch nicht, es wusste überhaupt niemand in Rom, warum sollte es also Seneca wissen? Nur die einfältige fremde Frau, die keinen Sesterz in der Tasche hatte, tat als wenn sie etwas davon wüsste.

„Pah — wahrscheinlich ist sie das Opfer irgend eines schlauen Priesters, eines Orakelagenten, eines Wahrsagers, eines Zeichendeuters, einer neuen Sekte; oder irgend ein Gauner hat ihr von irgend einer fremden Barbaren-Gottheit erzählt, von denen es ja Legionen gibt und die alle zusammen nicht so viel wert sind, wie die ewigen Götter der heiligen Roma, die die Welt bezwungen haben. — Vielleicht ist sie gar eine Götzendienerin, oder glaubt an gar nichts!"

Trotz seiner beruhigenden Monologe wurde Seneca aber immer unruhiger, und immer hitziger werdend fuhr er fort, sich vor dem ‚Erbarmen' zu verteidigen.

„Pah — in Rom strömt so viel Gauner- und Betrügerpack zusammen, dass sie schon gar niemand mehr zählen kann. Tausendmal habe ich es im Leben gesehen, dass, wer nicht an die ewigen Götter glaubt, auch sonst an nichts Rechtes glaubt, bei Zeiten ein Spitzbube oder Räuber wird. Sonderbar — sind Jupiter, Mars, Venus, Minerva, Juno, Vesta, Saturnus, Neptun und all die übrigen, sind die Heroen und Tausende von Untergöttern, die Genien und Dämonen nicht genug Götter? Wozu immer noch neue? Die Staatsreligion des mächtigen, römischen Weltreiches ist so universal, so assimilationsfähig, dass darin alle Götterlehren der Welt Platz haben. Die Griechen finden ihren Zeus in unserm Jupiter, ihre Aphrodite in unserer Venus, ihre Pallas Athene in unserer Minerva wieder, die Ägypter haben in Rom ihren eigenen Gottesdienst, Mithras und Elagabel von Enessa wird in Rom zum Gott Sol, Astarte von Karthago zur Juno, die Götter von Heliopolis zum Jupiter — sogar der grässliche, kinderfressende Moloch der Mauretanier und Numidier, ein neuer Saturnus, nur schrecklicher, hat in Rom seinen Platz und seine Gemeinde. Ist das nicht Auswahl genug? Pah — der Olymp ist voll, übervoll — und die Unterwelt auch! Man muss doch wirklich sehr wählerisch sein, wenn man unter all' diesen Göttern keinen passenden für sich findet!"

Seneca schüttelte nachdenklich den Kopf. Er begriff das Bedürfnis nach neuen Göttern einfach nicht. Und er verstand ja etwas von der Sache, denn er war Philosoph.

„Erbarmen? Ein Gott des Erbarmens im römischen Staatswesen ist eine undenkbare, lächerliche Einrichtung!" Mit diesen Monologen war die Sache erledigt.

„Pst, Pst!" machte Seneca plötzlich aus der Sänfte heraus. Man trug ihn gerade an der Basilika Paulla[18] vorüber, unter deren Säulengängen, die um das Gebäude herum aufgeführt waren, eine Menge Geschäftsleute, Spekulanten, Tagediebe und Gelegenheitsmacher herumgingen. Ein Mann, namens Glandilus, ein Unternehmer öffentlicher Spiele — d. h. er unternahm die Spiele nicht für eigene Rechnung, sondern für Rechnung der Großen und Mächtigen, die berufen waren, Spiele für das Volk zu veranstalten und sich nicht um alle Kleinigkeiten kümmern wollten — trat an Seneca heran und grüßte, geschmeidig und süßlich lächelnd, den Senator.

„Großer Seneca, ich stehe zu deinen Diensten."

---

[18] Die römischen Basiliken dienten sowohl dem Geschäftsverkehr, als auch der Rechtsprechung; es ist also anzunehmen, dass der äußere überdeckte Säulengang eine Art Börse war, wo die Leute zusammenkamen, um ihre Geschäfte zu besprechen und abzuschließen, während der jedermann zugängliche Innenraum zur Rechtsprechung diente.

„Siebenhundertundzweiundzwanzig!"

„Gut, wo sind sie?"

„In der neunten Region, nicht weit vom Kapitol, neben den Pferdeställen der grünen Partei."

„Derbe Burschen? Du weißt, großer Seneca, jetzt prüft der Kaiser alles selbst, versteht alles, leitet alles"

„Rede nicht, Glandilus. Es sind Prachtkerle, lauter Germanen, wie zum Gladiator und zum Arenakampf gemacht!"

„Schön. Aber der Preis?"

„Glandilus, du bist ein Narr. Ich kaufe sie dir wieder ab, verstehst du? Der Kaiser hat mir schon Auftrag gegeben, für ihn zu kaufen. Nur kann ich doch nicht gut von mir selbst kaufen, wie du hoffentlich begreifen wirst."

Der andere sah ihn schlau an.

„Ich vergesse dich dabei natürlich nicht," fuhr Seneca fort, während Glandilus beruhigt mit dem Kopf nickte. „Also du wirst die Sache erledigen?"

„Verlass dich auf mich! Hat Glandilus schon einmal ein Geschäft nicht erledigt, wenn er etwas verdienen konnte?"

„Gut, es wird nicht dein Schaden sein. Wann willst du die Leute übernehmen?"

„Morgen."

„Gut. Leb wohl bis dahin."

„Heil, großer Seneca."

Sehr beruhigt und heiter ließ sich Seneca weiter zum Haus des Konsul Plantius tragen, wo er zum Essen eingeladen war. Die Erledigung seiner Geschäfte ging Seneca über alles. Er war darin von einer peinlichen Genauigkeit und achtete darauf, dass alles zur allgemeinen Befriedigung ablief. Und das war hier der Fall. Mit den von ihm gelieferten Gladiatoren konnten nicht nur der Kaiser und das Volk von Rom zufrieden, sondern auch Glandilus wird zufrieden sein und Seneca war auch zufrieden. Es war also alles in schönster Ordnung.

3. Kapitel

Als ein Nachkomme des reichen Crassus war Konsul Plantius als ein sehr reicher Mann bekannt, als Konsul und siegreicher Feldherr gegen die Thracier war er einflussreich und mächtig, als Gatte der weit über das gewöhnliche Maas der römischen Frauen gebildeten Pomponia war er ein glücklicher Familienvater — und doch war er nicht glücklich, und doch war er in mancher Beziehung beklagenswert. Seit dem Feldzug in Thracien suchte ihn eine ebenso heimtückische wie unheilbare Krankheit heim, die ihn in fast regelmäßigen Zeiträumen krampfartigen Lähmungen aussetzte, die sich über den halben Körper erstreckten. Die Orakel des klarischen Apollo, des Stieres Apis zu Memphis, der Fortuna zu Antium, zu Delphi, zu Paphos auf Zypern waren erfolglos befragt worden — die Krankheit blieb. Eingeweihte meinten, dass Konsul Plantius in dieser Weise den Zorn der Götter tragen müsse, seiner Gemahlin Pomponia wegen, die nicht an die Götter glaube; ja man erzählte sogar von ihr, dass sie im Geheimen ein kleines Holzkreuz anbetet! Seneca glaubte das aber nicht; er kannte Pomponia sehr wohl als eine geistreiche, vielleicht auch freigeistige Frau — sie hing in vieler Hinsicht dem Epikur an, den sie für einen großen Philosophen und Wohltäter der Menschen ansah, aber um ein Holzkreuz anzubeten, um sich dergestalt in öde Sektiererei zu verlieren, dazu war Pomponia viel zu durchgeistigt, viel zu klug.

Als Seneca in das Haus des Konsuls eintrat, hörte er aus einem kleinen Tabularium[19], dessen Tür offen stand, die Stimme der Pomponia, welche zu einem Mann – eine große würdige Gestalt, gehüllt in eine dunkelblaue Toga – sprach, der mit merkwürdig ernsten, ruhigen Gesichtszügen, vor ihr stand.

„Ich bin dir so unendlich verpflichtet für deinen Trost," sagte sie, „und fühle die volle tiefe Wahrheit, wenn du sagst, dass nur das Unglück den wahren Gott sucht. Wie hätte ich das Unglück, das uns nun schon jahrelang heimsucht, tragen können, ohne die tröstenden Worte und Verheißungen des Herrn. Oh würde es dir doch nur gelingen auch meinen Gatten zu bekehren und auch ihm sein schweres, schmerzliches Leiden erträglich zu machen."

„Du wünschest ihm Heilung?" fragte der Mann.

„Oh wenn du sie ihm bringen könntest!"

„Was der Herr will, das geschieht. Lass mich ihn sehen."

In diesem Augenblick trat der Konsul Plantius, bleich, hinkend und mit schmerzverzerrten Zügen aus dem Peristyl und hieß Seneca Willkommen.

„Wir haben dich längst erwartet, edler Seneca."

---

[19] Tabularium: Gebäude und Räume zur Aufbewahrung von Urkunden. Das bekannteste Tabularium war das Staatsarchiv des römischen Reichs in Rom.

„Die Verspätung ist meine Strafe, hoher Konsul," erwiderte Seneca mit ausgesuchter Höflichkeit; „entschuldige mich, der Markt und sein Treiben hielt mich auf."

Damit traten sie in das Triclinium[20], wo schon eine große Anzahl hoher Gäste um die niedrigen Tische herumlagen. Es lagen da auf den Polstern der Aedil des Palatin Publius Scaurus, der Aufseher der kaiserlichen Fischteiche, Sertrinus samt seiner schönen, verführerischen, leichtsinnigen und geistreichen Gattin Livia, der Redner Hortensius, der drei Weiber begraben hatte ohne eine Träne zu vergießen, der aber bei dem plötzlichen Tod einer großen Muräne in seinem Fischteich in Baiae in dumpfe Verzweiflung gefallen war, ferner Gnejus Nertius, ein feuriger Verehrer des Epicur und Verächter der Götter mit der wegen ihrer phantastischen Schwärmerei berüchtigten Flavia Domitilla. Auch der reiche Feinschmecker Apicius, der eine Reise nach Afrika nicht gescheut hatte, um die Krebse an den dortigen Küsten zu kosten, Junius Gallius, der Prokonsul von Korinth und Bruder des Seneca, und schließlich der Liebling, das Herzblättchen des alten Seneca, sein Sohn Marcus, waren da, an dem die Welt bisher nur einen wahrhaft genialen Leichtsinn und die findige Schlauheit zu bewundern hatte, mit der er seinem Vater die Bezahlung der von ihm gemachten Schulden aufhalste.

---

[20] Triclinium: Speisesaal

Sklaven liefen hin und her, um all' die wunderlichen Gerichte der vornehmen Römer, wie Seeigel, Austern, Gienmuscheln, Lazarusklappen, Meertulpen, ferner Feigenschnepfen, fette Hühner, Hasen, Reh- und Schweinskoteletten, Picentiner Brötchen, Schnecken von Tarent, Rosinen u.s.w. auf- und abzutragen, und die mancherlei Überraschungen vorzubereiten, mit denen die Gastgeber solcher gastronomischer Ausschweifungen ihre Gäste zu unterhalten pflegten. Als Seneca mit Plantius und dessen Gemahlin Platz genommen hatte, trugen vier Sklaven einen aus feinstem korinthischen Erz getriebenen Esel herum, der rechts und links in einem Quersack siedende Würste, Haselnüsse mit Honig und Mohn trug. Darauf folgte eine Henne aus Holz, die automatisch mit den Flügeln schlug und nach dem Takt der Musik Eier legte, denen aber die Gäste dann fette in Eidotter gehüllte Schnepfen entnahmen. Schließlich wurden sogar drei lebende Schweine vor die Gäste gebracht, damit sie sich entschließen sollten, welches sie essen möchten. Und als man sich für ein großes, schwarzborstiges Vieh entschieden hatte, wurde sofort ein gleiches fix und fertig, angefüllt mit Würsten und Karbonaden, serviert.

Falerner, Lesbier oder sizilianischer Wein, mit Kastagnetten und Schellen klappernde Tänzerinnen, und ein roher, läppischer Mimus machten die Gäste des Konsuls immer lebendiger, lustiger und ausschweifender.

„Bacchus lebe und beschere uns ein wonniges Ende" rief der übermütige, muntere Apicius.

„Das magst du dir selber besorgen, mein Freund; das ist sicherer, als wenn du diese Sorge den Göttern überlässt," antwortete Nertius.

„Still, still, hört den gottlosen Epikuräer," rief Apicius wieder, „hört auf seine Weisheit, damit wir erfahren, wie wir uns selbst ein wonniges Ende besorgen können. Sprich, Nertius, die Sache lohnt sich, wie mache ich das?"

„Frage doch deine Götter. Was kümmert mich dein Ende." höhnte ihm Nertius entgegen. „Die Götter von heutzutage sind eine Puppen-Komödie, die nur Kinder für das nehmen, was sie sein soll!"

„Nertius," fuhr Seneca erregt auf, „dein Hohn ist ein Verbrechen."

„Oho, seht mir doch den edlen Jünger der Stoa, den weisen Seneca, wie er sich bemüht, die zerrissene Kultur mit Trauerspielen und philosophischen Sentenzen zurecht zu flicken, den Riss zwischen der menschlichen Vernunft und dem Götterglauben mit Redensarten zu verstopfen. Ich will dir sagen, wohledler Seneca, warum dir mein Unglauben ein Dorn im Auge ist. Du siehst im Glauben der anderen einen sicheren Hort und Hafen für dich, der allgemeine Glaube, der allgemeine Irrtum schützt dein Tun und Handeln vor der durchsichtigen Kritik, die lügnerische Götterfurcht ist dein Piedestal. Mit gleisnerischer Scheinheiligkeit verurteilst du Verbrechen, was du nicht widerlegen kannst und verfluchst den

Unglauben, nur weil er an deiner eigenen Basis rüttelt. Sage mir doch, würdiger Senator, wenn du kannst, offen und ehrlich: Glaubst du selbst an die Götter?"

Seneca sah ihn voll und ruhig an; dann sagte er langsam und mit bestimmter, überlegener Geste:

„Ja, ich glaube an sie! Die Götter Roms stehen und fallen mit Rom, das heißt, sie sind ewig. Aber du, Nertius, der du mit deiner neuen Glückseligkeit prahlst, der du so leicht hinwegspottest über deine Heimatreligion, über den Stamm, dem du entsprossen bist, über die Muttererde, der du entwachsen bist, über dein eigenes Blut, das dich treibt und nährt — sage Nertius, an was glaubst du denn?"

„Die Antwort ist gegeben, ehe du noch gefragt hast," rief Nertius und fing begeistert und leuchtenden Auges an zu deklamieren:

„Als er im Staub das Dasein der Menschheit liegen sah, jammervoll niedergedrückt zur Erde durch lastende Gottfurcht,

Die vom Himmelsgewölbe ihr Antlitz offenbarend,

Schauerlich anzuseh'n, hinab auf die Sterblichen drohte,

Wagt es ein griechischer Mann, zuerst das sterbliche Auge

Ihr entgegen zu heben, ihr entgegen zu treten.

Und die mutige Macht des Gedankens siegt! Gewaltig trat er hinaus über die flammenden Schranken des Weltalls und sein verständiger Geist durchmaß das unendliche All!"

Nertius machte durch Rezitation der bekannten Verse des Lucrez auf Epikur seinem früheren Lehrer in der Rhetorik, dem Schauspieler Roscius alle Ehre; durch Beherrschung der Stimme maßvolle und getragene Geste nahm er seine Zuhörer vollständig ein, so dass sie ihm vollsten Beifall zollten. Aber Seneca gab sich durchaus nicht geschlagen. Er zuckte leicht die Achseln, lauschte einen Moment über die Tafel hinweg und sagte dann mit der ihm eigenen, würdigen Klarheit und Einfachheit des Gedankens:

„Mit Versen macht man keine Religion und von der Philosophie wird das Volk nicht satt. Nimm dich gut in Acht, Nertius, dass du nicht einer schön klingenden Phrase deine Weltanschauung opferst und höre genau auf das, was ich dir jetzt sage."

Er stand von seinem Lager auf und richtete seine gedrungene, nicht unedle Gestalt mit altrömischer Gravität empor.

„Nehmt doch dem Volk seine Tempel," fuhr er dann mit volltönender, kräftiger Stimme zu der ganzen Tischgesellschaft gewendet fort, „seine Götterbilder, verbietet die Opfer, jagt die Priester fort; wenn ihr doch nicht an die Götter glaubt, wozu ihr Dienst und ihre

Priester, wozu Auguren, Zeichendeuter und Orakel? Stürzt die Altäre um, werft Feuer in die Tempel und setzt den Epikur an ihre Stelle — Nertius, du bist der Erste, den das Volk zerreißt."

Die Zuhörer waren erregt und hörten gespannt zu, aber sie ließen keinen Laut hören. Seneca hatte ihr Interesse, aber nicht ihren Beifall.

„Doch tröste dich, Nertius, du wirst nicht der einzige sein, den dieses Chaos tötet, wir alle folgen dir und viele andere noch. Wer weiß wer übrig bleibt! Entfesselt nur erst die Gewalten, die ungeahnt und mächtig jetzt unter euch schlummern in den Banden des Glaubens, der Hoffnung und der Religion, lasst sie erst los, die Furien der Leidenschaft und Götterlosigkeit — dann geh schlafen, hohes Rom — deine Zeit ist um, und uferlos, unwiderstehlich wälzt sich der Strom des Menschenelends durch die Welt!"

Seneca sprach gut, markig und kräftig, er machte den Eindruck eines einfachen, schlichten Redners, der es verschmäht, seine Hörer durch rhetorische Schnörkeleien zu erbauen, um eine unangenehme Wahrheit zu umgehen. Er sprach einfach, weil er tief dachte.

„Seneca hat Recht, rief Hortensius nach einer nachdenklichen Stille; seinem eigenen Glauben kann ja niemand vorschreiben, aber den Glauben anderer zu zerstören, ist ein Verbrechen!"

„Und dieses Verbrechen muss gesühnt werden," fuhr Seneca bestimmt und energisch fort. „Es ist ein Verbrechen an sich selbst und am Staat! Wir haben im Reich und gerade in Rom genug der Irrlehren und Betrüger, sollen wir auch noch Leute dulden die nicht an die Götter glauben, und andere verhöhnen, weil sie es tun?"

„Also bleibt es beim Bacchus?" rief Apicius plötzlich weinselig und trunken über die Tafel. Alles lachte und selbst Seneca setzte die Schale an den Mund, trank sie behaglich schlürfend langsam aus und erwiderte dann:

„Bacchus für immer und ewig!"

Der auf wenige Augenblicke zurückgedrängte Übermut der Tischgesellschaft schlug nun wieder mit verstärkter Gewalt durch, der Mimus wurde immer kecker, die Tänzerinnen immer zudringlicher und die Reden schwirrten immer lauter und aufgeregter durch das Triclinium; Rosen, Myrten und Nardenöl verbreiteten eine aufregende Atmosphäre, Würfelgeklapper tönte über den Steinboden, Flüche und lautes Lachen, Gesang und Musik der Künstler, Becherklirr erfüllte den Saal — ein wüstes Bacchanal.

Plötzlich hörte Pomponia einen halb unterdrückten Schrei ihres Gatten, dem ein ängstliches Gurgeln folgte. Sein Kopf fiel hinten über, seine Augen traten starr aus ihren Höhlen und richteten sich hilfesuchend und in Todesangst auf seine Gattin. Eine plötzliche Lähmung hatte die ganze linke Seite erfasst und drohte dem Konsul einen jähen Tod. Pomponia winkte rasch in Richtung Tür, wo Seneca jetzt wieder den Mann stehen sah, den er schon im Tabularium bei Pomponia gesehen hatte. An eine mannshohe Alabaster-Säule, die einen Leuchter in Form eines Gladiators trug, gelehnt, hatte der rätselhafte Fremde unbemerkt von allen dem Bacchanal beigewohnt und gelauscht. Jetzt kam er auf das Winken Pomponia's rasch herbei, fuhr blitzschnell mit der Hand unter die Tunica des Konsuls, worauf sich die Haut desselben sofort mit einem rotgelben Saft überzog, der einen eigentümlichen Geruch hatte. Konsul Plantius ging es sofort besser und erholte sich überraschend schnell. Erstaunt und tief atmend — wie erlöst — schaute er auf den ernsten, fremden Mann, der sich jetzt langsam und mit finsteren Mienen hoch vor ihm aufrichtete. Ruhig, aber tief ernst sagte der Mann:

„Konsul, du lebst in Sünden und Greul; in ekelhafter Schlemmerei verprasst du Körper und Geist, wo doch die Hand des Herrn schon so schwer auf dir liegt. Ich sehe die Stunde kommen, die mit Furcht und Zittern deine letzte ist; darum tue Buße und lerne in Demut den Herrn erkennen, damit er gnädig richte und nicht ganz seine Hand von dir nimmt." —

„Der Herr! Welcher Herr? Hier ist kein Herr außer uns!" fuhr Seneca auf, der vielleicht der einzige war, der in dem Vorgang den rechten Zusammenhang sah.

Der Mann in der dunklen Toga sah Seneca, den er fast um einen Kopf überragte, überlegen an. Dann sagte er langsam und feierlich:

„Der Herr ist geduldig und langmütig, und seine Güte währt ewig. Auch dir wird er noch gnädig sein. Du wirst noch in deiner letzten Stunde die nicht mehr fern ist, daran denken."

Er sagte das letzte etwas leiser und warnend, wobei er Seneca mit seinen großen, durchdringenden Augen scharf ansah. Dann ging er rasch, wie vom Ekel erfasst, aus dem Saal. Ehe sich Seneca aus seiner Bestürzung erholen konnte, war er verschwunden.

„Wer ist der Sklave?" fragte er tonlos.

Junius Gallius, sein Bruder, trat jetzt zu ihm heran und sagte:

„Das war ein Christ!"

„Ein Christ? Was ist das?"

„Eine neue Sekte, eine Art Juden, ein neuer Aberglauben. Sie nennen sich nach einem Mann, der vor etwa dreißig Jahren von unserem Statthalter Pontius Pilatus in Jerusalem gekreuzigt worden ist und den sie Christus nennen. Sie glauben nicht an unsere Götter "

„Man muss sie vertilgen!" fuhr Seneca hitzig auf.

„Warum?" fragte sein Bruder ruhig. „Ich kenne sie von einem Mann, den man vor einigen Jahren in Korinth zu mir brachte. Er nannte sich Paulus, hieß aber eigentlich Saulus und stammte aus Tarsu in Zilizien. Er gab vor, ein Apostel seines Herrn und Heilandes, eben des gekreuzigten Christus, zu sein."

„Nun? du hast ihn töten lassen!"

„Oh bewahre! Warum denn? Man klagte ihn der Götterlästerung an und der Beleidigung des Kaisers, dem er nicht hatte opfern wollen. Die Priester wollten ihn dem Volk zum Steinigen geben und ich sollte ihn verurteilen."

„Und du hast es nicht getan?"

„Nein. Es war ein hochgebildeter, kluger Mann, der ein tiefes Wissen über vielerlei Dinge hatte und sogar Wunder vollbrachte; wenigstens hielt es das Volk für Wunder, weil es keinen natürlichen Zusammenhang sah; es lief ihm nach und glaubte ihm. Trotz des außerordentlichen Einflusses aber, den er auf das Volk hatte, tat er nichts Böses. So verwies ich ihm einfach die Stadt und ließ ihn frei."

„Du falsch gehandelt." Seneca ereiferte sich immer mehr und mehr, und nachdem er schon längst mit seinem Bruder den Palast des Konsuls verlassen hatte und Näheres von ihm über die Organisation, über die Gemeinden und sogenannten Apostel der neuen Sekte erfahren hatte, wurde er immer hitziger und erregter, er konnte gar nicht genug reden, um zu beweisen, dass sein Bruder falsch gehandelt hatte und dass die Christen eine staatsgefährliche, revolutionäre Sekte sei, die vor allen Dingen aus Rom vertilgt werden müsste.

Junius Gallius kannte sie aus eigener Erfahrung und bestritt das.

Gegen Morgen kam Seneca wieder vor seinem Haus in der Via Lata an, wo ihm der hübsche Charys mit der Meldung entgegenkam:

„Herr, Entyelos ist aus Delphi zurück."

„Hat er das Orakel?" fragte Seneca hastig.

„Er hat es. Hier ist es."

Charys reichte seinem Herrn einen Pergamentstreifen, den Seneca begierig las.

----- Wenn du klug bist, wirst du Konsul sein — stand auf dem Streifen. Sein Bruder blickte ihn spöttisch an.

„Und für so eine Weisheit lässt du nach Delphi schicken?"

„Still, still," murmelte Seneca, „ich werde es sein. Pomponia ist Christin, und der Konsul wird es sein wenn er es nicht schon ist — ich werde Konsul sein!"

Sein Bruder pfiff leise vor sich hin. Er hatte plötzlich begriffen, warum Seneca die Christen aus Rom vertilgen wollte. —

4. Kapitel

Contra Injarias Vitae Beneficium Mortis Habeo — gegen die Stürme des Lebens habe ich die Wohltat des Todes. — Dieser Ausspruch war eine Glanzleistung, ein Grundpfeiler der Seneca'schen Philosophie, dem er an verschiedenen Stellen und in verschiedenen Fassungen Ausdruck verlieh. Das Beneficium Mortis war das Irrlicht, welches ihn in die Sümpfe des Lebens lockte, die Fata Morgana, die ihn in die Gefahren der Lebenswüste zog. Was konnte ihm denn trotz seiner Gier nach Reichtum, Macht und Einfluss Schlimmes passieren? Es konnte ihm schlimmsten Falles die Wohltat des Todes treffen, nur wusste Seneca von der sogenannten Wohltat nicht mehr als die Schlange im Paradies vom Gott sein. Die Wohltat des Todes wurde für Seneca das, was für Eva der Ruf der Schlange war: du wirst sein wie Gott, war, das Betäubungsmittel in den Gewissenskämpfen des Lebens, das in jeder Stunde seines Lebens unheilvoll in seine Entschließungen hineinzuckte und mit einer ebenso natürlichen wie furchtbaren und erschütternden Konsequenz unablässig auf die Stunde hindrängte, die dem Philosophen die wirkliche Beschaffenheit des Beneficium Mortis darstellen sollte, in der Seneca die ganze fürchterliche Täuschung seiner Philosophie büßen musste.

Als sich Seneca von seinem Bruder getrennt hatte und sein Schlafzimmer aufsuchen wollte, stieß er an der Schwelle desselben mit dem Fuß an einen Mann, der dort lag und schlief. Eine schmutzige, zerrissene graue

Wolltoga war seine einzige Bekleidung, sein Haar hing ihm wüst und unordentlich um Kopf und Brust, seine Züge waren grob, sein Körperbau starkknochig, robust und gesund. Er war schon alt, viel älter als Seneca.

„Demetrius[21]!" rief ihn Seneca an.

„Bist du es Seneca? Du hast mich rufen lassen, was willst du?"

„Ich hatte das Bedürfnis, wieder einmal mit meinem alten Lehrer zu sprechen!"

„So sprich."

„Tritt ein und lege dich zu mir."

„Ich liege gut, lege du dich zu mir, Seneca."

Seneca sah sich einen Augenblick um; Demetrius lag auf dem harten Steinboden, was Seneca durchaus nicht verlockte. Er winkte einem Sklaven, der ihm einige Decken neben Demetrius ausbreitete, auf denen er sich niederlegte.

---

[21] Mit der christlichen Zeitrechnung traten noch die Zyniker nach Diogenes hinzu, deren hauptsächlichster Vertreter in Rom Demetrius war. Dieser kam durch seine strenge Observanz — Armut, Ehe- und Kinderlosigkeit, Leidenschaften- und Begierdenlosigkeit, Bedürfnislosigkeit — in Rom zu großem Ansehen. Seneca selbst sagt von ihm: „Die Natur hat ihn gebildet, um zu zeigen, dass weder er durch uns verdorben, noch wir durch ihn gebessert werden."

„Nun Seneca," fuhr Demetrius wieder fort, „was bedrückt dich? Ich wusste schon, dass irgendwann die Stunde kommen würde, in der du zu mir kommst, du, der Stoiker, zu mir, dem Zyniker, ich wusste, dass dir bei deiner Philosophie einmal bange werden musste, dass die Stunde kommen musste, in denen du die sonst verworfenen Lehren des Zynismus wieder mit aller Liebe übst."

„Du bist im Irrtum, Demetrius. Die Sache verhält sich gerade umgedreht. Ich wollte dich zu mir bekehren, nicht mich zu dir. Du weißt, Demetrius, für mich ist Leben Macht, Einfluss, Reichtum, ohne dies ist nichts. So bin ich Questor von Rom gewesen, Senator geworden und werde Konsul sein! Ich möchte nicht wie mein Vater als Forum-Deklamator ins Grab steigen, der der schmierigen Plebs für elende Asse seine Begeisterung verkaufte. Mir spiegelt sich das Konsulat von Rom als die Herrlichkeit des Lebens, und Demetrius, verlass dich darauf, ich werde Konsul sein!"

„Wozu?"

„Wozu!"

„Ich weiß, Seneca, du bist klüger, ausdauernder, scharfsinniger, reicher, als der große Teil deiner Mitbürger — warum sollte es dir nicht gelingen, das höchste Amt, das dir zugänglich ist, zu erringen? du wirst Konsul sein. Und doch frage ich dich, wozu?"

„Sonderbare Frage. Ich werde zu Macht und Ansehen kommen, werde dem Vaterland und dem Staat meine Dienste weihen, werde schaffen, arbeiten, nützen."

„Bist du dessen sicher? Und wenn nun Macht und Ansehen und Reichtum für dich auch nur das sind, was sie gewöhnlich für die Menschen sind, nämlich eine Falle, in der sich die Gebrechlichkeit und Armseligkeit der menschlichen Moral fängt, in welcher der Charakter untergeht, was dann?"

„Gleichviel, es kommt auf den Versuch an. Oder glaubst du, Demetrius, man nützt als Zyniker, als Bettler mehr im Staat, als ein Konsul?"

„Ich glaube das nicht nur, sondern ich weiß das. Die Welt wird zynisch sein, oder sie wird elend sein — trotz deines und übriger Konsulate, mein sehr kluger Seneca."

Seneca trat seinem früheren Lehrer gegenüber sehr bescheiden und respektvoll auf, ein tief innerliches Gefühl sprach bei ihm für Demetrius, zu dessen Lehren er sich gleichwohl nie bekannte.

Finster starrte Seneca vor sich hin und sagte:

„Gegen die Stürme des Lebens bin ich durch die Wohltat des Todes geschützt; es ist nichts leichter als Sterben — "

„Erspare mir die Sentenzen aus deinen Büchern! Sie sind wie alles, was Menschen ausklügeln, nur Notbrücken über unsere eigene Unzulänglichkeit. Tröste dich mit den übrigen, Seneca, wie ich es auch tun muss; uns allen fehlt das Beste! Gute Nacht."

Damit schlief Demetrius wieder ein. Er schlief fest und ruhig, und Seneca, der sich noch lange mit allerhand Ideen, Entwürfen, Sorgen und Befürchtungen schlaflos herumwälzte, beneidete ihn um seinen guten Schlaf. Diesen hatte der Zyniker vor ihm voraus: Durch seine Anschauung von der Nichtigkeit des Lebens hatte Demetrius allerdings die Sorge um dasselbe niedergekämpft, aber Seneca jagte ganz anderen, größeren, höheren Erfolgen nach; so lagen sie beieinander, die zwei erleuchteten Geister ihrer Zeit, der sie doch nur Verderben brachten, zwei Heroen der Wissenschaft, die ihnen nichts halfen, zwei Blasen, welche die Welle des Weltmeeres auswirft und wieder verschlingt; so mächtig an Geist und so ohnmächtig an Kraft und Wirkung, so kühn, vermessen, beharrlich und rechthaberisch in ihrer Meinung, so kleinlich und unglücklich in ihren Erfolgen — es fehlte ihnen das Beste!

5. Kapitel

Seneca hatte es erreicht, Seneca war Konsul von Rom und Plantius schmachtete samt seiner vortrefflichen Gemahlin Pomponia im mammertinischen Gefängnis, angeklagt als Verächter der Staatsreligion und der Lästerung der Götter. Der Sieg war für Seneca ebenso leicht wie ersprießlich gewesen und er war nun natürlich darauf bedacht, seine staatsbeglückenden Pläne auszuführen und seine Lorbeeren zu vermehren, wie und wo er es nur immer gefahrlos tun konnte.

Sein Schüler, Kaiser Nero, war der Liebling des Volkes. Feste auf Feste, immer eins rauschender, großartiger, wilder als das andere, tosten über Rom dahin, mit nie dagewesener Freigiebigkeit bewirtete der Kaiser das Volk und schmeichelte so seiner grobsinnlichen Genusssucht — daher war es kein Wunder, dass Nero in Rom mehr verehrt war, als irgend ein Gott in der Welt. Was kümmerte sich das Volk von Rom samt seinem Kaiser um die zahllosen stummen Opfer der Tyrannei, die in den Staatsgefängnissen schmachteten, deren Blut die Arena trank, oder durch Meuchelmörder fielen? Was kümmerte man sich um die unter grausamen Druck seufzenden Provinzen, die durch Gewalt des Schwertes darnieder gehalten wurden? Was kümmerte es schließlich das Volk, wenn die alten würdigen und berühmten römischen Geschlechter immer mehr und mehr der wahnwitzigen Verfolgungswut des Kaisers verfielen, und dagegen niedere Schmeichler, Sklaven, und Possenreißer die bestimmende Umgebung des

Kaisers wurden? Vatinius war doch auch nur ein Schuster, und war als Hofnarr des Kaisers doch ein reicher und mächtiger Herr geworden, dem so mancher edle Senator, der gut bei Hof stehen wollte, Geschenke machte. Das Volk umtobte und umjubelte seinen Kaiser trotzdem und auch auf Seneca, seinen Lehrer und Ratgeber, fiel ein Abglanz jener begeisterten Huldigung.

Die großartigen Wagenrennen im Circus Maximus waren vorüber und endeten mit einem glänzenden Sieg der kaiserlichen grünen Partei. Millionen waren verloren und gewonnen, Tausende von Sklaven waren in den Tierhetzen zerfleischt worden; heute begannen nun die Gladiatorenkämpfe. Schon vor Tagesgrauen füllten sich Gänge und Treppen des weitläufigen Theaters, dessen obere Sitzreihen bald mit einer dichten Volksmenge — dem dritten Stand — besetzt waren. Auch der Stand der Ritter, der unter diesen seine Sitzreihen hatte, fand sich bald ein, sodass nur die für den Senat bestimmten unteren Sitzreihen und die kaiserliche Loge noch leer waren. Aus den Fechterschulen auf dem Caelius[22] rückten in geschlossenen Kolonnen Tausende der Gladiatoren an und nahmen die an der Südseite des Theaters unter den Sitzreihen eingerichteten Hallen ein, wo sie auf das Signal zu ihrem Todesgang zu warten hatten. Diese Räume waren — wie etwa heutzutage die Pferdeställe im Circus vor und während der Vorstellung

---

[22] Caelius mons: einer der berühmten sieben Hügel Roms. Er liegt südöstlich des Palatin und südlich des Esquilin und hat eine Höhe von etwa 50m.

— dem vornehmen Publikum zugänglich. Man liebte es, die Opfer vor ihrem Kampf auf Leben und Tod zu beschmeicheln, ihre Glieder zu befühlen und zu bewundern, ihre verschiedenen Rüstungen zu prüfen, sie zum Kampf anzufeuern. Den Gladiatoren waren diese Besuche angenehm. Mancher ‚Held der Arena' dankte ihnen Emporkommen, Freiheit und Machtstellung.

Unter vielen anderen ging auch die schöne Livia, die Gattin des Sertrinus in den Räumen herum und musterte mit Kennerblick die Arenahelden. Plötzlich blieb sie wie angewurzelt stehen. Unter einem Trupp Gallier sah sie zwei junge hünenhafte Gestalten stehen die durchaus gleich waren. Wie alle anderen der sie umgebenden Gladiatoren auch, hatten sie den runden Schild, Visierhelm, Lederärmel am rechten Arm, Lederbeinschiene am linken Bein und das kurze breite Schwert. Die Kleidung, blaue und weißgeränderte Tunica, die aber Arme und Beine freiließ und der messingbeschlagene Gurtpanzer — auch die Waffen waren auf einen gewissen theatralischen Effekt hingearbeitet, — glänzend und glitzernd. Gestalt, Größe, Alter, alles war an den beiden gleich; beiden quollen die langen blonden Haare unter dem glitzernden Helm hervor, beide hatten weiche blaue Augen, weiße glänzende Haut, beide waren etwa einen halben Kopf großer als alle übrigen in der Halle versammelten Gladiatoren.

Livia war tief berührt von der eigentümlichen träumerischen Weichheit, die diese beiden

Prachtgestalten umgab. Treuherzig, schwärmerisch leuchteten ihre Augen, statt des Bartes hatten sie einen weichen blonden Flaum um Kinn und Mund. Sie fuhr mit ihren zarten Fingerchen über die weiße Haut der Gladiatoren — sie dachte, sie wären nur weiß geschminkt — aber es war alles echt, sogar die prächtigen blonden Haare.

„Wo seid Ihr her?" fragte sie.

„Vom Rhein!" sagte der eine, während sich der andere wie müde und traurig abwandte und eine Träne verbarg.

Livia wusste, dass dort die blonden Haare herkamen, sie trug ja selbst solche — am Rhein gewachsenen Haare—. Sonst wusste sie nichts vom Rhein.

„Wie heißt euer Volk?" fragte sie weiter, weniger um ihre geographischen Kenntnisse zu bereichern, als vielmehr ungestört die beiden Prachtgestalten besehen zu können.

Sie hatte nie im Leben etwas gesehen, was gleichzeitig so imposant und rührend auf sie gewirkt hätte, wie diese zwei Jünglinge.

„Wir sind Sugambrer."

„Aber Ihr seid keine Gallier?"

„Nein! Die Sugambrer wohnen in Germanien."

Sie ging staunend um die beiden herum. Es war ihr ganz gleichgültig, ob die Sugambrer in Gallien oder Germanien oder gar bei den Sarmaten wohnten, sie wusste bloß, dass in Rom noch nie ein solches Gladiatorenpaar zu haben gewesen war.

„Wie heißt Ihr?"

„Ich heiße Gernot, mein Bruder Hilderich."

„Ihr seid Brüder?"

Livia war wirklich seltsam aufgeregt und gerührt. Ihre Augen wurden feucht. Die Gladiatoren sagten nichts, sondern nickten nur traurig und schienen ebenfalls zu weinen.

„Glandilus!" rief Livia plötzlich einen in der Nähe stehenden Mann an. Der Gerufene kam.

„Wieviel kosten die beiden?"

„O, die darf ich nicht verkaufen, schönste Livia", sagte der Mann mit einem unverschämten Lächeln. Livia fühlte sich durch das Lächeln tief verletzt, ballte zornig die kleine Faust und hätte wohl nach ihm geschlagen; aber sie bezwang sich — der Gladiatoren wegen.

„Wirst du mir sofort sagen, wieviel sie kosten oder nicht?"

„Schönste Frau, es sind kaiserliche Gladiatoren die mir besonders empfohlen sind und die ich nicht verkaufen darf. Es sind ja so viele andere da."

Wieder lächelte Glandilus in wirklich beleidigender Weise. Was wollte denn Livia weiter? Sie wollte die beiden jungen Männer ihrem traurigen Geschick entreißen, sie wollte sie freikaufen. Es tat ihr Leid, in der Seele Leid, sie in der Arena als Spielzeug des rohen Volkes zu Grunde gehen zu lassen! Sie war empört über das zweideutige Lächeln des Agenten.

„Gut, ich gebe dir 5000 Sesterze für jeden, lass sie frei!"

„Ich kann nicht!"

„10.000! Sei kein Narr, Glandilus; nimm was ich sage und übergib sie mir."

Glandilus wurde aufmerksam und sah, dass Livia in der Aufregung, in der sie sich befand, wohl auch noch mehr bieten würde. Wo aber sollte er ein gleiches Paar schnell hernehmen? Der Kaiser hatte sie zu Gladiatoren bestimmt. Wenn er sie vermisste, so riskierte Glandilus seine Existenz. Gleichwohl taten ihm auch die schönen Summen Livias leid.

„Komm nach dem Spiel, schönste Frau, ich will es einrichten, dass ihnen nichts geschieht."

„Sie sollen nicht in die Arena!" Livia stampfte mit dem Fuß, die Tränen standen ihr in den Augen. Glandilus war überrascht; er überlegte. Aus dem Theater erscholl ohrbetäubendes Schreien. Das ganze gewaltige Gebäude schien zu beben. Der Kaiser war angekommen und die Spiele begannen.

„Es geht nicht, es geht wirklich nicht! Höre zu, was ich tun kann und tun will. Ich stelle sie einigen einfältigen Retiariern[23] gegenüber. Sie sind ja riesig groß, sodass es ihnen ein Leichtes sein wird, sich der Netze ihrer Gegner zu erwehren. Ich werde sie darauf aufmerksam machen, wie sie das anzufangen haben, sodass sie leicht ihre Gegner überwinden können. Dann kann ich sie wohl unbemerkt wieder abtreten lassen, und gegen ein gutes Wort und einen klingenden Beutel werden sie in die Totenlisten eingetragen. Dann bringe ich sie dir; bist du zufrieden?"

„20.000 Sesterze. Glandilus! Geht es wirklich nicht?"

„Es geht nicht, schönste Frau, es geht wirklich nicht!"

„So sieh dich vor, Glandilus, von dir verlange ich sie."

Die beiden Germanen standen treuherzig zusammen, Bruder an Bruder und hörten erstaunt zu, wie über sie verhandelt wurde. Sie waren noch recht jung, und dachten an ihre Mutter, von der sie wussten, dass sie in

---

[23] Retarius: römischer Gladiator der einen Dreizack, ein Wurfnetz und ein geradklingiges Kurzschwert oder Dolch trug. Sein einziger Schutz war ein Armschutz am linken Arm mit einem Metallschild an der Schulter.

Rom war und vergeblich ihre Freiheit erbeten hatte. Hätte sie nur die Hälfte oder den vierten Teil des Geldes gehabt, der hier für sie geboten wurde — vielleicht wäre es dann noch gegangen. Sie wären wieder mit ihrer Mutter vereinigt worden, hätten wieder in ihre Heimat zurückkehren können! — Livia wurde nicht müde, die beiden anzuschauen, die so ganz anders als ihre Leidensgefährten waren. Eine milde weiche Resignation lag auf ihren Gesichtern, warm, gemütstief und innig leuchteten ihre Augen. Livia, sich selbst ein Rätsel, konnte sich nicht mehr von ihnen trennen und fing immer wieder von neuem an, sie im Ganzen und einzelnen zu bewundern. Sie sprach mit ihnen: sie waren besiegt worden und hatten mit dem Sieg Freiheit und Leben verloren, sie erwarteten, dass man sie tötet. Nur die Trauer um ihre alte heißgeliebte Mutter schlug tiefe Schatten in ihre Mienen. Oft wurden sie von dem wüsten Geschrei des Volkes draußen im Theater unterbrochen, das immer aufgeregter und lauter wurde. Das Schauspiel war Livia heute ein Greul, sie wollte gar nichts davon sehen. Sie war zornig, traurig, aufgeregt und alle Augenblicke schoss ihr einmal die Blutröte ins Gesicht. Sie zog zwei Ringe vom Finger und gab einen an Gernot und an Hilderich den anderen. Ersterer hatte einen weißen Stein, letzterer einen blauen. Was dachte Livia dabei? Wollte sie einer Verwechselung vorbeugen, wenn sie — später — selbst nicht mehr Auskunft geben konnten?

Plötzlich entstand eine Bewegung in der Halle; drei kurze Hornstöße ertönten und die Gladiatoren marschierten in geschlossener Kolonne in die Arena.

Es war heiß. Der Sand der Arena war aufgewühlt. Lange Furchen, die sich von den verschiedensten Teilen der Arena aus zu einer Pforte, die nur angelehnt war, hinzogen, kleine Blutlachen, rote, feuchte Flecke von in den Sand gesickertem Blut, herumstehende Sklaven in Merkurmasken mit einem Dreizack versehen, andere mit einem Instrument das einer Thunfischharpune ähnlich war — dann gedrängt vollsitzende, kreisförmige Zuschauerbänke, von denen unaufhörlich Geschrei und Gekreisch her schallte, der kaiserliche Vorbau mit Purpurüberdachungen versehen und mit glänzendem Gefolge von hohen Würdenträgern, schönen, malerisch drapierten Frauen und Günstlingen angefüllt, die brennende Sonne, das aufregende Geräusch der Tuba- und Hörnermusik — das waren die ersten Eindrücke, die Gernot und Hilderich von dem Amphitheater erhielten.

Sie marschierten gerade auf den kaiserlichen Vorbau zu, um den Kaiser mit dem herkömmlichen: „Ave Caesar, morituri te salutant"[24] zu grüßen. Kräftig und todesmutig hallte der Gruß durch die Arena. Kaiser Nero saß — oder lag vielmehr in der gestickten Purpurtoga, den goldenen

---

[24] „Heil dir, Caesar, die Todgeweihten grüßen dich!"

Lorbeerkranz im Haar, auf der sog. Sella Imperatoria[25]. Er blickte energisch, interessiert und lebhaft auf die Neuankömmlinge herab, musterte sie mit Kennerblick und sagte:

„Das sind derbe Burschen. Sie werden tüchtig hintereinander hergehen!"

„Ich bin glücklich, in meiner Auswahl deinen kaiserlichen Beifall zu haben," sagte Seneca, der hinter dem Kaiser saß. Auch Poppaea, die schöne Frau des Otho, jetzt Kaiserin, gab dem Konsul huldvoll ihren Beifall zu erkennen. Seneca war überglücklich. Neben ihm lag die schöne, verschwenderische Frau des Prosenes, des Verwalters der kaiserlichen Schatzkammer, die liebliche Phta. Sie trug Tuniken aus Gaze und eine Toga von hellgelber ägyptischer Seide. Sie war die Eleganz, die geistreiche Mode des Hofes; ihre Haarkunst war maßgebend, ihr Luxus ungeheuer. Sie verbrauchte in einer Woche mehr, als die Republik in ihrer besten Zeit der Tochter eines verdienten Feldherrn an Aussteuer gab; ihre Spezialität war Stadtklatsch.

„So weißt du's noch nicht, Konsul?" fragte sie den alten Seneca, „oh, es ist jammerschade!"

„Um was, schönste Phta?"

---

[25] Sella Imperatoria: Ein Sessel welcher in hohen Ehren gehalten wurde, so dass man es für ein Verbrechen hielt, wenn sich ein anderer als der Imperator darauf setzte.

„Der arme Apicius! Denke nur, er hat sich die Adern aufgeschnitten. Er war so nett."

Seneca war plötzlich bleich geworden; wenn ein Blitz aus heiterem Himmel über das Theater gezuckt hätte, so konnte er nicht mehr erschrecken, als über das gleichgültige Geplauder der schonen Phta.

„Warum?" stotterte er verstört.

„Ei, warum schneidet man sich die Adern auf? Eines schönen Tages hatte sich herausgestellt, dass er nur noch zehn Millionen Sesterze im Vermögen hatte, wovon ein Mann wie Apicius doch unmöglich leben kann. So hat er sich kurzentschlossen getötet."

„Entsetzlich!"

„Wieso denn? Was ist denn dabei? Ein Mensch mehr oder weniger, was will denn das heißen? Ein Gladiator oder ein Senator oh sieh hin, sie gehen schon gegeneinander los! Schöne, prächtige Gestalten — du hast wirklich ausgezeichnete Verdienste um Volk und Staat erworben, Konsul."

Gernot und Hilderich standen in der Arena zwei Retiariern gegenüber, die versuchten, sie durch große Netze, die sie ihnen über die Köpfe warfen wehrlos zu machen und zu töten. Gernot aber sprang mit einem gewaltigen Satz in die Höhe und fasste das Netz noch ehe es sich ausbreiten konnte.

„Oh wie schön," rief die niedliche Phta, „wie großartig; töte, töte!" schrie sie hinunter in die Arena als sie sah, dass Gernot den Retiarier überwunden hatte und dieser nun, hilflos und wehrlos, das Volk um Gnade bat.

„Töte, töte!" rief es von allen Sitzen, indem man die geballte Faust mit niedergestreckten Daumen vorhielt. Darauf stieß Gernot seinem Gegner das Messer in den Hals. Sofort kamen die Merkure, hakten den töten Gladiator am Gurt an und schleiften ihn eiligen Schrittes durch die angelehnte Tür in die Totenkammer.

„Was für prächtige Gestalten. Oh ich mochte sie einmal mit Hoplomachen kämpfen sehen!" rief Phta begeistert aus.

„Ein sinniger Einfall," sagte Poppaea, „meine gute Phta hat hoch immer die besten Ideen. Cäsar, du wirst uns das Vergnügen nicht versagen!"

Kaiser Nero war wohl der einzige Kaiser von Rom, der wirklich ein Künstler war. Wenn andere Kaiser aus Politik Wagenlenker, Sänger ober Tänzer wurden, so war Nero Sänger, Tänzer, Redner, Dichter, Wagenlenker aus Passion; er war ein Kaiser, der sich bei den Spielen wirklich in höchsteigner Person amüsierte. Er verstand alles selbst, kümmerte sich selbst um alles und hätte voraussichtlich alles viel besser gemacht als andere, wenn er nicht zufällig Kaiser gewesen wäre.

„Wie kann ich dir ein Vergnügen versagen, Poppaea?"

Der Plan des Glandilus, die beiden Germanen unbemerkt wieder aus der Arena zu bringen, scheiterte vollständig an dem Aufsehen, die ihre schönen Gestalten und ihre Geschicklichkeit machten, mit der sie den von Jugend auf gewohnten Kampf mit dem kurzen Schwert ausübten. Auch während der folgenden Massenkämpfe zwischen ganzen Scharen von Retiariern, Thraciern, Esidariern und Samnitern verlor man die beiden langen Germanen nicht aus den Augen und je mehr Leichen in der dunkeln Pforte verschwanden, je blutbefleckter die Arena erschien, desto aufgeregter wurde das Volk, desto wilder und grausamer schrie es immer wieder sein „Töte, töte" hinab auf die unglücklichen Opfer. Aber wie in der Komödie der Dialog, so war beim Gladiatorenschauspiel der Einzelkampf der interessanteste und die kleine niedliche Phta geriet in ein kindisches und kindliches Entzücken, wenn man sich in der Arena — langsam und deutlich — nach allen Regeln der Kunst abschlachtete. Nur des wissenschaftlichen Interesses wegen mussten Gernot und Hilderich der Reihe nach gegen die schwerbewaffneten Sekutoren, gegen die ganz in Eisen gehüllten Hoplomachen, die sich gegenseitig durch die Visierlöcher zu stechen versuchten, kämpfen. Sie siegten mit einer bewundernswerten Geschicklichkeit und ein frenetischer Jubel des Volkes belohnte sie.

„Ich möchte sie gerne einmal gegeneinander kämpfen sehen!" flüsterte die niedliche, zierliche Phta.

„Gewiss, dann wird es sich zeigen, wer der Stärkste ist!" fügte die schöne Poppaea hinzu.

Hilderich hatte im Kampf mit dem Hoplomachen eine Schenkelwunde erhalten. Obwohl nicht sehr gefährlich, blutete sie doch stark und schwächte ihn. Müde lehnte er sich auf sein Schild, als der Befehl in die Arena kam, dass die beiden Germanen gegeneinander kämpfen sollen.

Eine furchtbare Aufregung entstand. Von den unteren Senatorenbänken, wo Livia saß, bahnte sie sich wie wahnsinnig einen Weg zum kaiserlichen Balkon, wo sie sich vor Nero verzweiflungsvoll auf die Knie warf.

„Nimm mein Leben, Cäsar und lass das ihre!" stöhnte sie hervor.

„Ach, das ist zu köstlich," schäkerte Phta, „als ob es nicht noch mehr schöner Arenahelden gäbe."

„Tröste dich, schöne Livia, das Volk verlangt es," sagte der Kaiser auf die brüllenden, kreischenden Massen deutend, die aufgeregt von ihren Sitzen aufgestanden waren — „und der Wille des Volkes soll geschehen!"

Da hörte Seneca durch den wüsten Tumult hoch von den obersten Reihen wieder die Stimme, die immer „Erbarmen, Erbarmen!" rief. Der Kaiser hörte es auch und war über den sonderbaren Ruf nicht wenig erstaunt. Wem ging es denn etwas an, was er mit seinen Gladiatoren machte? Sie waren doch sein Eigentum! Jede Einmischung in seine Entschließungen war dreiste Frechheit.

Wieder gab er das Signal zu dem interessanten Zweikampf.

Gernot blickte erschrocken auf seinen Bruder, der bleich, blutend und müde, immer noch auf seinen Schild gestützt in der Arena stand. Gegen ihn sollte er das Schwert zücken, das er noch rauchend und blutig in der Hand hielt. Es wurde ihm schwarz vor den Augen, in unsäglicher Angst drehte er sich zum kaiserlichen Balkon, und hob den Zeigefinger um Gnade bittend zum Kaiser empor. Er hatte sich geschworen: Kein Römer sollte ihn demütigen! Und nun musste er vor versammeltem Volk um Gnade bitten. Nicht um ein Königreich hätte er es getan, um seinen Bruder musste er es tun!

Der Kaiser runzelte unwillig die Stirn und das Volk schrie Schimpfworte auf die beiden Gladiatoren herunter, wie „Feiglinge, bleich haariges Gesindel" und noch Schlimmeres. Aber in einer plötzlichen zärtlichen Aufwallung seiner brüderlichen Liebe, warf Gernot hastig das Schwert weg, stürzte stürmisch auf Hilderich zu und umarmte und küsste ihn.

Das war denn doch zu stark! Zwei Gladiatoren, die sich gegenseitig die Hälse abschneiden sollten, standen in der Arena und küssten sich! Ein wüster Tumult und wildes Geschrei erhob sich auf allen Sitzreihen und zum dritten Mal gab der Kaiser das Signal zum Kampf. Schon nahten sich die Merkure mit glühenden Eisen, mit denen sie bei weiterer Weigerung die beiden in den Kampf zu treiben hatten, als Hilderich seinem Bruder leise zuflüsterte:

„Stoß zu, Gernot, stoß zu! Bei diesem Volk gibt es kein Erbarmen, ich will bei diesem Volk nicht leben; stoß zu und rette dadurch wenigstens dich."

„Ja, warum kämpfen denn die beiden nicht?" schmollte die niedliche Phta, „Das ist ja abscheulich."

„Sie sind Brüder." sagte Seneca.

„Ja, eben darum sollten sie kämpfen, umso interessanter ist der Kampf. Der Sieger hat in diesem Fall nicht nur den Triumph des Sieges, sondern er kann seinen Gegner auch gleich beerben!"

Der Kaiser sah sich hastig nach der braunen Ägypterin um. Seine Augen schossen Blitze und die unschuldig schwätzende Phta wurde bleich. Sie wusste was solche Blicke des Kaisers zu bedeuten hatten; die ganz unschuldige Bemerkung, die sie unabsichtlich ohne jeden Gedanken an den Kaiser und Britanniens gemacht hatte, konnte den Tod nach sich ziehen. Der Kaiser war in seiner Unberechenbarkeit ein Schrecken seiner Umgebung.

Schließlich mussten sich die beiden Brüder doch zu einem gegenseitigen Kampf entschließen, wenn sie nicht unter den glühenden Spießen der Merkure verenden wollten. Aber sie waren in solchen Spielen so geübt, dass es ihnen leicht wurde, ein Scheingefecht zu führen.

Kräftig und laut schallend fielen die Hiebe auf die Schilde, beweglich und flink führten sie überraschende Wendungen und Stellungen aus, die ihnen aus ihren Jugendspielen geläufig, den Römern aber trotzdem neu waren. Dennoch entsprach diese Art des Kampfes nicht den Römern. Man wollte Blut sehen, man merkte den Betrug und wurde nur noch ungehaltener auf die Kämpfer, die sich nichts tun wollten, somit Volk und Hof um ihr Vergnügen brachten.

Da ließ Hilderich plötzlich seinen Schild fallen und parierte einen Schlag nicht, den sein Bruder gegen die Brust führte. Eine breite klaffende Wunde, die vielleicht nicht einmal so gefährlich war, aber sehr gefährlich aussah und stark blutete, entstand, und entkräftet brach Hilderich in die Knie. Gernot, der Sieger wider Willen, war bestürzt und erschrocken, das Volk jubelte ihm als Sieger zu, aber ihm erschien der Jubel wie ein widerliches Geheul wilder Bestien.

„Erhebe deinen Zeigefinger und bitte um Gnade, sonst töten sie dich!" raunte Gernot seinem Bruder zu.

„Lieber sterben, als bei diesem Volk leben." hauchte Hilderich. Gernot war in Todesangst um seinen Bruder! Was sollte er tun? Da sah er schon einen maskierten Merkur mit seinem Dreizack herankommen, der Hilderich schon als seine Beute zu betrachten und ihm den Dreizack von hinten in den Leib zu rennen drohte! Gernot wusste nicht mehr, was er tat. Unwillkürlich versuchte er seinen Bruder zu schützen und warf sein Schwert dem ankommenden Merkur entgegen, der sofort laut ächzend zusammenbrach. Ein Schrei der Entrüstung ging durch das ganze Theater und von allen Seiten stürzten die Merkure mit ihren Dreizacken herbei auf die beiden Gladiatoren, von denen der eine waffenlos, der andere tödlich verwundet war.

Und sie erschlugen die beiden Brüder wie tolle Hunde, sodass einer auf den anderen fiel!

Wieder hörte Seneca die Stimme, die laut und gellend durch all den Tumult „Erbarmen, Erbarmen!" rief. Warum durchschauerte es ihn dabei so? Er wandte sich zur Seite, wo die Stimme herkam und sah, wie man eine blonde Frau forttrug. War sie ohnmächtig, oder tot? Das letztere wäre wohl das Beste dachte Seneca.

Die Szene hatte das Volk nur vorübergehend aufgeregt, die Pause, die nun im Spiel eintrat, nahm jetzt dessen volle Tätigkeit und Aufmerksamkeit in Anspruch, denn das Volk wurde nunmehr da die Spiele den ganzen Tag dauerten beköstigt, was ebenfalls auf Kosten des Kaisers geschah. Es gab Bohnen und Erbsenbrei.

Seneca trat während dieser Pause heraus in einen der Korridore, die unter den Sitzreihen in jeder Etage hinliefen. Hier erwartete ihn eine große Anzahl von allerhand ziemlich schmieriger, wohledler Bürger von Rom, Händler, Makler, Spekulanten, Faullenzer und Schreihälse, die ihn sofort mit stürmischen Vivat-Rufen empfingen. An ihrer Spitze stand Glandilus.

„Ist alles bereit?" fragte Seneca.

„Wir erwarten nur deine Befehle, hoher Seneca. Alles ist in bester Weise vorbereitet."

„So geht und verteilt euch. Die Zeit ist da!"

Als Seneca den kaiserlichen Vorbau wieder betrat, lauschte er aufmerksam in das weite Theater hinaus. Er sah wie sich nach und nach in allen Sitzreihen größere und kleinere Gruppen bildeten, die laut debattierend und schreiend untereinander verhandelten, sich zu immer größeren Gruppen zusammenschlossen und endlich ein immer mehr und mehr anwachsendes Geschrei entstand. Noch war die Demonstration indessen auf gewisse Teile des Theaters beschränkt und nur verworren und unklar tönten die Rufe zum Kaiser, der sich gerade mit Poppaea über die Leistungen des Tänzers Paris unterhielt. Aber von Minute zu Minute, von Augenblick zu Augenblick wurde der Tumult grösser, immer neue Massen stimmten in die Rufe ein und schließlich war es ein wildes unbeschreibliches Tohuwabohu, das durch das ganze Theater erbrauste und das gewaltige Gebäude erbeben ließ.

„Nieder mit den Christen, Tod den Christen" brauste es wie aus einem Orkan heraus zu dem kaiserlichen Balkon hin. Wilde Gesichter, drohende und lebhaft gestikulierende Arme und Hände, tosender Lärm waren überall. Der Kaiser stand auf und schaute blitzenden Auges in das wilde Chaos hinein; er liebte solche

Szenen; er verglich das Volk mit einer Riesenbestie, die er neckte und reizte, schlug und stieß, damit sie sich in Wildheit zeigte.

„Was wollen sie?" fragte er.

Es wurde im Theater bemerkt, dass Seneca zum Kaiser sprach; die Menge glaube zu erraten warum; brausende Jubelrufe auf den alten Seneca wurden laut.

„Es hat sich herausgestellt, dass die beiden Gladiatoren, die nicht miteinander kämpfen wollten, Christen waren," sagte Seneca erklärend, „das heißt einer abergläubischen Sekte angehören, von der das Volk mit Recht empört, dass sie die Spiele stört, die Götter verachtet und sogar den Kaisern nicht opfert — überhaupt dem Staat gefährlich ist. Sie verlangen deshalb Maßregeln gegen die ganze christliche Sekte, sie verlangen ihre Ausrottung!"

„Und was verlangst Du?"

Der einfache Sieg des Seneca über den Christen Plantius war kein entscheidender und endgültiger, wenn es ihm nicht gelang, die Staatsgefährlichkeit der neuen Sekte nachzuweisen. Er versäumte deshalb keine Gelegenheit, die Gefahren, die das Christentum für Staat und Religion in sich tragen sollte, so groß und ungeheuerlich zu schildern, wie nur möglich, zum einen um seine Stellung zu befestigen, und zum anderen um sich als Überwinder der Staatsgefahr Glanz und Relief zu verleihen.

„Die Demonstration ist gerechtfertigter, wie selten eine, erhabener Herr. Das Volk macht dieses Mal von seinen Gepflogenheiten, seine Herzenswünsche im Theater vor den Herrscher zu bringen, einen durchaus würdigen Gebrauch!"

Daraufhin wandte sich Nero zu dem Volk und machte eine eigentümliche Handbewegung. Er zeigte nämlich dem Volk die Innenfläche der rechten Hand, die er mit gestreckten aneinander liegenden Fingern einige Male vor und zurückbeugte. Dies war das Zeichen mit dem er dem Volk die Erfüllung seiner Bitte zusagte und welches endlosen Jubel und Lärm entfesselte. Ah — wie stolz war das große und mächtige Volk von Rom auf seinen Nero, der so durch und durch Römer, so eng verwachsen mit dem Volk, die Interessen des Staates und Volkes so sicher erfasste, so gut verstand!

6. Kapitel

Die Nacht war schwarz und stumm auf Rom herabgesunken; nur der Sturm heulte durch die Gassen. Langgezogene pfeifende Töne, wie bangendes Stöhnen der Opfer des Tages, durchzitterten die Finsternis. Dicke Wolkenmassen jagten vom Sturm gepeitscht am Himmel vorüber; die Luft war schwül und gewitterschwanger.

Auf der größten Erhöhung der Stadt, auf dem kapitolinischen Hügel, stand in einsamer hehrer Ruhe das größte Heiligtum der römischen Staatsreligion, der Hort des Römertums, der Tempel des Jupiter Kapitolinus. Sechs einfache mächtige Säulen mit formvollendeten Kapitälen trugen den giebelartigen Vorbau, drei Eingänge führten in das Innere des Tempels. Der erste in die Cella der Juno, der linke in die der Minerva, der mittlere in die der obersten aller Götter in der Welt, des Jupiter Kapitolinus. Alles lag stumm; kalt und starr standen die Götterbilder aus weißem Marmor; Öllampen, die im Wind hin und her flackerten, erleuchteten den Raum nur spärlich und warfen große zitternde Schatten auf den Mosaikboden, Auf den Stufen, die zur Jupiterstatue hinauf führten, lag die Frau, die Seneca in der Via Lata nicht hatte hören und verstehen wollen, die Mutter der beiden Gladiatoren Gernot und Hilderich. Sonst war nichts Lebendes in dem Tempel. Mit Mühe hatte sie sich hierher geschleppt; hier wollte sie den Blitz aus der Hand des Gottes erwarten, der sie mitleidig töten sollte. Aber die Blitze, die der steinerne Gott in der Hand hielt, waren aus Gold und töteten nicht. Sie seufzte tief auf und richtete das tränennasse, schmerzverzerrte Antlitz zu dem steinernen Gott empor.

„Der große Wodan, Thor und Baldur haben mich verlassen," betete sie, „und haben mich hinabgestürzt in die Nacht der Verzweiflung, des ewigen, hoffnungslosen Schmerzes. Meine Seele ist zerrissen, mein Körper ist gebrochen. Oh, erbarme dich, den alle als den größten aller Götter anbeten, der du die Blitze sendest und die Götter regierst, nimm dich meines Elends an und töte mich!"

Alles blieb stumm. Nur der Wind heulte um das einsame Haus des Mons Kapitolinus und müde, verzweifelt presste die arme Frau ihre fieberheiße Stirn an den kalten Stein des Götterbildes. Aber das Bild erwärmte nicht, es blieb totenkalt, starr, ungerührt. Von vielem Schluchzen unterbrochen, fuhr die Frau fort zu beten:

„Was soll ich auf der Welt? Der Gatte liegt erschlagen an den fernen Ufern des Rheins, das Blut der Söhne, die unter den grausamen Schlägen einer wilden Sklavenschaar endeten, hat die Arena getrunken — ich habe keine Tränen mehr, sie ihnen nachzuweinen; meine Brust ist vertrocknet und in meinem Herzen wohnt die Verzweiflung. Sende deinen Blitzstrahl auf mich herab, du großer und mächtiger Gott, und sterbend will ich deine barmherzige Hand segnen!"

Nein! der Gott regte sich nicht, noch immer wartete sie vergebens, der Stein blieb regungslos. Der Wind, der durch die offenen Pforten eindrang, verlöschte eine Lampe; eine kleine Veränderung in der Beleuchtung, in den Schattenrissen am Boden — sonst nichts. Alles war wie vorher. Auch der Wind fuhr noch klagend und stöhnend wie vorher durch die Halle; er schien mitfühlender zu sein, als die Götter, die in erbarmungsloser, eisiger Ruhe verharrten.

„Eltern, Kinder und Gatten habe ich verloren und die Heimat verlassen; als ein einsames, gequältes Weib, stehe ich in der Welt, die mir eine Marter ist. Gibt es noch eine Qual, die ich nicht durchkostet habe? Gibt es noch einen Seelenschmerz, der mir neu wäre? Bin ich noch nicht elend genug um zu sterben? Ich habe so viel gelitten, dass ich Furcht vor dem Leben habe und meine einzige Hoffnung der Tod ist."

Zweifelnd und verzweifelnd schaute sie wieder empor zu dem Steinbild, aber es stand noch immer in erbarmungsloser Regungslosigkeit da. Da rang sie in ihrer namenlosen Not die Hände und rief, dass es gellend durch die Tempelhallen tönte:

„Wo ist der Gott, der mich von meiner Qual erlöst? Tod oder Leben, nur Ruhe und Frieden meiner Seele!"

Ein dumpfes Echo ihrer durchdringenden Stimme war das einzige, was ihrer Verzweiflung antwortete. Da raffte sie sich auf und stürzte hinaus aus dem Tempel, in dem sie kein Mitleid fand; wie wahnsinnig lief sie die Steinstufen zum Forum hinab — wohin? In der finsteren

Nacht, allein in der großen, wilden Stadt — wohin? Sie wusste es nicht! Wie ein Schiff im Sturm, mast- und steuerlos suchte sie Ruhe — des Hafens oder des Meergrundes. So kam sie nach Vellabrum[26]. Wüste Nachtschwärmer saßen herum, oder liefen johlend und schreiend von einer Bäckerei zur andern, in denen man nach altrömischer Sitte dem Bacchus wilde Opfer brachte. Warum konnte sie nicht auch lustig sein? Starben dieser Leute Kinder, Väter, Gatten und Söhne nicht auch? Warum musste gerade sie, gerade ihr Volk das tiefe Gemüt, das lebendige Maß des Unglücks mit sich herumtragen — zu ihrer Qual? Fand sie keinen Trost an der Verworfenheit anderer? Spiegelte sich ihre eigene Reinheit des Gefühls nicht wider im Schmutz anderer? Nein! Mit Schauder und innerlichem Ekel wandte sie sich ab, ihr Schmerz war ihr immer noch heiliger als dieses Leben!

Immer weiter verlor sie sich in das Innere der riesigen Weltstadt. Am Kastortempel sah sie einen Haufen Männer in weißen Talaren sitzen. Um Opferaltäre, kleine Herde oder auch offene Feuer vor dem Tempel standen Gruppen von Opferpfaffen und andächtige Zuhörer. Es waren Wahrsager, Zeichendeuter, Auguren, chaldäische Horoskopsteller, Leute die aus dem Flug der Vögel, aus den Blitzen während der Gewitter, aus den Sternen wahrsagten, Agenten für auswärtige Orakel, lauter

---

[26] Velabrum: Name der ursprünglich sumpfigen Gegend in Rom, welche zwischen dem Westabhang des Palatins und dem Kapitol lag und sich bis zum Tiber erstreckte.

pfiffige Betrüger, die dem abergläubischen Volk für schweres Geld Wissenschaften verkauften, die niemand hatte.

Da waren die Dolmetscher der Dämonen aus der Mondregion, die über Leben und Sterben die sicherste Auskunft gaben, die ägyptischen Tieranbeter, die mit ihren Klapperblechen einen tollen und geräuschvollen Spuk aufführten und in ihren langen phantastischen Gewändern auffallende Figuren machten. Da waren Priester des Zauberers Arnuphis in Alexandrien, die allerlei Krankheiten und Gebrechen zu heilen vorgaben, ferner Chaldäer, die behaupteten, dass alles Geschick von der Geburt bis zum letzten Lebenstag in den Sternen geschrieben stand und deshalb aller Götterglaube oder Unglaube unnütz sei. Da waren auch die Agenten all' der kleineren Spezial-Gottheiten, der Epona, Lucina, Mefitis, der cappadocischen Ma, der die Priester das eigene Blut opferten, der Genien oder persönlichen Gottheiten, die für besondere Fälle angerufen wurden — kurz es war ein religiöses Babel am Kastortempel. — Hatte auch nur einer von ihnen Trost und Mitleid für ihr Unglück? Müde schleppte sie ihr Kreuz weiter, immer nach Osten lenkte sie die Schritte. Da kam sie zum Tempel der Naturmutter Isis. Helle Lichtstrahlen und eintöniger, einschläfernder Gesang der Priester und Priesterinnen drangen aus dem offenen Portal auf die Straße. Erschöpft trat Mechthilde — so hieß die Frau — ein; dicke plumpe buntbemalte Säulen ohne Kapitäle und Kannelierung bildeten in der Mitte des Tempels einen langen imposanten Gang, an dessen Ende die Statue der Isis in dunkler Bronze stand.

Rechts und Links von dem Gang, in dunklen, durchweg eckig gebauten Nischen waren die Bilder des Osiris, Serapis, Anubis, der heiligen Stiere, Vögel und Elefanten angebracht. In gleichmäßigen, langweiligen Rhythmen ertönte der Gesang der Priester und Priesterinnen, die abwechselnd, wie im Dialog ihre Gebete zur Naturmutter Isis schickten.

Dabei tanzten die Priesterinnen mit einmal schönen, dann wieder weniger schönen Bewegungen und Beugungen des Oberkörpers langsam und gemessen um das Bronzebild herum, Weihrauchwolken stiegen unaufhörlich auf, so dass die Luft von starken Gerüchen und Dampf erfüllt war. Alles war steif, zeremoniell, wie in der Form erkaltet und verhärtet; gedankenlos haspelten die Priester — ohne jede innere Bewegung — ihre Gebete herunter. Alles in dem Isis-Tempel kam Mechthilden so fremdartig, so wenig fromm und innerlich, so gemütlos vor; die in langweilige, genau abgemessene Rhythmen eingepresste Frömmigkeit diente ihrem so lebendigen Schmerz nicht, er tötete vielmehr ihre Andacht und ihren Glauben. Diese Götter sahen ihr nicht nach liebevollem Mitleid aus. Sie drohten sie zu ersticken und zu erdrücken! So floh sie aus dem Heiligtum der Naturmutter Isis — ihr war sie keine Mutter!

Sie irrte weiter durch die finsteren Straßen; schwere Regentropfen fielen hernieder und durchnässten ihre Kleider. Verlassen und verstoßen von Menschen und Göttern, verfolgt und grausam beleidigt in ihren heiligsten

Gefühlen, fand sie in dem ganzen, großen Rom weder Mitleid noch Trost.

Da kam ihr auf der Straße ein wundersamer Zug entgegen. Eine Frau mit einem Säugling auf dem Arm schritt voran. Die Frau weinte und sträubte sich öfter mit zu gehen, wohin sie die ganz verhüllten Männer, die mit ihr kamen, führen wollten. Sie küsste das Kind häufig, das ihr vertrauensselig und glücklich entgegenlächelte. Es waren acht oder zehn Männer die mit ihr kamen, vollständig in weiße Talare eingemummt, mit Fackeln in der Hand. Im Kopf der Talare waren zwei Locher, durch die die Männer sahen, was einen gespenstischen Eindruck machte.

„Was tut ihr?" rief Mechthilde.

„Opfern!" antwortete einer der Männer. Mechthilde folgte ihnen durch ein Haus hindurch in einen langen Gang, an dessen Ende sie mehrere Steinstufen hinabstiegen und in ein kellerartiges Gewölbe gelangten. Hier waren noch mehr solche weißvermummte Männer, von denen einer — der Oberpriester — einen goldenen Reifen um die Stirn trug, von dem lange rote Bänder herabflatterten. Mechthilde hatte einen solchen Tempel noch nie gesehen. In der Mitte des Raumes befand sich ein Altar, über dem sich eine bronzene unförmliche Statue mit grässlichem Gesicht und einem gewaltig großen Mund erhob. Auf dem davor befindlichen Opfertisch lagen mehrere Holzstäbchen und einige Gefäße, die von außen blitzten und goldig glänzten, innen aber wie von Blut gerötet waren. Zwei Opfermesser, wie sie solche schon öfter gesehen hatte, wenn die Priester die Opferstiere schlachteten, hingen an langen goldenen Ketten vom Opfertisch herab.

Die Männer bildeten einen Kreis um den Opfertisch, erhoben laut betend die Hände zu ihrem Gott und der Opferpriester nahm das Kind aus den Armen der Frau. Die Frau fiel in Ohnmacht und Mechthilde schaute in atemloser Erwartung, was da wohl geschehen würde.

Noch während die Priester laut und in immer schneller werdendem Tempo sangen, stieß der Oberpriester plötzlich dem Kind das Opfermesser in den Hals und fing das aus der Wunde strömende Blut in den goldenen Gefäßen auf.

Entsetzt schrie Mechthilde laut auf! Sie war in den Tempel des grässlichen numidischen Gottes Moloch geraten, dem Kinder geopfert wurden. Mit Schauder und Grausen floh sie; sie wollte nichts mehr sehen oder wissen; sie wollte sterben, sie hatte Furcht vor den Menschen und Schrecken vor den Göttern, immer finsterer umschlang sie die Verzweiflung und bang klagend seufzte sie in die Nacht:

„Das Unglück hat keinen Gott, der Arme keine Erlösung. Für mich bleibt nur Verzweiflung und Tod."

In der Angst und Verlassenheit war sie unbewusst vom Weg abgekommen und auf ein Feld geraten, aus dem lauter kleine, runde, kopfähnliche Steine, teils mit

Gesichtern und Haaren bemalt, ragten. Das waren Leichensteine, und das Feld, auf dem sie sich befand, war der Totenacker der Priscilla. Noch immer fiel der Regen und sie wusste kein schützendes Obdach; sie dachte wohl auch nicht daran, sich eins zu suchen. Sie war so tief unglücklich, so bis zum Tod traurig, dass sie ihr körperliches Elend nicht beachtete.

Nun aber versagte die Natur ihr die Kräfte zum Weiterschleppen. Wohin auch? Es war ja gerade recht, wenn sie auf dem Totenacker der Priscilla starb, wenn sie nur starb! Mit einem tiefen Seufzer stürzte sie zusammen und schlug auf die Gräberstätte hin. Erbarmungslos verlassen von Göttern und Menschen erwartete Mechthilde ihr Ende!

Aus der bloßen Erde, im Sturm, der in ihrem Haar wühlte, und im Regen, der sie durchnässte und klatschend auf sie herabfiel — am Ort der Toten, ausgestoßen aus der menschlichen Gesellschaft, die ihre Mutterangst vergebens um Erbarmen, ihr Mutterschmerz vergebens um Trost im Elend angebettelt hatte — lag sie da! Erbarmen, Trost, Hoffnung — Nichts! Die römische Welt kannte das nicht, Menschen und Götter gingen an diesen edelsten und reinsten Blüten des Menschentums ohne Sinn und Verständnis vorüber. Dem Unglück das Ende — das war die Lösung, das war der Fluch der Welt, die Nacht des Menschentums, in die kein Stern sein tröstliches Leuchten sandte!

— Tausende von Gladiatoren wurden getötet, Tausende von Feinde durch die Römer überwunden und erschlagen, Tausende von Frauen und Mütter teilten das Los Mechthildens, das tiefste Elend, der bittere Herz zerreißende Schmerz, die grausame Verlassenheit war keine Ausnahme! Wie sehr auch Mechthilde leiden mochte, wie tief auch ihr Herz verwundet war — sie trug doch nur das allgemeine Kreuz der Welt! Aber es war deshalb nicht weniger hart, es war nur grausamer. —

Da hob Mechthilde plötzlich wie neu gestärkt den Kopf wieder in die Höhe und lauschte. War es Wahnsinn und Fieberphantasie, oder war es Wirklichkeit? Sie hatte eine Stimme durch Nacht und Sturm gehört — vom Himmel, aus der Erde oder aus den Gräbern — sie wusste es nicht; aber wie ein Blitz in der Nacht war der Ton dieser Stimme in die Nacht ihres Elends gefahren und hatte sie erhellt. — Wieder ertönte die Stimme.

Ganz deutlich hörte sie sie aus den Gräbern einen milden, tröstenden, weicher Ton herauftönen, wie sie ihn noch nie gehört hatte. So wie Tau in der Wüste, wie ein Jubel klang es in das Innerste ihrer Seele hinein — wie eine Erlösung von allen Übeln.

„Kommt her zu mir, die ihr mühselig und beladen seid, ich will euch erfrischen."

Liebevoller Trost und Verheißung lag in den Worten, und was konnte Mechthilden mehr aufrichten, mehr helfen als Worte der Hoffnung und Liebe? Sie ging mit klopfendem

Herzen der Stimme nach, die ihr wie eine Errettung, wie eine Erlösung klang. Der Sturm verschlang vieles und Mechthilde wollte und durfte keines der Worte verlieren, sie hatte sie so sehr nötig, — umso nötiger, je mehr sie im Innersten verwundet und zerrissen war. Wieder hörte sie dieselbe Stimme:

„Selig sind, die um der Gerechtigkeit willen leiden und verfolgt werden, denn das Himmelreich ist ihr.

Selig sind, die da Leid tragen, denn sie sollen getröstet werden.

Selig sind, die es hungert und dürstet nach der Gerechtigkeit denn sie sollen satt werden.

Selig sind, die reinen Herzens sind, denn sie werden Gott erblicken."

Verstand Mechthilde den rechten Sinn der Worte? Hatte sie Empfängnis für den Zauber, für die unerreichte, unbeschreibliche Poesie der Liebe, des Trostes und der Verheißung, die aus diesen Worten heraustönte? — Das Unglück ist gar gelehrig, es vertraut und glaubt, Mechthilde glaubte an den Edelsinn, der die Worte sprach: Den Unglücklichen belügt man nicht.

Mit ungestümer Hast stürzte sie vorwärts; sie hatte das Nieseln der großen Heilsquelle vernommen, an welcher die Welt gesunden sollte, und wie der Ertrinkende nach dem letzten Rettungsmittel in Hast und Todesangst greift, so eilte sie lauschend vorwärts.

Vor einem alten verfallenen Gemäuer blieb sie stehen. Es waren nur grasbewachsene, trümmerhafte Reste der Umfassungsmauern, Überbleibsel eines Tempels aus grauer Vorzeit, der dem Sturm der Zeiten und Leidenschaften nicht hatte widerstehen können. Sie fand darin eine verfallene schmale Steintreppe, die direkt in die Erde führte und etwa dreißig Stufen tief ging. Mechthilde ging — immer der Stimme des Predigers folgend — die Treppe hinab und kam in einen unterirdischen Gang, der zu einer verschlossenen Tür führte, aus der durch die Ritzen Lichtstrahlen drangen. Rechts und links in dem Gang waren Gräber eingehöhlt und mit den Namen der dort Begrabenen und allerlei symbolischen Abzeichen und Abbildungen versehen. An der Tür selbst, an der sie pochte und rüttelte, las sie die eingemeißelten Worte:

„Liebet euch untereinander."

Darüber war in Steinmosaik ein aufrechtstehendes Kreuz, an dem ein blutender Mann mit einer Dornenkrone hing, abgebildet.

Endlich wurde ihr geöffnet. Der Raum, in den sie trat, war eine etwas breitere Verlängerung des Ganges, an dessen Ende ein Altar stand, der, schwarz verhangen, mit zwei Öllampen versehen war. In der Mitte derselben bemerkte Mechthilde wieder ein solches Kreuz, wie sie schon an der Tür gesehen hatte. Die Gemeinde, die hier ihren Gottesdienst abhielt, war etwa siebzig Personen stark und bestand aus Männern und Frauen aller Stände

— auch Sklaven. — Das war die Krypta einer der ersten christlichen Gemeinden in Rom!

Mechthildens Aufmerksamkeit wurde aber ganz von dem Priester gefesselt, der mit den ihr bekannten Priestern so gar nichts gemeinsam hatte. Die ruhige, liebevolle Milde seiner Worte, der überzeugende, hoheitsvolle, sichere Ton seiner Stimme und vor allen Dingen der klare, licht- und liebevolle Sinn seiner Rede riss sie dahin, begeisterte sie und nahm sie ganz gefangen. Es war ein Mann von sechzig Jahren oder auch darüber, aber die Jahre waren an ihm spurlos vorübergegangen, ohne ihm die Mängel und Schwächen des Alters aufzudrücken. Ungebeugt, voll Kraft und Hoheit stand seine göttliche Gestalt am Altar und waltete ihres Amtes. Eine lange schwarze Toga umwallte ihn majestätisch und gab ihm etwas Überirdisches, Geweihtes, Unnahbares. Ein voller schwarzer Bart fiel ihm über die Brust, seine Hautfarbe war tiefbraun. Im Gesicht hatte er einige Narben — um seines Glaubens willen —, Andenken an den Fanatismus der Jerusalemer Priesterschaft.

Das war der Mann, der unter den Mauern von Damaskus im Sand liegend, schreckensbleich und Tränen der Reue vergießend, die Stimme unseres Herrn aus den Wolken gehört hatte, die rief: „Warum verfolgst du mich?" Das war der Mann, der seit dreißig Jahren seine gewaltigen Geisteskräfte, seine Energie und Opferfreudigkeit, seinen unerschrockenen Mut in den Dienst der christlichen Idee gestellt hatte, der den Kampf mit einer Welt aufgenommen hatte, in Ägypten, Judäa, Kleinasien,

Griechenland und Italien unter unerhörten Gefahren den Samen des Christentums, das Evangelium der Liebe, der Erlösung und Hoffnung in die Gemüter der Menschen gepflanzt hatte — das war der Apostel Paulus. —

Weich und mild, von hoheitsvoller Würde und Größe, wie die Religion, die er predigte, war seine Stimme; aus seinen wunderbaren großen dunklen Augen glühte das ruhige Feuer der Begeisterung, des zuversichtlichen Siegesbewusstseins.

Still, in sich gekauert, mit leuchtenden Augen und klopfendem Herzen saß Mechthilde und lauschte den Worten des Apostels. Wie ganz anders wurde ihr hier zu Mute, als in den hab- und herrschsuchtzerfressenen Tempeln des Heidentums. Wie süß und wohlig wurde ihr, als sie den gottgesandten und gottbegnadeten Paulus von der allgemeinen Menschenliebe, von der Güte und Barmherzigkeit des ewigen und einzigen Gottes, von den Verheißungen auf ein ewiges Leben nach dem Tod und vom Wiedersehen in der Ewigkeit reden hörte. Mit voller Andacht lauschte die schwergeprüfte Frau der Leidensgeschichte Christi, der am Kreuz den Opfertod starb zur Erlösung der Menschheit aus den Banden finsterer Gewalten und Leidenschaften. Der ganze strahlende und reine Glanz dieser Religion enthüllte sich vor Mechthildens erstaunten Blicken, sonnig und warm belebten die heiligen Worte des ewigen Evangeliums ihre verdüsterte Seele, erweckten die milden, begeisternden Tränen der Hoffnung, der seelischen Wiedergeburt in ihrem Gemüt.

7. Kapitel

Während sich Mechthilde in den schmalen Grabgewölben an der heiligen und reinen Flamme des jungen Christentums erwärmte, verbreiteten sich auch oben in Rom Flammen, aber es waren die sengenden und brennenden, vernichtenden Gluten einer frevlerisch angelegten Feuersbrunst, die flackernden und prasselnden Furien des Untergangs. Derselbe Sturm, der das verzweifelnde Weib auf den Friedhof der Priscilla darnieder geworfen hatte, derselbe Sturm fuhr wie eine Geißel des Himmels über die übermütige Stadt und jagte dunkelrot glühende Feuerwogen in immer neue Straßen und Viertel, weihte eine Region nach der anderen der Zerstörung, begrub unter glühendem Gebälk und stürzenden Mauern Tausende von Menschen, Herren und Sklaven — ohne Unterschied — vernichtete das Obdach, den Wohlstand und den Reichtum von zwei Dritteln der großen Millionenstadt — Rom brannte! Als die Christengemeinde mit dem dämmernden Morgen aus den Katakomben heraustrat, schien statt wie gewohnt im Osten, heute im Westen eine Sonne, aber es war das wilde Leuchten einer wütenden Feuersbrunst; sie erkannte in ihr ein schreckliches Gericht, das über die Stadt hin fegte.

Trotz der frühen Morgenstunde bewegte sich eine geschlossene Sänfte, von vier Sklaven getragen, von der Via Lata zum Palatin. Auf ihren Kissen wälzte sich der

Konsul Seneca ärgerlich und unruhig hin und her. Hart am Aufstieg zum kaiserlichen Palast schoss ein Mann an der Sänfte vorbei, der, eilig und behänd wie er war, viel rascher vorwärts kam als Seneca. Es schien, als wenn der Mann sich die Straße hinauf kugelte, statt ging; zwerghaft und drollig, mit lächerlichen Bewegungen, verwachsen, fuchtelten Arme und Beine so energisch in der Luft herum, dass man im ungewissen Wiederschein der Feuersbrunst einen höchst wunderlichen, unaufhörlich zappelnden Kobold zu sehen glaubte. Daran trug auch die merkwürdige Kleidung des Mannes Schuld. Er war ganz gegen Gebrauch und Sitte in eine kostbare gelbseidene Toga gekleidet, die er in absonderlicher Manier mehr um den kurzen Leib gewickelt als gehangen trug. Seine Füsse bekleideten blauseidene mit teuren Perlen reich bestickte Stiefel. Der Kopf war außerordentlich sorgfältig frisiert und der ganze kleine Kerl in einer Weise parfümiert, dass ihn Seneca schon fünfzig Schritt gegen den Wind als den Hofnarren Vatinius erkannte. Hastig streckte er den Kopf aus der Sänfte und rief zu ihm:

„Vatinius, mein herzliebster Vatinius! Darf ich dir einen Platz in meiner Sänfte anbieten? Wir haben, wie ich hoffe, denselben Weg!"

Vatinius ging gerade unter der Säulenhalle des Hauses des Saturnus hin, als er sich gerufen hörte. Er blieb stehen, schaute sich um, dann spuckte er hastig aus — er konnte die Säulen nicht leiden, weil — er bucklig war und trat aus der Säulenhalle heraus auf die Straße.

„Das ist der alte Konsul, scheint mir," murmelte er vor sich hin, „er denkt wahrscheinlich, wenn er mit mir zugleich in den Palast kommt, würde er im Stillen meinen Ruhm teilen; da täuscht du dich, mein liebster Konsul, ich brauche dich nicht."

Damit wandte sich Vatinius und schoss eilig vorwärts keuchend in Richtung Kaiserpalästen weiter.

„Es brennt vorzüglich," sagte er wieder leise, „ausgezeichnet, ich brauche den Konsul nicht und auch sonst niemand."

Seneca wurde noch ärgerlicher; mit einem Stab bearbeitete er seine Sklaven und trieb sie zur Eile an, trotzdem war aber Vatinius bald den Augen Seneca's entschwunden. Was bildete sich der hochnäsige Vatinius denn ein? Gewiss, er hatte den Streich mit dem Brand ausgeführt; er wollte sich festsetzen in der Gunst des Kaisers, er wollte ihm in seiner wahnsinnigen Bauwut schmeicheln, sich ihm geneigt und unentbehrlich machen. Würde dem Vatinius das gelingen? Es sah ganz danach aus; so genial niederträchtig konnte am Hof nur Vatinius sein. Was kümmerten ihn die Millionen vernichteter Werte, die Tausende von Existenzen die er vernichtete? ein Lächeln des Kaisers belohnte ihn. Wenn Vatinius auch diesmal Glück hatte — —?

Seneca wurde plötzlich sehr nachdenklich. Er zitterte immer, wenn er einen anderen steigen sah. Er hatte es nie glauben wollen, dass Vatinius ein Genie in Bezug auf

Schlauheit und Schurkerei war, jetzt aber fing er an, daran zu glauben. Vatinius hatte nach und nach am Hof einen unheimlichen, für Seneca einen geradezu bedrohlichen Einfluss erlangt und so demütigend es für den Philosophen und Konsul Seneca sein mochte, er musste ernstlich mit dem Beneventer Schusterbuben Vatinius rechnen. Rücksichtslos, grausam und bis zum Erschrecken gewissenlos, schonte Vatinius nichts, was ihm dienen konnte; für hundert Sesterzen hätte er das ganze römische Reich verkauft — wenn er es vermocht hätte. Seneca hatte in Vatinius seinen Meister gefunden, Vatinius war ein wahrer Dämon und verstand seine Zeit noch besser als Seneca.

Hätte er das dem buckligen Hofnarren noch vor zwei Jahren ansehen können — mit einem Wink hätte er ihn zermalmt; jetzt war die Sache schon schwieriger. Seneca fuhr mit der Hand über die Stirn; es war auch für ihn hart, einem Schurken zu liebedienern, aber es ging nicht anders. Wenn Seneca es nicht schon wusste, so hätte er es an Konsul Plantius sehen müssen, dass man in Rom ohne gewisse Künste, die Plantius törichter Weise verschmäht hatte, nicht vorwärts kam. Mit einem Wort, mit einem Wackeln der Ohren konnte ihn Vatinius bei dem launenhaften, unberechenbaren Monarchen zerschmettern. Seneca hätte ihn meucheln lassen sollen — aber er musste ihn mit glatten Mienen und freundlichem Gesicht schmeicheln, musste den buckligen Schurken herzlieber Freund und herrlichen Vatinius nennen! Seneca seufzte; wohin sollte das noch führen?

„Je höher ich steige, desto niedriger stehe ich." murmelte er. Hätte ihm Vatinius wenigstens sein Vorhaben vor einigen Tagen gesagt; mit einem Wink hätte er ihm Millionen sparen können, er hätte seine Häuser in der Tuskergasse und in der Via Lata verkaufen können; jetzt konnten sie jede Stunde ein Raub der Flammen werden, die Via Lata war schon so gut wie verloren und die Tuskergasse musste folgen, wenn nicht ein Regen, ein Sturm oder sonstige elementare Hilfe Rettung brachte; an eine Löschung durch Menschen war nicht zu denken. Rom, das so vielen Barbarenvölkern, das den Jahrhunderten getrotzt hatte, das heilige, ewige Rom fiel durch ein Schurkenstreich von einem Beneventer Schusterbuben!

In höchst verdrießlicher Stimmung kam der Konsul endlich am kaiserlichen Palast an; auf dem Dach desselben sah er große Beleuchtung, Musik tönte herab und Seneca hörte begeisterte Deklamationen und Lyrabegleitung — der Kaiser hielt wieder ‚Vorträge'.

„Prahlt nicht so wild auf, ihr prasselnden Finten der Flammen. Wie ein wogendes Meer wälzt ihr euch wütend hinauf wo es nur Göttern gestattet ist zu thronen, über den Sternen. Bin nicht ich euer Herr? Ich euer Vater und Gott?

Ohnmächtig schlagt ihr hinauf in wütenden Gluten zum Himmel, Elend doch fallt ihr herab in staubiger Asche zur Erde.

Kriecht ihr nur niedrig dahin; ich aber steige zum Himmel Gottesgleich durch den Geist wandelt mein Fuß auf Gewürm."

Warum eilte der alte Seneca so hastig die Treppen hinauf auf das Dach, wo der Kaiser sang und deklamierte? Wollte er seinen Schüler, den noch nicht dreißigjährigen jungen Mann vor lächerlicher Überhebung warnen? Wollte er die Grenzen des menschlichen Witzes und der menschlichen Macht zurechtrücken vor seinem Geist? Wollte er der Menschheit eine Schande ersparen und dem römischen Reich einen Nutzen erweisen? Er dachte nicht daran! Er dachte vielmehr an den alten Vespasian, der vor kurzem während eines derartigen kaiserlichen Vortrages eingeschlafen war, wofür er der kaiserlichen Ungnade verfiel und sein Leben nur durch die schleunigste Flucht in die obskurste Verbannung retten konnte. Seneca dachte an seine eigene Verbannung, die er acht Jahre in Korsika durchkostet hatte, einer ähnlichen Dummheit halber, Seneca hatte also keine Veranlassung, sich um irgendjemandes Wohl und Wehe in der Welt zu scheren, ausgenommen sein eigenes.

Mit gebeugtem Nacken, lächelnd, unterwürfig, schmeichelnd, mit den Händen Beifall klatschend — so trat der alte Mann vor seinen früheren Schüler Nero hin.

Immer wilder und mächtiger wälzten sich die Flammen in das dichteste Gassengewühl, kletterten und züngelten am kapitolinischen Hügel hinauf, prasselnd und krachend stürzte der Tempel des allgewaltigen Jupiter Kapitolinus zusammen und immerzu singend und prahlerisch deklamierend schaute der Kaiser von seinem Dach dem Schauspiel zu. Bald verfielen auch das Tabularium und der Saturntempel dem gefräßigen Element, der Staatsschatz, der im Tempel des Saturn aufbewahrt wurde, die vielen Tausende von Erzplatten, auf denen das römische Recht und die sibyllinische Weisheit eingegraben war — alles verfiel den wütenden Gluten, die sich erbarmungslos über die altehrwürdigen Kulturstätten Roms ausbreiteten. Nichts als kolossale Massen geschmolzenen Metalls, der Beweis gewaltiger Gluten, blieben davon übrig.

Mit süßsaurem Gesicht sah Seneca zu, wie eines nach dem anderen von den hohen Häusern der Via Lata von den Flammen erfasst und krachend zu Boden geworfen wurde, wie sich der Brand mit rasender Schnelligkeit und unwiderstehlicher Glut zur Tuskergasse hin ausbreitete. Er konnte auf die Stunde ausrechnen, wann sein dortiges Haus zusammenbrechen musste.

„Die armen Leute in meinen Häusern, jammerte er scheinheilig zu Vatinius, den er sichtlich hofierte, „wenn nur kein Unglück passiert!"

„Ei so lass doch die alten Häuser zusammenbrechen, was ist schon dabei? Wenn sie doch erst weg wären! Das Genie des Kaisers muss Raum haben; denn dann erst wird Rom erstehen, wie es seines Kaisers würdig ist; bisher war es das nicht, Rom war ein elendes Nest und die Götter haben dem Kaiser nicht umsonst den großartigen, genialen Sinn für Bauten in die Brust gelegt; nun erst wird Rom Rom werden."

„Ich will Rom bauen, dass uns die Götter beneiden," sagte der Kaiser enthusiasmiert.

„O wer dürfte an der Hochherzigkeit, an der göttergleichen Begabung, an dem Genie unseres erhabenen Herrschers zweifeln?" warf Seneca schmeichelnd und süßlich lächelnd ein. Dann fuhr er mit einem lauernden Blick auf Vatinius fort:

„Wenn aber morgen oder übermorgen das Volk von Rom ohne Obdach ist und man fragt uns nach den Urhebern und Veranlassern dieses Brandes, der ihr Unglück, ihre Armut, ihre Obdachlosigkeit herbeigeführt hat — wer wird uns den Zorn, die Entrüstung des Volkes fernhalten? Gegen wen wird sich die Erbitterung richten?"

Der Kaiser sah lächelnd auf Vatinius, der ein erschrockenes Gesicht machte. Sein Kopf fiel wie im Nachdenken versunken fast unter seinem Höcker herab und hing wie eine reife Melone zwischen den Schultern. Aber er dachte nicht nach; sein Witz und seine Erfindung konnte sich bei Weitem nicht mit seiner Schlauheit und Schlechtigkeit messen.

„Schmiere deinen runden Rücken mit Öl, Vatinius," sagte der Kaiser lachend, „und halte den Kopf fest, sonst fällt er herunter."

„Was kann ich für meine Sklaven?" jammerte Vatinius, bin ich schuld, wenn sie unvorsichtig sind? Darf man mir etwas anhängen, wenn sie Dummheiten machen? Mich geht nichts an; sie sollen alle ans Kreuz, die dabei waren, heute Nacht noch — gleich jetzt! Das Volk soll sehen wie ich die Frevel, die an ihm begangen werden, bestrafe."

Vatinius wollte fort, als Seneca ihm zurief:

„Vatinius, wer sich zu früh verteidigt, klagt sich an! Sei vorsichtig und mache keine Torheiten!"

Vatinius blieb stehen und schaute hilflos auf Seneca.

„Sieh das Feuer, Vatinius," fuhr Seneca berechnend fort, „wie es mit verderblicher Sicherheit vorwärts schreitet. Eben noch stand mein Haus in der Via Lata, jetzt ist es verloren. Die Feuersbrunst schreitet immerzu vorwärts und morgen wird das Forum ein Aschenhaufen sein und übermorgen das Amphitheater und der Circus Maximus und manches andere noch. Und wenn dann die Bürger fragen werden, wer hat unser Hab und Gut, wer hat Rom verbrannt? — so wirst du, Vatinius, sagen: Meine Sklaven! Aber es wird ein jeder ungläubig mit dem Kopf schütteln! Nur du, Vatinius, wirst vielleicht nicht mehr in der Lage sein, mit dem Kopf schütteln zu können."

Vatinius zuckte unwillkürlich mit dem Hals hin und her, um sich zu überzeugen, dass es jetzt noch ginge. Seneca überlegte, ob er nicht doch vielleicht einen dummen Streich gemacht hatte, ihn zu warnen; er wünschte ja nichts sehnlicher, als ihn beseitigt zu wissen;

aber die Gelegenheit erschien ihm doch zu unsicher und zu einem offenen Bruch noch zu verfrüht. Vatinius log sich schließlich doch wieder durch, oder wenn das nicht ging, so suchte er auf einige Zeit das Weite bis der Spektakel vorbei war. Der Kaiser hielt ihn noch zu sehr! Er fuhr deshalb langsam und bedächtig fort!

„Es geht mir nicht um meine Häuser — oh gewiss nicht; ich bin überzeugt, Vatinius, du würdest sie mir jetzt noch gern abkaufen. Wer würde dir etwas tun wollen, wenn ich erzähle, dass du mir noch gestern meine Häuser abgekauft hattest? Wer wird dann von dir glauben, dass du so in dein eigenes Fleisch schneiden würdest?"

„Ich kaufe sie," unterbrach ihn Vatinius lebhaft, „ich kaufe sie und du sollst auch neue dafür haben, prächtige, der Kaiser schenkt sie dir, — ich, Vatinius, sorge dafür, verlass dich auf mich, Konsul!"

Vatinius hatte sich doch geirrt, er brauchte den Konsul doch.

„Gut," sagte dieser langsam, „wir werden das nachher abmachen. Aber wie gesagt, es ging mir nicht darum. Du sollst sehen, Vatinius, dass du an mir einen Freund hast, der auch ein Recht hat auf deine Freundschaft zu rechnen."

Vatinius beteuerte seine ewige und heilige Freundschaft für den Konsul tausende von Malen und die beiden traten etwas abseits, so dass die Umherstehenden von ihrer

Unterhaltung nur das verstanden, was sie verstehen sollten. Seneca fuhr fort:

„Du wirst begreifen, herrlicher Vatinius, das der Brand ein Opfer nach sich ziehen muss; du kennst das Volk, wohledler Vatinius, es geht bei dieser Sache wahrhaftig nicht ohne Opfer. Du weißt auch, dass es sich bei einem Dutzend oder zwanzig oder dreißig Sklaven nicht beruhigt — Nun also, ich werde das Volk beruhigen, ich liefere dir das Opfer, Vatinius, was bietest du dafür?"

„Mach's kurz, Konsul, was verlangst du?"

Die beiden tuschelten noch eine Weile weiter, ohne dass die übrigen Zeit oder Lust gehabt hätten, sich weiter um sie zu kümmern. In Anwesenheit Neros verschwanden solche Szenen. Endlich sagte der Konsul Seneca wieder etwas lauter, so dass es auch die anderen hören mussten:

„Wie ich sage, ich kann hundert Zeugen stellen, die alle einen Eid darauf ablegen, dass es Christen gewesen sind. Es ist auch ganz offensichtlich. In ihren Augen sind wir ein Greul, sie glauben nicht an die Götter und machen uns einen Vorwurf daraus, dass wir glauben. Sie sagen, ihr Gott, den man nirgends sieht, und von dem kein Mensch etwas weiß, sei der einzig wahre und rechte Gott. Es sind fanatische, unberechenbare Elemente, die, wie ihr seht, mit dämonischer Macht und Verbissenheit daran arbeiten, um uns zu vernichten. Das Volk hat Recht, wenn es gestern im Theater ihre Ausrottung verlangte, Vox Populi, Vox Dei! Das brennende Rom ist die Antwort der Christen auf die Stimme des Volkes, das ihre Vernichtung verlangte."

Vatinius brauchte den Konsul doch! Er musste sich sagen, dass er trotz seiner ganzen Schlauheit auf eine solche Kombination nicht gekommen wäre.

Selbstverständlich war es gar nicht schwierig, um Vatinius von der Ruchlosigkeit der Christen zu überzeugen und die Tatsache glaubhaft zu machen, dass sie Rom angezündet hätten; die ganze Sache war ja so sonnenklar, dass jeder der sie hörte, sie auch sofort glaubte; Seneca mit seinen hundert Zeugen glaubte sie, der ganze Hof glaubte sie und einige Tage darauf glaubte sie auch das Volk. Warum in aller Welt hätte sie Vatinius nicht auch glauben sollen?

„Volkesstimme — Gottesstimme" hatte Seneca gesagt und Seneca war bekanntlich ein großer Philosoph, der nicht umsonst auf einem Konsulstuhl saß und berufen war, für das Wohl des Staates zu sorgen. Der Unglaube im römischen Volk war ein Übel, das ausgerottet, oder doch nach Möglichkeit eingeschränkt werden musste. Ging man doch sogar schon so weit, die Staatsreligion als eine betrügerische Notwendigkeit dem Volk gegenüber, als ein hohles Gerüst zu bezeichnen. Es mochte ja sein, dass an dem großen Zeremoniell der Religion, an den Zeichen und Werken an den Götterbildern, an den Opfergebräuchen manches war, was der Vernunft von dem oder jenem zuwider lief, aber die Menge war eben nicht durch die Vernunft, sondern nur durch ‚sichtbare Zeichen' zu beherrschen, sie musste dieses Zeremoniell haben; gewiss wurden die Auguren stellenweise verlacht, oder lachten sich gegenseitig selbst aus — durfte man sie deshalb beseitigen? Im Gegenteil man musste ihnen helfen gegen den Unglauben; gewiss wurden die Vestalinnen nicht von allen als das geglaubt, was sie hätten sein sollen — musste man sie deshalb unheilig nennen? Im Gegenteil, selbst wenn sie es waren, durfte man es doch nicht sagen. Gewiss hatte die christliche Sekte recht gute Seiten — Seneca hatte sich genau darüber informiert — durfte man sie deshalb anerkennen? Im Gegenteil, man musste sie als den Unglauben förderlich, ausrotten, sie verhindern, den Vorhang wegziehen von dem Gerüst. Wenn jemand mit aller Gewalt klüger sein wollte, als seine Vorfahren und als alle seine Mitbürger im Staat, so sollte und musste er es zu seinem eigenen Schaden sein und nicht zum Schaden aller übrigen im Staat. Das war Seneca's Philosophie in dieser Beziehung, in diesem Sinn diente er dem Staat. Dass seine Interessen mit denen des Staates hin und wieder in verdächtiger Weise zusammenfielen, oder dass er wohl oder übel versuchte sie zu vereinigen und auch sonst nicht wählerisch war in den Mitteln zu seiner eigenen Bereicherung — war das seine Schuld? Konnte ihm das zum Nachteil gereichen? Die Welt war darüber einig, dass Seneca ein großer Philosoph und ein sehr kluger Konsul war.

8. Kapitel

Was war denn auf einmal in Livia gefahren? Sertrinus, der Aufseher der kaiserlichen Fischteiche, kam in die größte Verlegenheit und wusste sich keinen Rat; sie war noch nie so gewesen. Hatte sie einen neuen Liebhaber? Wozu dann der Lärm? Oder waren ihr die Muränen schlecht bekommen? Dann konnte ja der Haussklave Urbanus, der im Haus des etwas ökonomischen Sertrinus in einer Person das Amt des Hausarztes, des Vorkosters und des Bäckers vereinigte, wohl einen heilsamen Trank brauen, wie er schon manches Mal getan hatte. Oder lag ihr eine neue Haarkomposition, eine neue Schminke, eine neue Mixtur zur Entrunzelung der Haut im Sinn? Sie zählte doch trotz ihrer einundzwanzig Jahre noch lange nicht zu jenen, von denen der Epigrammatiker sagt:

„Zwei Drittel von ihr liegen in Schachteln verpackt."

Sie war noch schön, jung, geistreich; was war denn passiert? Bleich wie der Tod war sie noch lange vor dem Schluss aus dem Schauspiel gekommen; Glandilus hatte böse Stunden gehabt; sie hatte nach ihm geschlagen — es war unerhört! Eine Frau hatte einen freien römischen Bürger geschlagen! Zum Glück war Glandilus ein kluger, und Sertrinus ein reicher Mann. Also die Welt ging darüber nicht aus den Fugen und auch Livia konnte sich darüber nicht sonderlich aufgeregt haben. In der Nacht hatte man zwei Gladiatorenleichen ins Haus des Sertrinus gebracht; beide waren riesig groß und schwer, die eine hatte einen Ring mit einem blauen Stein, die andere einen solchen mit einem weißen Stein am Finger; einen anderen Unterschied gab es an den zwei Leichen nicht! Livia weinte die ganze Nacht — als ob Sertrinus selbst gestorben wäre — vielleicht noch mehr — und wollte mit niemanden reden — Sertrinus war vollständig ratlos!

Dazu war in derselben Nacht noch der Brand gekommen; das Haus des Sertrinus war in Gefahr und Livia wollte um keinen Preis in Rom bleiben, das, wie sie sagte, ganz sicher dem Untergang geweiht war. Über Hals und Kopf mussten die Reisewagen in Bereitschaft gesetzt werden und noch in derselben Nacht fuhr Livia nur in Begleitung weniger Sklaven, unter denen Urbanus, ihren beiden Leichen und einem griechischen Bildhauer namens Crastes nach Baiae, obgleich die Zeit zu Badereisen noch nicht gekommen war.

„Was sie denn um alles in der Welt zu der Zeit in Baiae machen wolle; es sei ja noch gar kein Mensch dort —" hatte Sertrinus gesagt — ohne jeden Erfolg. Mit dämmerndem Morgen war Livia auf der appischen Straße, schon mehrere Stunden von Rom entfernt.

Der Reisewagen Livia's flog wie der Wind die appische Straße entlang, die flinken apulischen Pferde taten ihre Schuldigkeit.

„Erbarmt euch einer armen, ohne ihre Schuld in Unglück gekommenen Frau, erbarmt euch um eures seligen

Endes willen. Ich kenne das Glück der höchsten Große und das Unglück des tiefsten Elends, habt Mitleid um euretwillen!"

Erschrocken horchte Livia zum Wagen hinaus. Die Stimme kam ihr so bekannt vor, klang ihr so eigentümlich rührend ins Ohr, dass sie den Wagen halten ließ und nach der Bettlerin ausschaute. Die Frau, der man Hunger, Elend und Gefängnisleben schon von weitem ansah, kam näher.

„Pomponia" schrie Livia entsetzt.

Es war in der Tat die Gattin des Konsuls Plantius. Das marmmartinische Gefängnis hatte seine Opfer freigegeben, die Wächter waren vor der Feuersbrunst geflüchtet, der Konsul selbst aber einem Herzschlag erlegen. So war denn Pomponia dem grausigen Rom entwichen in der Hoffnung, einen Ort auf der Welt zu finden, wo dem Moloch, dem Jupiter, der Isis nicht geopfert wird und ein freier Geist sich frei und wahr entfalten durfte.

„Steige ein, steige ein, Pomponia; so muss ich dich wiedersehen?" rief Livia hastig und bedeckte die Frau mit einer wärmenden Seidentoga, denn der Morgenwind wehte frisch von den Albanerbergen herunter. Dann setzten sie die Reise zusammen fort. Terracina, Gacta, Capua flogen an ihnen vorüber — sie wurden nicht müde, sich allerlei zu erzählen! Die stumme Livia, die in Rom weder Sertrinus noch irgendeinem andern hatte

Rede stehen wollen, hatte plötzlich die Sprache wiedergefunden, einer verwandten Seele gegenüber. Auch in Baiae blieben sie nicht. Es war die Stadt des Luxus, der Lustbarkeit, des Lasters, sie reisten vorüber und erreichten das stille Marechiarum, ein elendes kleines Fischerdorf an der Spitze des Posillipo, das die Wellen des üppigen tyrrhenischen Meeres geschwätzig-träumerisch, geheimnisvoll und ewig schön umspielen. In der Nähe dieses einfachen Dorfes, aber immer noch ziemlich entfernt von den luxuriösen und pompösen Villen und Anlagen der reichen Römer am Posillipo selbst hatte Sertrinus ein kleines Landgut, dessen Bewohner durch die plötzliche Ankunft ihrer Herrin in nicht geringe Aufregung und Verlegenheit gerieten.

Hier in dieser stillen, glücklichen Einöde trat die vollständige Umwandlung der Livia erst voll und ganz zu Tage. Sie kleidete sich einfach und dezenter als bisher, vertrödelte nicht ganze Tage mit Baden, Salben, Schminken und Haarkräuseln, sondern versuchte sich im verständigen Gespräch und nützlicher Beschäftigung zu betätigen — sie schämte sich ihrer Vergangenheit; ihre bisherige Lebensweise und Umgebung war ihr ein Greul geworden. Still und bescheiden lauschte sie, wenn Pomponia aus ihrem reichen, soliden Wissen zu ihr sprach und sogar Urbanus erfreute sich ihres Interesses in hohem Maß — nicht etwa seiner Bäckereien halber, sondern seiner geistigen Anregungen wegen, die Livia bei ihm fand. Sie war ganz überrascht von ihm — er war sogar Christ und stand schon seit langer Zeit mit dem Haupt-Apostel Paulus in reger Beziehung. Indessen schenkte sie ihr hervorragendes Interesse, ja eine fast fieberhafte Aufmerksamkeit der Arbeit des Crastes. Er stellte die beiden Gladiatoren dar, wie der verwundete und todesmatte Hilderich sich müde auf seinen Schild stützte und Gernot mit ängstlichen und bittenden Zügen das Volk um Gnade für ihn bat. Die Arbeit schritt unter den Händen des ebenso künstlerischen wie fleißigen Crastes schnell vorwärts; alle Tage erkundigte sich Livia nach der Arbeit und Crastes gab ihr aus seiner Umhüllung heraus Antwort, zeigte ihr aber nichts davon; sie sollte erst die vollendete Arbeit sehen.

Die Gattin des Sertrinus war aber jetzt oft tieftraurig, träumerisch und weinte viel. Es war, als wenn ihr jede Ruhe und jeder Frieden aus der Brust gescheucht worden wäre und oft beneidete sie im Stillen Pomponia, die doch so tief in Unglück und Elend gefallen war und doch so ruhig und freundlich war.

„Wie kommt es," fragte sie, „dass du deinen früheren Rang und Reichtum so leicht und schnell vermissen kannst?"

„Ich finde im Unglück Trost, mein Glaube erhebt mich über die Widerwärtigkeiten des Lebens."

Sie führten wunderliche Reden, diese Christen!

„Aber du hast doch so viel gelitten um deines Glaubens willen, warum leiden wir denn nicht um unseren Glauben?"

„Die Rose hat nur für den Dornen, der sie bricht!"

„Das ist ein Gleichnis, rede deutlicher."

„Wenn du es nicht fühlst, so wirst du es nicht begreifen und wenn ich auch mit tausend Zungen zu dir spräche; doch kommt der Tag, wo Trost und Hoffnung bei dir schwinden, wo du vergebens zu den tauben Göttern flehst und weinst, dann, Livia, dann komm zu mir, dann will ich dir Rede und Antwort stehen und dir das Ende aller Dinge zeigen."

„Es ist ein schlechtes Zeugnis für euren Gott, wenn er erst gut ist, wenn die anderen nichts mehr taugen."

Pomponia lächelte.

„Die Sache ist so, wie du sagst, Livia, nur drückst du dich schlecht aus. Solange du bei Göttern Zuflucht suchst, die der Tischler macht, so lange wirst du den einzig wahren Gott nicht begreifen. Insofern hast du Recht, wenn du sagst, dass unser Gott erst gut ist, wenn die anderen nichts mehr taugen, nur liegt das nicht an Gott, sondern an deiner Erkenntnis."

Livia legte sich näher zu ihrer Freundin, legte ihr vertraulich den Arm um ihre Hüfte und schaute ihr einen Augenblick aufmerksam in die Augen. Dann sagte sie heimlich:

„Ich habe zu allen gebetet, lange, tränenvolle Nächte hindurch, sie sollten Hilderich und Gernot wieder lebendig machen, aber keiner hat es gekonnt, sie können alle nichts! Da habe ich den Crastes gerufen. Er wird tun, was die Götter alle nicht können!"

Pomponia lächelte wieder in einer feinen, überlegenen Weise, als wenn sie Livia bis auf den Grund ihres Herzens durchschauen könnte, aber zurückhaltend eine besondere, bewährte Methode verfolgte.

„Und Crastes ist deine letzte Hoffnung?"

Livia stand rasch auf.

„Er macht sie mir neu. Was brauche ich Hoffnung? Er macht sie; ich werde sie haben, basta!"

„Aus Stein!"

„Ich werde sie haben," sagte Livia nochmals bestimmt und mit merkwürdiger Heftigkeit. Dann verließ sie rasch das Zimmer.

Sie stieg eine zweite Treppe im Haus empor und legte sich auf ein Lager, das auf dem Dach desselben bereitstand. Hier fing sie plötzlich heftig zu weinen an, als ob sie ihre Tränen vor Pomponia nur mit Mühe hätte zurückgehalten. Es fiel ihr plötzlich ein, dass sie ja um ihren Glauben noch viel schlimmer litt als Pomponia. Was war denn Verlust von Rang und Reichtum gegen die Nacht des Gemütes und der Trostlosigkeit, unter der sie litt? Traurig schaute sie über das weite tiefblaue Meer, der untergehenden Sonne nach. Die Wunder der Natur, die sich in üppiger, südlicher Farbenpracht vor ihr ausbreiteten, konnten sie nicht erfreuen, nicht trösten. Sie weinte bitterlich in ihrer verlassenen Trauer. Mit den Gladiatoren hatte sie die Hoffnung einer besseren Welt verloren wer konnte sie trösten? Crastes hatte eine schwere Aufgabe.

Livia war ja noch jung! Sie war einundzwanzig Jahre, für eine Römerin allerdings, die sich schon, wie das bei Livia auch der Fall gewesen war, mit 14 bis 16 Jahren verheirateten, oder richtiger, verheiratet wurden, ein beträchtliches Alter. Sie hatte ihrem Gatten zwei Kinder geschenkt, einen Knaben und ein Mädchen, aber beide waren ihr entfremdet; sie wurden von den Sklaven erzogen und überwacht — so wollte es die Sitte. Die Sitte wollte ferner, dass sich Livia als Gattin des Sertrinus dem genusssüchtigen Leben einer entarteten Zeit hingab, und sich nicht mit irgendetwas beschäftigte, was nicht zur Pflege des Leibes, zum Luxus und zum Vergnügen — oder was man im allgemeinen dafür hielt, gehörte. Die Sitte verlangte also kategorisch die Entfremdung Livias von ihren Kindern. Ihr Mann, dem sie ihrer Mitgift wegen angetraut worden war, fremd, unverstanden, war fast 25 Jahre älter als sie, ihre Erziehung war die gewöhnliche; sie hatte lesen, turnen, tanzen und etwas Lyra spielen gelernt; so war sie aus der Kinderstube direkt in die Ehe getreten, in das Leben, in die Familie. Was wusste sie von Herzens- und Gemütsbildung? Wagenrennen, Tierhetzen, Gladiatorenspiele, ausschweifende mimische Darstellungen, Gelage, Putz

— nichts weiter!

Wenn sie nun plötzlich mit so elementarer Gewalt eine Herzensneigung traf, wenn ein schmerzlicher Verlust wie eine lodernde Fackel die öde Nichtigkeit ihres Daseins, diese sündhaft nachlässige Ausbildung durchleuchtete, wenn weder die Götter, noch Crastes die verzehrende Sehnsucht ihres Herzens stillen konnten, nicht die Nacht erhellen konnte, die ihr die liebende Trauer so jäh und schrecklich enthüllt hatte

— was sollte dann aus Livia werden?

Crastes, Crastes, du hast eine schwere Aufgabe!

Der Frühling kam, leuchtend, wärmend, belebend war er über das Meer herübergeflogen, würzige, weiche, wollüstige Aprildüfte wehten über die Wellen und aller Orten und Enden an der lieblichen Posillipoküste entlang sprossten in spielender, unerschöpflicher Gestaltungskraft die Wunder einer einzigartigen Natur.

„Herrin, die Statuen, die du wolltest, sind fertig," meldete Crastes. Livia erschrak; so sehr sie sonst gewünscht hatte, den Vorhang zu lüften, hinter dem ihr alles verborgen lag, so sehr fürchtete sie sich jetzt, es zu tun. Crastes war ein tüchtiger Meister seiner Kunst, — ohne Zweifel, aber Livia erschrak bei seiner Meldung; es war ihr, als wenn sie einem Urteilsspruch entgegen gehen müsste.

„Es ist gut, Crastes, ich werde sie mir gleich anschauen." sagte sie tonlos.

Der Künstler hatte sein Gemach mit schwarzem Tuch ausgeschlagen, damit sich die weißen Marmorstatuen der Gladiatoren recht scharf abheben sollten, was ja auch dadurch erreicht wurde. Seine Arbeit konnte als höchst fleißig, genial und musterhaft bezeichnet werden. Er hatte vollständige Portrait - Ähnlichkeit erreicht, Waffen, Gewandung bis auf die beiden Ringe waren durchaus treu wiedergegeben, die Entwürfe der Statuen, Auffassung und Wiedergabe der Situation, Behandlung des Steines ließen auch den strengsten — wenn nur gerechten — Anforderungen, nichts zu wünschen übrig.

Unendlich weich und rührend war Gernot, der für seinen Bruder um Gnade flehte, aufgefasst und durchgeführt. Crastes versprach sich von dieser Statue bei seiner ohnehin zur Traurigkeit geneigten Herrin einen großen Eindruck. Bei Hilderich war es das brechende Auge, die leidenden sterbenden Züge, die Crastes mit Liebe und Meisterschaft behandelt hatte und worauf er durch alle Mittel der Bildhauerkunst versucht hatte, die Blicke zu lenken.

Pomponia und Urbanus waren voll des Lobes, als aber Livia eintrat, stieß sie einen markerschütternden Schrei aus und fiel ohnmächtig nieder. War das Bild zu real? Hatte sie ihre Lieblinge zum zweiten Mal mit all' den Schrecken und Grausamkeiten sterben sehen?

Totenbleich, mit geschlossenen Augen, stöhnend und stammelnd trug man sie fort.

Sämtliche Einwohner des kleinen Hauses waren höchst bestürzt über diesen Anfall. Der Leibarzt Urbanus konnte keine Ursache einer besonderen Krankheit entdecken und so legte man die junge Herrin auf ein Bett auf der offenen Dachterrasse, wo ihr Lieblingsaufenthalt war, damit sie sich in der freien wohligen Abendluft besser erholen konnte.

„Du bleibst bei ihr?" fragte Urbanus leise Pomponia, worauf ihm diese beruhigend zunickte. Lange saß Pomponia bei der unruhig schlafenden Livia; die Nacht fiel mild und sanft über Land und Meer hernieder und der Mond stieg rotgolden über dem Golf von Neapolis auf, übersäte ihn mit Miriaden glänzender, hüpfender, glitzernder Lichter, die immer gelber und gelber wurden. Warm und einschläfernd fächelte der Nachtwind durch die rauschenden Palmen des Ufers und endlich fiel auch Pomponia in Schlummer. Mit gleicher beruhigender Kraft erfrischte die Stille der Nacht durch mehrere Stunden die Frauen, als plötzlich Livia jäh auffuhr, wie von einer Erscheinung oder von einem Traum erschreckt. Lauschend schaute sie um sich, sah die neben ihr ruhig schlafende Pomponia, den schon hoch am Himmel stehenden Mond, hörte, wie sich in der dämmernden Mondnacht das träumerische Rauschen der Palmen und Zypressen mit dem geschwätzigen Murmeln der Meereswellen, die sich am Strand brachen, vermischte. Sinnend, und wie noch vom Traum umfangen strich sie sich über die Stirn, dann stand sie leise auf und schlich sich vom Lager weg. Sie ging die Treppe hinunter und an mehreren Gemächern vorüber zu dem Zimmer, das schwarz ausdrappiert die Statuen der Gladiatoren enthielt. Furchtsam und ängstlich trat sie ein; der Mond schien hell und bleich auf die weißen, stummen, regungslosen Gestalten, die ihr doch so laut und klar in der edlen Sprache der Kunst zurückriefen, gerade das was sie hatte vergessen wollen. Wieder sah sie im Geist, aber doch mit furchtbarer Klarheit, den schrecklichen Anblick, wie die Merkurmasken in wilden Scharen sich auf die armen, schuldlosen jungen Männer stürzten, wie diese unter erbärmlichen Zuckungen den grausigen Schlägen dieser Bestien in Menschengestalt erlagen. Livia hatte geglaubt, diese Steinbilder würden eine Wunde schließen, statt dessen hatten sie sie von neuem geöffnet, von neuem flossen ihre Tränen um die beiden Germanen, die Bilder waren ihr kein Trost, wie sie gehofft hatte, kein Ersatz, wie sie gewünscht hatte, sie waren nur eine stumme Klage, eine grausame Erinnerung — Crastes hatte seine Aufgabe nicht gelöst, das Ziel, das Livia ihm gestellt hatte, nicht erreicht — nicht erreichen können.

Ein Zittern ging über ihren zarten feinen Körper, aber gleich darauf warf sie sich mit rasender Fieberglut dem aufrechtstehenden Gernot an den Hals und bedeckte seinen Mund und seine Wangen mit heißen glühenden Küssen. Ein lautes Aufseufzen wilder Lust gellte durch die mondhelle stille Halle, doch ihr Taumel dauerte nur einen Augenblick. Wie vom Blitz getroffen fuhr sie plötzlich zurück und fiel vor Schreck mit rückwärts gebogenen Oberkörper in die Knie — kalt wie Eis hatte sie das steinerne Gesicht auf ihren brennenden Lippen gefühlt, starr und regungslos verfolgte sie das ängstliche, um Erbarmen flehende Gesicht des Gladiators — wohin sie sich auch wandte — überall sah sie die steingewordenen Züge, die sie so sehr liebte und so sehr betrauerte.

„Gernot, Gernot —! was siehst du mich so starr an? Hätte ich dich retten können? Oh hätt' ich's gekonnt, mein Glück, mein Leben! Sieh nicht zu mir; nicht mit diesem starren Todesblick; was kann ich für die Grausamkeit meines Volkes? Siehst du nicht, wie Trauer und Elend mich zu deinen Füssen werfen, tote Schmach und Abscheu vor meinem Volk und vor mir selbst meine Brust zerfleischen, siehst du nicht, Gernot, wie dein Tod mein Herz zerreißt? Oh!"

Sie bedeckte das Gesicht mit den Händen und schluchzte; unheimlich, gespenstergleich standen die beiden Steine vor ihr und als sie wieder in die Höhe sah, waren es immer wieder dieselben Blicke und Mienen, denen sie begegnete, die ihr statt der erhofften Linderung nur neuen Schmerz, neue selbstquälerische Vorwürfe, neue Hoffnungslosigkeit und Trauer brachten.

„Sie haben mich verhöhnt und mit Füssen getreten, als ich in Todesangst vor ihnen im Staub lag und um euer Leben bat. Mit herausfordernden, frechen Blicken haben sie mein Mitleid angesehen, mich mit höhnischen

Gebärden von sich gewiesen — kein Weib unter der Sonne hat um euch gelitten, wie ich — was wollt ihr noch von mir Armen? Was sollen noch immer diese flehenden, stummen Augen, was verfolgt ihr mich, was soll ich euch noch gewähren, was ich nicht schon längst mit tausend Freuden geopfert hätte?"

Stumm und still lag das Haus der Livia in der träumenden Frühlingsnacht, kein Zauber der Natur erfrischte mehr ihre zerstörten, in Gram und Elend versunkenen Sinne, das liebliche Erwachen der Natur brachte ihr keine neue Hoffnung, die rauschenden und brausenden Frühlingsfluten hatten keinen Trost für sie, so jung, so schön, so herzlich — so einsam, so kummervoll und so verzweifelt.

„Hilderich, mein Süßer, mein Teurer, zeig wenigstens du mir ein tröstendes Gesicht in meiner Not, in meiner ärgsten Verlassenheit. Sollte ich euch nicht böse sein? Habt ihr mich nicht hinausgestoßen in die kalte lieblose und herzlose Welt? Was tue ich noch hier, seid ihr sie verlassen habt? Nehmt mich mit euch!"

Doch auch Hilderich sah sie mit seinem brechenden, erbarmungswürdigen Todesblick an, der kein Trost für sie war. Aber über das Gesicht Hilderichs hatte der Künstler einen Schein der Verklärung, eine erlösende Ruhe gebreitet, die für Livia immer mehr und mehr ein ersehntes Glück wurde. Auch Hilderich umschlang sie mit ihren fieberheißen, weißen Armen und küsste ihn auf den kalten, stummen Mund; sie war so reich an Liebe, und die Welt so arm!

„Ich komme, flüsterte sie leise und hastig, besser das finstere, todeskalte Nichts, als diese Welt — ich ertrage sie nicht mehr. Kalt und höhnisch haben sie mein Herz zerfleischt in ihrer grausigen Lust, und ich bin doch nur ein schwaches Weib. Wenn es doch nur vorbei wäre, — ich bin bis zum Tod matt und elend."

Noch einmal wandte sie sich zu den Marmorbildern, nahm mit Schluchzen und vielen Küssen einen rührenden Abschied von ihnen, dann trat sie auf einen Vorhang zu, den sie teilte; unter ihm hindurchschreitend kam sie auf einen Balkon. Lauschend übersah sie einen Augenblick das leuchtende weite Meer, das plätschernd, geheimnisvoll murmelnd die Grundmauern des Hauses der Livia umgab. Wie ruhig und ungestört dachte Livia auf dem verschwiegenen dunklen Grund des Meeres zu liegen; ein Sprung von dem Balkon — und sie war frei von aller Qual! Das Beneficium Mortis Seneca's verbreitete auch hier seinen lügnerischer, irrlichterierenden Glanz, der die Sinne der armen Livia, vernebelte. Lebensmüde mit einundzwanzig Jahren! Das war das Resultat der Staatsweisheit und Lebensphilosophie einer entarteten Zeit.

Auf einem Alabaster-Gesims des Zimmers, auf welchem Livia auf dem Balkon herausgetreten war, standen einige Bronzestatuetten beladen mit schweren Schmuckstücken. Livia wollte — um schneller unterzusinken — einige davon in die Tunika stecken und schritt deshalb noch einmal durch den Vorhang zurück in das Zimmer. Plötzlich blieb sie lauschend an dem schon halb geöffneten Vorhang stehen und sah aufs Höchste erstaunt, wie eine hochgewachsene, blondhaarige ältere Frau entzückt vor den beiden Gladiatorenbildern stand und sich vor Freude nicht zu fassen wusste.

„Gernot, Hilderich," rief die Frau, der die hellen Freudentränen über die Wangen liefen, „meine Kinder, meine Söhne! Oh der ewige Gott im Himmel hat mich durch ein Wunder erfrischt, es ist ein Versöhnungszeichen des Himmels, der mich nicht in trostloser Trübsal und Trauer versinken lassen wollte. Der einzige Gott segnete die Hand des Künstlers, der mir das Liebste, was die Erde trug, in Stein formte, damit mein Mutterherz nicht ganz freudlos und ohne Glück auf Erde sei."

Die Frau konnte sich in ihrer freudigen Überraschung, in ihrer stürmischen Herzlichkeit und Innigkeit an den Steinbildern nicht satt sehen und lief herzend und küssend von einem zum anderen. Erstaunt sah Livia zu; sie hörte ja, dass es die Mutter der Gladiatoren war, aber sie wunderte sich, wie und wo sie herkam. Sie war aber durch die Wahrnehmung aufs Höchste betroffen, dass dieselben Steine, dieselben Nachbildungen, die sie in Verzweiflung, in Todesschauer und Todessehnsucht gestürzt hatten, bei der Mutter, bei dem bei Weitem schwerer und tiefer beleidigten Mutterherzen stürmische Freude und — Dank gegen einen Gott hervorrief, der doch gar nicht — wie Livia meinte — bei der Sache beteiligt war. Was hatte denn sie selbst, sich zu beklagen, wenn die Mutter sich freute? Was bedeuteten denn ihr die Gladiatoren? Was war das für ein Gott, dem hier Dank abgestattet wurde und warum? Livia hatte die Steine bestellt, Crastes hatte sie gemacht — wo blieb da der Gott? Livia war zunächst vollständig verwirrt. Sie ahnte hier eine Kraft, die, bei durchaus gleichem Anlass in ihrem geheimnisvollen Walten bei ihr den Selbstmord, bei jener Frau stürmische Freude und das süße Gefühl der Dankbarkeit hervorbrachte, sie ahnte — aber sie begriff nicht. Rasch trat sie ins Zimmer.

„Wer bist du, und wo kommst du her?"

„Hohe Herrin," erwiderte Mechthilde ein wenig überrascht, „verzeih mir, wenn ich zur Nachtzeit die Ruhe dieses friedlichen Hauses störe. Ich bin deine arme Magd Mechthilde, die mit einem Brief an deinen Sklaven Urbanus gesandt worden ist."

„Mechthilde, du bist die Mutter dieser beiden?"

„Ja, Herrin, ihre alte gebeugte Mutter."

„Worüber freust du dich vor diesen Bildern? Weißt du nicht, dass deine Söhne tot sind und wie sie gestorben sind?"

Mechthilde faltete die Hände und sagte fromm:

„Ich weiß es Herrin; Gottes Gnade ließ mich durch diesen größten Verlust seine Größe und Weisheit erkennen."

„Ich verstehe dich nicht. deine Söhne sind tot, du hast nichts mehr auf der Welt, was willst du noch hier? Komm Mechthilde, wir sind Schicksalsgenossinnen. Wir haben beide auf der Welt nichts mehr, wir wollen deinen Kindern in den Orkus folgen. Dort sehen wir sie vielleicht wieder. Komm, wir wollen sterben!"

„Nein, Herrin, lass uns leben, ihrem Andenken wegen. Unser Tod dient ihnen nichts."

„Unser Leben auch nicht."

„Unser Leben ist unseres Gottes Wille!"

„Ach was! Erst ist es deines Gottes Gnade, die dir die Söhne nimmt, und nun ist es Gottes Wille, der dir die Selbstbestimmung nimmt. Das ist ein wunderlicher Wohltäter."

„Herrin, sprich nicht so und höre bitte zu. Ich sehe wohl, dass du in Verzweiflung bist, denn nur aus einem verlassenen trostlosen Herzen schallen solche Worte. Dir ist das: ‚Liebet euch untereinander' noch fremd. Glaubst du vielleicht, Herrin, du hast meine Söhne mehr geliebt als ich, mehr beklagt als ich? Für mich war auch das Leben tot; und doch ließ mich Gott nicht sterben, er pflanzte neues Leben in die Brust, neue Kraft in die todesmatte Seele — durch seine Gnade lebe ich! Durch seinen Willen aber bleibe ich leben; er rief mich aus dem

Nichts hervor, alles was Atem hat, lebt durch seinen Willen, durch seinen unerforschlichen Ratschluss. Willst du nun klüger sein, als dein Schöpfer, der alles schafft, erhält, belebt — Herrin, dann töte dich; willst du aber in seine schöpferische allgewaltige Liebe vertrauen, die unser Weltall umspannt und lenkt, dann lebe; dann falle nicht mit rauer Unnatur in sein Werk, mit grübelndem Menschenwitz in seinen Geist! Selbstbestimmung? Herrin, du bist ein Glied im Ganzen, nicht das Ganze selbst. Nur als Glied bist du im Ganzen mächtig, allein treibst du wie ein losgelöstes Blatt im Wind, hilflos und steuerlos zum Untergang!"

Urbanus kam und nahm den Brief aus Mechthildes Hand; auch Pomponia nahte sich ahnend und ängstlich und ließ sich bei Livia nieder, die still und nachdenklich vor sich hinbrütend wieder über die Balkonbrüstung lehnte und dem im Osten dämmernden Morgen entgegensah.

Leise, in einem gleichmäßigen, fast warnenden Ton sagte Pomponia sich nah zu ihr beugend:

„Doch kommt der Tag, Livia, wo Trost und Hoffnung bei dir schwinden wo du vergebens zu tauben Göttern weinst, dann, dann komm zu mir, dann will ich dir Rede stehen! — Doch du kamst nicht, Livia, der Tag ist da und du kamst nicht; und doch lebt auch in dir der lebendige Gott, auch in dir regt sich das milde Walten der Menschenliebe und in deinen Augen lese ich, wie aller Menschen-Hochmut und Trotz dahinschmilzt vor dem ‚Liebet euch untereinander.' An deinen feuchten Augen sehe ich, dass du, wie Hilderich und Gernot, auch uns und alle Menschen lieben lernen wirst, denn dich traf der erleuchtende Strahl Gottes, dich traf die wahre Gottesstimme in seiner Gnade."

Jene Christen — die ersten in der Welt — waren noch gute Menschen, eifrige Zeugen für die Lebendigkeit des Gottes in ihnen und außer ihnen. So konnte auch Livia in ihrer Bedrängnis nicht länger widerstehen. In langen Umarmungen und reichlichen Tränen löste sich langsam die Nacht ihrer Zweifel und als der Morgen dämmerte, ging sie wieder mit Urbanus hinab zum Meer, diesmal aber nicht in selbstverderblicher Absicht, sondern zur Taufe!

Mehr noch als der Brief, den Mechthilde dem Urbanus aus Rom gebracht hatte, meldete diese selbst die entsetzlichsten Tatsachen, die sich mittlerweile in Rom begeben hatten. Die Einsiedler von Marechiarum erfuhren mit Schauder, dass in Rom die Christenverfolgung in ihrer ganzen Wut und verbrecherischen Grausamkeit ausgebrochen war und selbst der über Alles geliebte und verehrte Paulus gefangen und aufs Härteste angeklagt wurde.

„Das ist die Stimme des Herrn," rief Urbanus begeistert und mit blitzendem Auge, „der von uns und unserem Glauben Zeugnis verlangt. Deshalb wollen wir zu unseren Glaubensbrüdern eilen und mit unserem Blut für sie und unseren Glauben einstehen!".

Man ließ in Marechiarum alle zurück; reitende Boten gingen sofort ab um die Wechselpferde zu bestellen und Mittag war noch nicht herangekommen, als man reisefertig war. Der eigenen Gefahr nicht achtend, erschien selbst der Tod ein willkommenes Mittel zur Rettung des Glaubens.

9. Kapitel

Seneca wohnte in seiner Villa in Tibur bei Rom. Was sollte er jetzt in Rom? Es lag ja alles in Schutt und Trümmern, von 14 Regionen waren nur drei vom Feuer verschont geblieben und diese drei Regionen konnten sich ohne Seneca behelfen.

Die Gäste des Seneca, die gerade jetzt seine Gastfreundschaft sehr zu würdigen wussten, waren voll des Lobes, sowohl in Bezug auf die Pracht seiner Villa, wie auch in Bezug auf die Erfolge, die er bei der Bekämpfung des Aberglaubens aufweisen konnte. Seneca wurde der gepriesenste Staatsmann, wie er der gepriesenste Philosoph und Trauerspieldichter war: die sauberen weißen Terrassen, die weitläufigen Säulengänge, die lauschigen, schattigen Gärten, kurz die ganze ausgedehnte Sommerwohnung des großen Seneca war voll seines Lobes.

Unter allen seinen Gästen war dem Seneca sein Sohn Marcus der Liebste; er war sein Herzblatt und wäre das Ideal eines Sohnes gewesen, wenn er nicht immer und immer wieder bis über den Kopf in Schulden stecken würde, und dann stets die etwas störende und wunderliche Ansicht entwickelt hätte, dass die Väter im Allgemeinen von der Vorsehung auserlesen wären, solche Sachen wieder im Ordnung zu bringen, Seneca sich aber ganz besonders dazu eignete. Diese Ansicht, gegen welche ja im Grunde nicht viel einzuwenden war, versteifte sich aber bei dem jungen Marcus seinem eigenen Vater gegenüber geradezu zu einem Dogma, von dem er in keiner Weise abzubringen war. Das störte manchmal.

Unter dem Schatten riesiger Zypressen saß Seneca mit seinem lieben Sohn, dem er in höchster Aufregung die Leviten las.

„Ich kann dir versichern, dass mir solch' eine Dummheit noch nicht vorgekommen ist; du wirst sehen, wohin dich solche Streiche führen; ich bin es Leid, mein Geld durch dich verschleudern zu lassen."

„Lieber Vater, du solltest dich wirklich einmal um neue Redensarten bemühen! Immer und immer wieder dasselbe zu hören, das langweilt. Gerade in diesem Fall machen sich deine Gewohnheitsphrasen schlecht. Du solltest darüber gar nichts sagen, denn du hast sie ja noch nicht einmal gesehen!"

Seneca entrüstete sich über diese ruhige Verstocktheit.

„Ich brauche sie nicht zu sehen und will sie nicht sehen; ich sage einfach, es ist eine Dummheit und bezahle keinen Sesterz. Mach was du willst — ich tue es nicht."

Marcus kannte das schon, so machte er es immer, wenn er etwas bezahlen sollte. Marcus fand das lächerlich.

„Du musst sie erst sehen." sagte er ruhig, aber nicht ohne einen Anflug schwärmerischer Versunkenheit. „Sie ist ein reines griechisches Blut, wenn sie auch aus Ephesus stammt — sie ist eine Göttin. Vater."

„So? Seit wann stammen denn die Götter aus Ephesus?"

„Ihre schöne braune Haut ist weicher als Seide, ihre Augen sind rund, voll, von wunderbarem Glanz und einem berückenden braun. Ihre Haare sind üppig und blauschwarz, ihre Glieder sind wie gemeißelt."

Seneca entrüstete sich immer mehr.

„Lass mich in Ruh' mit solchen Possen, unterbrach er die begeisterte Tirade seines Sohnes, das sind Dummheiten! Ewige Götter, ich habe doch in meinem Leben schon manches gesehen, eine solche Torheit aber noch nicht. Du gibst das Mädchen einfach zurück und damit Punktum! Das wäre mir ein schöner Handel, 12.000 Sesterze für eine gewöhnliche asiatische Sklavin. du musst doch verrückt geworden sein? Dafür kaufe ich ein Dutzend Gladiatoren! Rede nur gar nichts mehr; es hat keinen Zweck, ich bezahle nichts. Beim Jupiter, ich war doch auch jung, aber so dumm war ich nie! Ich habe gesehen, wie man eine Meerbarbe mit 15.000 Sesterzen bezahlte; gut, sie war entsprechend groß und man konnte sie essen; sie war vorzüglich. Ich habe gesehen, wie man für eine Zeus Statue 20.000 Sesterze bezahlte; gut, das stirbt nicht, wird nicht krank und zeugt von Kunstsinn. Ich habe gesehen, wie man eine Vase mit

Nardinöl mit 30.000 Sesterzen bezahlte; warum nicht? Das riecht gut, ist vornehm, ist Mode und Bedürfnis. Aber zu sehen, wie man für eine asiatische Sklavin 12.000 Sesterze bezahlt, eine solche Dummheit zu zeigen war meinem ha! — meinem Sohn vorbehalten. Oh du großer Merkur, was machst du aus der Welt!"

Marcus bewahrte gegenüber solchem Erguss eine wirklich impertinente Ruhe.

„Ja," sagte er, „es ist in der Tat bedauerlich, was nach und nach aus der Welt wird. Vor zwanzig oder dreißig Jahren hättest du dich über einen solchen Handel wohl weniger aufgeregt, lieber Vater, jetzt natürlich.."

„Unverschämter!"

„Ich verstehe überhaupt nicht, wie man wegen lumpiger 12.000 Sesterzen auch nur ein Wort darüber verlieren kann. Eine solche Bagatelle."

Marcus stand auf; er schien es unter seiner Würde zu halten, um eine solche Lappalie weiter zu diskutieren. Verächtlich zuckte er mit der Schulter und machte mit der Hand eine komische Handbewegung, die etwa andeuten sollte: Das Reden führt zu nichts, das Zahlen ist die Hauptsache. Seneca wurde daraufhin sehr hitzig. Schon das ihm sein Sohn sein Alter vorwarf, hatte ihn sehr aufgebracht. Was ging ihn sein Alter an? Er war gar nicht alt, wollte nicht alt sein und wurde überhaupt nie alt.

„Was! eine Bagatelle? heute 12.000 Sesterze, morgen 12.000 Sesterze, übermorgen zur Abwechslung 20.000, du, Konsul Liederlich, du kannst ja nicht einmal ausrechnen, wieviel das im Jahr macht!"

„Brauch' ich auch nicht." sagte Marcus mit olympischer Ruhe und ging langsam eine Platanen-Allee entlang.

Seneca stand nun auch auf und schaute seinem Sohn wütend nach, er runzelte die Stirn, murmelte so etwas wie „Lumpenkerl" oder dergleichen zwischen den Zähnen und warf den Togazipfel erbost über die Schulter. Aber es war — obwohl die Sonne schon längst untergegangen war, — noch sehr heiß und Seneca's Zorn wich rasch. Er pustete, wie jemand, dem zu warm ist, lockerte die Toga wieder und seine Stirn glättete sich. Marcus war in der Dämmerung verschwunden.

„Der Junge hat einen harten Kopf, damit könnte er einmal ein Staatsmann werden! — Ja, was hilft es? Ich muss doch wohl wieder bezahlen."

Damit ging Seneca langsam und seufzend auf das Haus zu. Er hatte gewiss nicht die Absicht gehabt, sich dieser längst als Gewohnheit eingebürgerten Verpflichtung zu entziehen, aber er machte gern solche Gespräche mit seinem Sohn; es war ihm eine Art Erholung. Je weniger Seneca's Staatsgeschäfte erquicklich für sein Gemüt waren, umso notwendiger hatte er seinen Sohn zu solchen Erquickungen, er konnte nicht ohne ihn sein. Marcus hatte für ihn etwas Geniales in seiner leichtsinnigen Schuldenmacherei; die unbedingte Sorglosigkeit und Sicherheit seines Sohnes imponierte ihm, er sah sie als das Produkt seiner tiefsinnigen Philosophie an wie gesagt, er hatte ihn gern. Deshalb passierten ihm in Bezug auf seinen Sohn Täuschungen, wie sie ihm anderen gegenüber nicht passieren konnten.

Marcus war in die entgegengesetzte Richtung gegangen und kam in der Finsternis an einen kleinen, weißleuchtenden, marmornen Rundtempel des Hercules, der etwas einsam in einer Gruppe dunkelragender Zypressen stand. Auf elf zierlichen, ionischen Säulen ruhte das runde Dach, unter dem die über Lebensgröße ausgeführte Statue des Gottes, auf seine Keule gestützt, aufgestellt war. Der aufgehende Mond sendete seine glitzernden Strahlen zwischen die Säulen hindurch und ließ die rein griechische Arbeit in ihren edelsten Konturen hervortreten.

Schon ganz nahe an den Tempel herangekommen, blieb Marcus plötzlich stehen. Er hatte ein leises Schluchzen und Weinen gehört und sah am Fuß einer Säule, wie sich in der Finsternis eine Gestalt wand und zu beten schien. Die schwüle, schwere Wärme des Sommerabends fiel nun auch Marcus auf. Das Blut stieg ihm zu Kopf, sein Herz schlug voll und fast beängstigend; leise legte er die Toga ab und ließ sie am Fuß einer Pinie auf die Erde niedergleiten. Er trug darunter noch doppelte Tuniken, die um die Hüfte gegürtet waren. Langsam und vorsichtig näherte er sich der Gestalt.

„Oh schenke deinen Kindern Gnade und Barmherzigkeit, ewiger Gott und Herr; schone und bewache ihr Leben zu deinem größeren Ruhm; lass unsere Brüder und Schwestern zu Ephesus, Tessalonica und Korinth, in Zypern, Alexandria und aller Wegen gedeihen und sich vermehren, besonders breite aber deine schützende Hand über deine Gemeinde zu Rom aus, auf dass das grausame Blutvergießen aufhören möge."

Marcus war ganz nah gekommen und umfasste mit beiden Armen die betende Gestalt. Er hob sie in die Höhe, gleichzeitig aber ertönte ein durchdringender Schrei.

„Lakme, warum weinst du?"

Wie von einer Natter gestochen, rollte und wand sich das junge Griechenkind in seinen Armen und machte sich glücklich wieder frei. Rasch fiel sie vor ihm auf die Knie und sagte: „Herr, was befiehlst du?"

— Marcus hatte durchaus Recht, und der alte Seneca hatte Unrecht. Lakme war unter Brüdern zwölftausend Sesterze wert. Wie sie so still, so ergeben, demütig und zitternd vor ihm lag, die reichen, schwarzen Lockenringel über den Nacken herabfielen, das kindlich weiche und doch so rund und sinnlich geformte Gesichtchen zu ihm aufsah, wie die wunderbaren Augen ihm flehend und ängstlich entgegensahen — hätte er sie nicht für hunderttausend Sesterze wieder fortgegeben; sein Vater verstand gar nichts von der Sache.

„Steh auf, Lakme, und lass mich vor dir knien; wenn ich auch kein Herkules bin, zu dem du deine inbrünstigen Gebete schickst, so weiß ich doch besser zu lieben, als eine kalte Steinstatue; bitte flieh nicht vor mir, Lakme; du weißt, ich kann dir nicht befehlen, obwohl ich nun endlich dein Herr bin. Lass dich also durch mein Flehen erweichen und komm zu mir; Lakme, hörst du mich?"

Lakme war aufgesprungen und von ihm fortgetreten, sie zitterte über den ganzen Leib und sah sich ängstlich, scheu um. Sie war etwa fünfzehn oder sechzehn Jahr alt, schien aber trotz ihres vollen, runden kurzen Gliederbaus noch wie ein Kind. Ein weißer Doppel-Chiton[27], den sie der Bequemlichkeit halber bis zum Knie emporgeschürzt hatte und an der rechten Seite halb offen war, bedeckte nach griechischer Sitte in schönen, hart am Körper anliegenden Falten ihre Glieder, die Schultern waren züchtig durch ein Obergewand verhüllt, welches mit Silberspangen auf der linken Schulter zusammengehalten wurde.

„Ich bete nicht zu deinen Göttern, nicht zu Herkules und nicht zu den übrigen," sagte sie leise.

„Nicht zu unseren Göttern? Hat man in Griechenland denn andere Götter? Man nennt sie dort nur anders, aber es sind doch dieselben; es ist doch derselbe, ob du nun Herakles oder Herkules sagst."

---

[27] Chiton ist eine nach unten verlängerte Tunica

„Ich sage weder Herakles noch Herkules; ich bete zu dem einzigen wahren Gott, der die Menschen liebt und von ihren Leidenschaften und Dämonen erlöst, sie glücklich macht und ihnen die ewige Seligkeit verheißt!"

Marcus trat rasch auf sie zu und fasste sie an der Hand.

„Du bist eine Christin?"

„Ich bin es."

„Törin, du bist des Todes!"

„Wie du und ihr alle."

„Nein, man wird dich töten!"

„Des Herrn Wille geschehe."

„Lakme, schweig um meinetwillen, erhalte dich für mich."

„Oh könnt' ich's mit tausend Zungen verkünden, dass ich mich nur zu ihm bekenne, zu unserm Heiland, nur ihm diene, nur ihn verehre."

Erschrocken hielt ihr Marcus die Hand auf den Mund. Er war bleich geworden und zitterte schon bei dem Gedanken, dass man sie ihm wieder nehmen und töten könnte; oh, sie brachten in Rom jetzt noch ganz andere Dinge fertig; eine Sklavin, ein Nichts, was wäre denn dabei?

„Wenn du mich liebst, Lakme, so schweig. Willst du mit Willen in deinen sicheren Tod rennen? Warum willst du sterben? So jung, so schön, so glücklich! Lakme, liebe mich!"

Er zog sie an sich; er wandte alle Kraft an und Lakme konnte sich nicht mehr helfen.

„Lass mich, Herr," bat sie ängstlich und keuchend, „wir können nichts mit einander gemein haben, wir sind nicht gleich. Was stelle ich denn dar? Eine arme Sklavin!"

„Ich gebe dir die Freiheit, Lakme, du wohnst mit mir in meinem Haus, frei und gleich — Lakme, liebe mich."

Marcus versuchte sie zu bezwingen; aber Lakme machte furchtbare Anstrengungen und noch einmal gelang es ihr, sich frei zu machen. Mit zitternder Stimme, der man die innere Erregung und Entschlossenheit anhörte, sagte sie:

„Herr, wenn du meinen Tod nicht wünschst, so lass mich. — Ich will dir dienen, dir Sklavendienste tun, wenn ich auch eine Fürstentochter bin, ich will meine Heimat, meine Eltern vergessen und nur in dir meinen Herrn sehen, aber — wenn du mich liebst, so achte mich."

Es war für Marcus etwas Neues zu hören, dass er eine Fürstentochter gekauft hatte; er wunderte sich, dass ihm das nicht sofort aufgefallen war; wie eine Fürstin, gebietend, hoheitsvoll, unnahbar stand sie da, eine unerklärliche, unfassbare Würde umgab ihre kleine, rundliche und liebliche Gestalt; Marcus fühlte sich wie in einem Bann, ihre hilflose Unschuld erschien ihm heilig. Marcus war ein frivoler Herr, nie hatte ihm römische Weiblichkeit das abgenötigt, was Lakme jetzt, vor ihm stehend, forderte, gebot und erhielt. Langsam ließ er sich vor ihr auf die Knie nieder und sagte:

„Herrin, was muss ich tun, um deine Liebe zu erringen?" Die kleine Griechin schauerte leicht in sich zusammen, ein freudiger Schreck überflog ihr zartes, rundes Gesichtchen; sie hätte kein Weib sein müssen, um nicht sofort zu fühlen, zu wissen, dass Marcus sie tief und innig liebe.

Sie reichte ihm ihre Hand und sagte:

„Steh auf, Herr, das ist nicht dein Platz." Marcus stand nicht auf. Er fasste ihre weiche, zarte Hand und sah ihr in die Augen. Mit zitternder Stimme und mit einer Innigkeit und Wärme, die noch keine Frau von ihm gehört hatte, sagte er: „Lass mich hier liegen, Lakme lass mich in deine Augen sehen, in denen mein Glück liegt, aus denen mir eine unbekannte Welt, eine Welt glücklicher Herzlichkeit und Liebe leuchtet. Nenne mir, Lakme, den rührenden, unbekannten Zauber, der von dir ausgeht, der mich zu deinen Füssen bannt, der dich so hoch erhebt über alle Frauen, die ich kenne."

Das mutwillige Griechenblut, das den Fluch der Sinnlichkeit durch die Welt geschleppt hat — Jahrhunderte lang — wie sie es meisterte und beherrschte! Sie sah ihm in die frischen, jugendlichen

Züge, die vom Mondlicht umflossen waren, in die erregt und feuchtschimmernden Augen, die liebeflehend, innig, zutraulich zu ihr emporblickten. Da war nichts mehr zu sehen von der gefürchteten, rohen Sinnlichkeit, von der brutalen Begehrlichkeit des römischen Sklavenhalters, die ihr Todesmut und heroische Widerstandskraft eingeflößt hatte. Lakme fühlte, dass ihr Marcus so, wie er jetzt vor ihr lag, demütig bittend, in zutraulicher, inniger Liebe flehend, weit gefährlicher war. Sie hörte ihr Herz klopfen und fühlte, wie das Blut stürmisch zum Kopf wallte, hastiger, ängstlicher, eine Katastrophe fürchtend wiederholte sie:

„Steh auf Herr, das ist nicht dein Platz!"

„Lakme, sprich zu mir, erkläre mir das süße Geheimnis, die unwiderstehliche Macht, die mich zu dir zieht und mich zu deinen Füssen zwingt. Bei dir lerne ich das Leben, das sich roh und gefühllos um mich wälzt, und ahne ein Glück, das von dir ausgeht wie der Flügelschlag einer neuen, schöneren Zeit; bitte sprich zu mir, Lakme, deine Worte sind wie der Sonnenschein, der in den Abgrund fällt, sie sind die rieselnde Quelle der Wüste, das Ahnen und Sehnen des wahren Lebens und der wahren Liebe."

Lakme's Lage wurde immer verhängnisvoller. Sie zog an ihrer Hand, die er immer noch hielt — vergeblich; sie fühlte, wie sich seine Augen mild, leuchtend, eindringlich in ihre Züge einbohrten, sie traute sich nicht mehr ihn anzusehen. Sie konnte nicht mehr fliehen, ihre

Widerstandskraft war dahin, ihre Not und Bedrängnis aufs höchste gestiegen, ihre Kraft — erst so erstaunlich und ausdauernd — war gelähmt, ein unendlich weiches, süßes Gefühl übermannte sie. Sie wusste sich keinen Rat mehr und bittend, mit Tränen im Auge wiederholte sie nochmals:

„Steh auf, Herr, das ist nicht dein Platz!"

Marcus war ein höchst verstockter junger Mann; er blieb liegen. Heiser, leidenschaftlicher und tiefer tönte seine Stimme, es er fortfuhr:

„Ich kann dich nicht entbehren, Lakme, ich brauche das Leuchten deiner Augen, den Ton deiner Stimme, den Eindruck deiner Gestalt wie Luft und Licht zum Leben, kannst du mich , nicht lieben, Lakme? Ohne dich ist mir die Welt eine Wüste, mit dir ein Paradies, Lakme, lass dich erweichen, oh fürchte nichts von mir; man nennt mich den leichtsinnigen Schuldenmacher, den Geliebten der Livia und mancher anderen, die du nicht kennst, du weißt nicht, Lakme wie diese Welt mich anwidert, seit ich dich kenne. Heb' mich heraus zu dir, zeig mir den Weg zu deinem Herzen, erkläre mir das Rätsel deines Lebens, deiner Liebe!"

Wie sich die arme Lakme quälte um nicht ihre Selbstbeherrschung zu verlieren! Voll und träumerisch ruhten ihre Liebesaugen auf dem vor ihr liegenden Sohn des Konsuls Seneca: sie liebte ihn längst, den leichtsinnigen Schuldenmacher, den Geliebten der Livia

— unter anderen, liebte ihn mit all' der lebhaften, heißblütigen Gewalt ihres Griechentums, mit der vollen, wüchsigen Kraft erster Jugend, aber — Marcus war ihr Herr! In dem einen Wort lag ihr ganzes Elend. Sie war die Sklavin, er, der Götzendiener war ihr Besitzer; der Zwang dieses unmenschlichen Verhältnisses hatte eine Kluft geschaffen, die ihr Christentum nicht überbrücken konnte. Als Christin und Sklavin konnte sie ihrem Herrn dienen, ohne sich zu entehren, aber sie konnte ihn nicht als Christin lieben, ohne sich zu entehren. Die Frau des Christentums hob sich in Lakme edel und rein, empfindungsvoll und bittend ab von der Frau des verfallenden, verkommenen Heidentums, das die Liebe zu einem Sinnrausch, die Ehe zu einem Geschäft herabgedrückt hatte.

Lakme weinte und leise sagte sie:

„Marcus, die Liebe ist ein Geheimnis, das rohe Herzen niemals lösen können und das den zarten sich von selbst enthüllt. Versuche, dass du die zarten feinen Saiten des Herzens, nicht verstimmst, zerstörst, mit ihnen geht dein Glück dahin, das nur aus reiner Harmonie erklingt. Nicht wie ein wilder Katarakt, der tosend in die Felsschlucht stürzt, sondern wie ein Strom der Ebene, still und tief, — so fließt das Glück des Lebens uns dahin."

Welche Weisheit kam von den Lippen der rundlichen, drallen Griechensklavin! Ruhig, erzwungen ruhig legte sie ihre andere Hand in die lockigen Haare des Marcus. Es zuckte ihr in den Fingern. Sie hätte voll und kräftig in die dichten buschigen Locken hineingreifen wollen, ihn in die Höhe ziehen wollen zu sich — zur Liebe.

„Lass mich — Marcus, fordere nicht, was ich nicht geben kann — nicht darf!"

Marcus war nicht blind; er sah, dass ihm in Lakme eine fremde, aber eine bessere Welt entgegentrat und er war noch jung, natürlich, noch frei genug, um sie in vollem Umfang zu erkennen, oder doch zu ahnen. Er verstand und fühlte, dass ihm Lakme ein Leben bot, wo ihm andere nur Stunden bieten konnten. Rasch sprang er auf, legte seinen kräftigen Arm um ihre Hüfte und sagte mit leiser, inniger Stimme: „Willst du mein Weib sein, Lakme! Willst Du?"

Zitternd und bebend ruhte ihre kleine Gestalt in seinem Arm und sie wehrte sich nicht.

„Ob ich will, Marcus?" hauchte sie leise, träumend, staunend und sah fragend, schüchtern zu Marcus auf, dessen Augen erregt leuchteten und die ihren suchten. Da hielt sie sich nicht mehr!

„Ha, ob ich will!" hallte es laut, leidenschaftlich, wie erlösend durch den stillen Park, und sie lag mit einer Hingabe, mit einer Glut an seinem Hals, die Marcus selig durchschauerte; die ersten vollen Regungen eines schönen großen Glückes rauschten über sie dahin! —

Im Glanz des Mondes, der weich und golden über dem weiten Park des Seneca lag, rauschten die Wipfel der

Zypressen, schüttelten die Pinien ihr malerisches Haupt, standen die Statuen weiß und glänzend, plätscherten die Fontänen gleichmäßig und träumerisch ihre einförmige Melodie. Von fernher aus den Jasminsträuchen klang die lockende Liebesglut einer Nachtigall, aber süßer, wohliger, verheißender klang Marcus die Stimme Lakmes, mit der sie sagte:

„Ob ich will! Braucht es wirklich Worte oder Töne, welche dir die Liebe schüchtern gestehen? Fühlst du nicht die fieberne Glut in mir tosen, der ich nicht länger widerstehen kann?" — Nie hatte Marcus den Hauch der Poesie und der Liebe, der jetzt über seiner Umgebung lag, in so eindringlicher Weise gefühlt, nie den duftigen Zauber einer glücklichen Natur so lebhaft empfunden, als in dieser Nacht, in der er zum ersten Mal das große Geheimnis des Glücks erkannte, — in dem er — glücklich machte! Die ausgelassensten Erfolge seiner römischen Abenteuer wurden vor Lakme zu Gespenstern einer kranken Phantasie.

Und Lakme? Was war in das Griechenkind mit den Gesten einer Prophetin und mit der Beredsamkeit einer Priesterin gefahren? Was hatten sie geheimnisvoll so lange Stunden miteinander zu flüstern, Lakme und Marcus?

Wochen verstrichen und Marcus wurde immer ernster, düsterer; er mied seinen bisherigen Umgang, der ihn anwiderte, sogar seinem Vater versuchte er auszuweichen; wenn er ihn doch treffen musste, so ruhten seine Blicke finster, fast drohend auf ihm. Der alte Seneca schüttelte oft nachdenklich den Kopf, wenn er den sonst so flotten, lebenslustigen Marcus sah.

„Sieht er nicht aus, wie ein unheimlicher, verbohrter Sektenpriester?" fragte er.

Man war längst wieder nach Rom zurückgekehrt und Seneca ließ eifrig bei den Geldverleihern herumforschen, ob sein Sohn nicht irgendwo wieder Schulden gemacht hätte. Er wäre erfreut gewesen zu hören, wenn wieder eine recht große Summe zu bezahlen wäre, er hätte dann eine erwünschte Gelegenheit zu einer ausgiebigen Standrede gehabt. Aber er konnte nichts erfahren, sein Sohn brauchte ganz gegen alle Gewohnheiten und Verabredungen rein nichts mehr, keinen Sesterz!

„Der Junge ist krank." klagte Seneca.

Eines Tages wollte er ihn aus seiner trüben Laune etwas aufheitern, als er ihn zufällig traf.

„Weißt du schon, Marcus," sagte er ihm, „dass Livia wieder in Rom ist? Weißt du, dieselbe Livia, die sich seiner Zeit wegen der zwei Gladiatoren so unsterblich blamierte? Du solltest sie doch einmal wieder aufsuchen und sie trösten über ihren harten Verlust. Eh — bei der holdseligen Venus, das gelang dir doch sonst so gut! Geh', besuche sie!"

Marcus sah seinen Vater an. Sein Blick war eiskalt, ja sogar feindselig. Dann sagte er mit wahrer Grabesstimme:

„Ich sehe Livia jede Nacht!"

Seneca war wie vom Donner gerührt. Die Worte blieben ihm in der Kehle stecken und er schaute verblüfft nach, als sein Sohn ernst und gemessen davon ging. —

10. Kapitel

So war denn in Rom der Kampf eröffnet worden, der die Menschheit so lange Jahrtausende beschäftigen sollte, der heute noch nicht beendet ist und der vielleicht nie beendet werden wird, der Kampf um das reine Christentum, der Kampf um den Glauben. Dem mutigen St. Stephanus, der vor den Toren von Jerusalem als erster Märtyrer um Christi willen seinen Geist aufgab, hatten sich große Scharen todesmutiger, opferfreudiger Christen angeschlossen; glaubenseifrig wie er, mit echtchristlichem Gottvertrauen wie er, mit überlegener Weltverachtung wie er waren sie ihm in den Tod gefolgt, sei es nun im Theater, wo man sie zur Volksbelustigung den wilden, halbverhungerten Bestien vorwarf, sei es unter dem Henkerbeil oder am Kreuz, oder auch unter grässlichen Qualen an Pfähle gebunden, mit Pech und Wachs umwickelt als leuchtende Fackeln. Von den Pfählen herab tönten noch ihre Gebete und Anrufungen Christi, und in der Arena erschienen sie mit dem Kreuz in der Hand; die Augen in frommer Unterwürfigkeit und Opferfreudigkeit zum Himmel gerichtet, — so fraß sie das Vieh.

Nicht aus Rache für angeblich begangene Verbrechen, nicht aus Furcht — was konnten die Christen dem römischen Staat schaden? — sondern aus übermütiger Schaulust, aus roher, sinnloser Entartung wurden Tausende von Märtyrern zerfleischt. Es wurde nicht Gericht gehalten, sondern es war ein Schauspiel, wie es empörender nicht hätte sein können, in der Arena wurden sie der Rohheit geopfert, an der Via Appia, wo sich die vornehmen Römer und Römerinnen in der Abendkühle von ihren Sklaven spazieren tragen ließen, wurden sie reihenweise gekreuzigt — zur Schau, zur Unterhaltung — nicht zur Strafe!

Obwohl im Ganzen auf Rom beschränkt, bildete die Christenverfolgung unter Nero in der Geschichte der Menschheit doch einen Abgrund der Menschlichkeit, wie er grauenerregender nicht mehr vorkommt. Sie fiel nicht einzelnen zur Last, sondern dem ganzen damaligen Volk von Rom, das durch fortwährende Blutschauspiele entmenscht, zu zynischer Rohheit und erfinderischer Grausamkeit gleichsam erzogen worden war.

Die Fackeln des Nero sind für alle Zeiten der Stempel eines verkommenen Geschlechts!

Zweimal hatte Paulus schon vor Nero gestanden: das eine Mal schon vor fast zwei Jahren, als er sich vor dem wütenden Priesterpöbel von Jerusalem nicht mehr anders retten konnte, als durch Berufung auf den Kaiser von Rom. Weder der Prokonsul Felix, noch sein Nachfolger Portius, noch König Agrippa konnten ihn auf die Dauer vor den Nachstellungen der Pharisäer und Saducäer schützen und so waren sie froh gewesen, als sie Paulus unter Bewachung römischer Soldaten nach Rom senden konnten. Dort mochte mit dem Mann, der die Massen in so wunderbarer Weise zu erregen und zu beherrschen verstand, passieren, was da wollte.

So war Paulus das erste Mal vor Nero gekommen, vor den Pontifex Maximus, den Hüter der Religion im römischen Staat. Was aber sollte Kaiser Nero mit einem Mann wie Paulus machen? Paulus war weder Sänger, noch Tänzer, noch Wagenlenker, noch Architekt, Nero hingegen war Künstler vom Scheitel bis zur Sohle, war Kaiser von Rom, Herr der Welt — was hatte er mit einem Sektenpriester zu schaffen? In Rom gab es hunderte von Sekten, und in den Provinzen waren Orakel, Zauberer, Wahrsager — immer einer wahrer als der andere — und dergleichen zu Hunderten und Tausenden. Wenn diese alle zu Nero gebracht werden sollten, er sich um alle kümmern sollte — ja, beim Jupiter, was wäre denn dann aus den Spielen, aus der Kunst, überhaupt aus dem Volk geworden? So war der Prozess des Paulus in irgendeinem Winkel liegen geblieben. Es gab durchaus niemanden in Rom, der Zeit genug gehabt hätte, sich um die Angelegenheit zu kümmern.

Anders jetzt! Jetzt war die Verfolgung der Christensekte, dank dem wunderbaren Anschlag Seneca's, eine Spezialität gewisser Hofkreise geworden, die sich billige Lorbeeren und klingende Erfolge durch Denunziationen unschuldiger und wehrloser Menschen erobern wollten. Aus Krypten, Kellern und Gewölben wurden sie zusammengeschleppt, wie Ochsen gebunden, gemartert und zum großen Teil ohne jedes Urteil getötet. Da wurde Paulus auch aufgegriffen und in das mammertinische Gefängnis geworfen worden. Seine imponierende Gestalt, seine ruhige Würde, seine hervorragende Gewalt der Rede unterschieden ihn von der großen Masse; man wollte ihn mit Behagen und entsprechendem Pomp seinem Schicksal entgegenführen.

Da war also Paulus ein zweites Mal vor den Kaiser Nero geführt worden, der sich diesmal die Gelegenheit nicht entgehen ließ, um den Apostel seine künstlerische Überlegenheit in Form einer wohl einstudierten Rede, eines rhetorischen Brillantfeuerwerkes fühlen zu lassen.

Wie leicht musste es einem Paulus sein, dem die Völker Klein-Asiens, Griechenlands, Jerusalems umstürmt hatten, dem kindischen, ungebildeten und liederlichen Kaiser zu imponieren, wie leicht konnte er sein Leben retten vor jeder Nachstellung, wenn er dem Herrn der Welt nur einmal eine kleine Schmeichelei sagte, nur einmal ‚die Perlen vor die Säue warf!'

Sein Evangelium war aber das Evangelium der Wahrheit. Was kümmerte ihn sein Leben, was Kaiser Nero? Mit ruhiger, einfacher Größe und warmer Ermahnung war er dem jungen Mann angesichts seines ganzen Hofstaates entgegengetreten, hatte ihm das Kreuz entgegengehalten und zugerufen:

„In diesem Zeichen wirst du siegen!"

Nero hatte aber weder in der Pose noch in der Redeweise des Apostels etwas Hervorragendes gefunden. Gegen den Kaiser war der Apostel — das war die allgemeine Meinung des Hofstaates gewesen, dem auch Vatinius beizählte, — ein rhetorischer Stümper. Damit hatte der Kaiser alles Interesse für ihn verloren. Er hatte keine Modulation der Stimme, keine Schulung und offenbar keine Studien hinter sich wie Nero. Wenn sich die Massen von ihm hinreißen ließen, was musste dann erst er, Nero, für Begeisterung erwecken! Alle Umstehenden waren selbstverständlich derselben Meinung und der Kaiser nahm sich vor, demnächst sich als öffentlicher Redner aufzutreten, um es zu beweisen.

„Holt den Sänger Meres her, ich will einige Studien an ihm machen" rief der Kaiser.

Und Paulus?

„Paulus? Paulus? führt ihn zum Konsul! Wo ist Meres?"

Meres war ein junger griechischer Sänger, an dem Nero seine Studien machte. Er kam und musste vor ihm singen, laut und leise, hoch und tief — aber das war alles gewöhnlich, das wollte der Kaiser alles nicht hören und ließ ihn so lange peitschen, bis der Sänger vor Schmerz aufschrie und heulte. Das waren dann die Töne, die Nero entzückten, die er studierte und beobachtete. Ach — das Studium ist eine so schwere Sache, selbst für einen Kaiser, aber Nero ließ nicht nach, es musste sein, denn ohne Studium kein Künstler!

Und Paulus?

„Paulus? Paulus? Wer war noch Paulus?"

Der Kaiser hatte es längst wieder vergessen! Wie konnte ein Künstler alles im Gedächtnis behalten, besonders wenn er zufällig auch Kaiser war?

So war Seneca zum Richter des Paulus geworden — der Wolf zum Hirten. Wenn auch für Seneca bereits die Zeit schon anfing, wo er immer mehr und mehr das Bedürfnis hatte, seinem Christenhass einen Mantel philosophischer Tiefe und staatsweiser Vorsicht umzuhängen, wenn auch Pomponia, Vatinius und vielleicht auch der Kaiser immer mehr und mehr zu der Erkenntnis kamen, dass der Christenhass Seneca's ein patriotisches Surrogat, eine Spekulation sei, eine Giftpflanze, die aus dem Boden ehrgeiziger Gewalttätigkeit aufgeschossen war, so war doch dieser Prozess bereits entschieden, ehe er überhaupt begonnen hatte. Seneca war seiner Stellung zum Christentum, seiner Stellung zum ganzen Staatswesen schuldig, es war für Seneca traditionell, diesen Prozess in einer ganz bestimmten Weise, unbekümmert um Recht und Gewissen, durchzuführen. Selbst wenn er anders gewollt hätte, er konnte es nicht mehr. Es war schon zu spät.

Am Forum Romanum und zwar zwischen dem Tempel des Saturn, der in Trümmern lag, und dem Tempel des Castor und Pollux stand die von Julius Cäsar erbaute Basilika Sutia, das prächtigste und größte Gerichts- und

Handelsgebäude im alten Rom. Die breite Front dem Forum zugewandt, wurde es von einem mächtigen Säulengang rings umgeben, unter dem das Publikum vor den heißen Sonnenstrahlen des Forums Schutz suchte und allerlei Handelsgeschäfte erledigte.

Die Basilika selbst war durch vier Reihen mächtiger Travertin-Pfeiler in fünf Schiffe geteilt, an vier Stellen wurde zugleich Gericht gehalten, ohne dass sich die einzelnen Parteien störten.

Hier thronte Seneca auf erhöhten kurulischen Stuhl, umgeben von einer Schar von Richtern und Beamten aller Art, von Liktoren und Soldaten, die das massenhaft andrängende Volk zurückzuhalten hatten. Hier trat Paulus vor ihn!

Das wilde Geschrei der aufgeregten Pöbelmassen, das den Tod der Christen verlangte, drang wüst und verworren bis zu den Richtern.

„Nieder mit den Brandstiftern, mit den Feinden Roms, wozu noch richten? schlagt sie zu Boden, es sind ja Christen, sie haben es selbst gesagt."

So schallte es rings um den einsamen Mann, als man ihn in Mitten der Prätorianer über das Forum gebracht hatte, so schallte es auch jetzt herein in die Basilika Julia, ein wüstes entsetzliches Geschrei, bis zu seinen Richtern, die Paulus wohl kannte. In seiner ganzen hilflosen Menschlichkeit stand er da unter dem wütenden Volk, das seinen Tod forderte, vor Richtern, die seinen Tod wünschten, verlassen, abgetrennt von allen, die ihn lieb hatten, seinen Feinden — denen er nie etwas zu Leid getan hatte — ausgeliefert. Seneca hob langsam den Blick. Es reizte ihn, den Mann zu sehen, der unter so bedrohlichen, aussichtslosen Umständen auf sein Leben verklagt war, das wohl nur noch Tage, oder vielleicht gar nur noch Stunden währte. Es war ihm ja nichts neues, Tod geweihte Menschen vor sich zu sehen; das war es nicht, was ihn reizte. Er wollte Paulus sehen, am Ende seiner Laufbahn, die er wohl kannte, er wollte sehen, was die Schrecken des Todes bei einem Mann wie Paulus ausrichteten, es reizte ihn, gerade Paulus in seiner ärgsten Not und hilflosen Bedrängnis zu sehen, weil er in seiner Erbärmlichkeit einen Sieg für sich zu sehen hoffte. Da sah er in ein festes, ruhiges, fast freudiges Auge. Mit einer stolzen, würdigen Hoheit stand der Mann vor ihm, den er hoffe kläglich bittend und flehend vorzufinden.

„Du bist auf den Tod verklagt" sagte er endlich, „wie wagst du mit einer solchen stolzen Ruhe vor deine Richter zu treten?"

„Warum sollte ich nicht, Seneca? Möchte es jedem vergönnt sein, mit so reinem Herzen vor seine Richter zu treten, wie ich vor dir stehe."

„Du leugnest deine Verbrechen?"

„Mein ganzes Verbrechen ist meine Menschenliebe, der Gegensatz zu dir, Konsul."

„Wir kennen diese Menschenliebe. Sie legt Feuerbrände an die Altäre unserer Götter und zerstört unsere Stadt."

„Du redest von einer böswilligen Erfindung, wie du wohl weist, Seneca — warum willst du auch noch Gott lästern?"

Paulus sah Seneca immer noch fest und ruhig an; der Konsul senkte hier langsam den Blick nieder und spielte mit einem goldenen Ring, den er am Finger trug — einem Gnadenzeichen des Kaisers.

„Du hörst, wie dich das Volk verklagt, wie es deinen Tod wünscht, wie es empört ist gegen dich, und deine Reden sind hier die eines Richters, nicht die eines so hart Verklagten!"

„Was wundert dich daran? Wer von uns beiden, Konsul, hat die meiste Furcht vor dem Volk? Du, im goldenen Stuhl, umgeben von aller Macht und Herrlichkeit Roms, oder ich, hilflos, ein armer Mensch, getrennt von meinen Lieben, verlassen von der Welt. Die Priester von Jerusalem, Ephesus, Antiochien und hundert anderen Städten haben mich umlärmt, den Pöbel gegen mich aufgehetzt, der erst schwur, nicht zu essen, ehe er mich tot sehen würde, dann mich zum Gott erhob; so, Konsul, habe ich das Fürchten der Menschen verlernt und fürchte nur noch Gott."

„Deine Reden bestätigen die Anklagen, die gegen dich erhoben sind. du hast das Volk zum Kampf gegen uns aufgehetzt und widerstehst den Anordnungen unseres

Staatswesens! Es sind dreißig Zeugen gegen dich aufgerufen, die sowohl deine Täterschaft am Brand von Rom, als auch deine Aufhetzungen beeiden."

„Eure Anklagen sind wie die Anklagen der Pharisäer und Saducäer in Jerusalem, der Diana-Priester in Ephesus, eure Zeugen sind wie die ihren; sie stehen allesamt im Dienst der Lüge, ich aber diene der Wahrheit nach dem Willen des Herrn. Seid ihr nicht alle töricht? Ihr glaubt die Wahrheit zu töten, wenn ihr mich tötet, glaubt der Lüge einen Sieg zu verschaffen, wenn ihr eine Quelle der Wahrheit verstopft? Ich sage euch aber, dass tausende und tausende von Quellen dort sprudeln werden, wo nur eine sich schließt, dass selbst die Steine reden werden zum Lob des lebendigen Gottes. Mich kannst du töten, Seneca, doch nicht die Wahrheit."

„Du glaubst dich zu verteidigen, indem du uns anklagst, uns der Lüge bezichtigst? Was weißt du von der Wahrheit? Bist du nicht selbst von deinem Gott abgefallen? Wie soll man dir glauben?"

Klug und durchdringend ruhte das Auge des Apostels auf Seneca, der es noch immer vermied, ihn anzusehen.

„Wie kannst du, Konsul, mir einen Vorwurf daraus machen, dass mich die Gnade des Herrn berufen hat? Wie kannst du, Seneca, mich tadeln, weil ich die Wahrheit erkannt habe, und nun bekenne? Wie kannst du mir vorwerfen, was dich jede Stunde treffen kann und dich — so wahr ich lebe — noch treffen wird?"

Seneca spielte nicht mehr mit seinem Ring. Überrascht blickte er auf, seine Stirn zog sich in Falten und er öffnete den Mund zu einer heftigen Erwiderung. Als er aber das Auge des Apostels traf, das menschenkundig und scharf auf ihm lag, schwieg er. Paulus wurde ihm immer rätselhafter und bedrohlicher. Konnte er in seinem Herzen lesen? Was er sich selbst nicht zu gestehen wagte, was in der Tiefe seines Herzens, unterdrückt, verborgen lag, das sprach Paulus wie ein Seher hier vor allem Volk offen aus. Seneca begriff wohl, dass ihn der Apostel vollständig durchschaute, und deshalb musste Paulus sterben. Was sollte das werden, wenn er, mit seiner wunderbaren Macht der Rede, mit dieser Wissenschaft der geheimsten Regungen Seneca's ausgestattet, wieder hinausgetreten wäre unter das Volk?

„Man weiß es wohl," — fuhr Paulus mit ernster, stolzer Ruhe fort, — „auch du weißt es vielleicht, dass ich ein Pharisäer gewesen bin, welches die strengste Kaste unseres Gottesdienstes ist und dass ich in meiner Blindheit die Christen mit Strenge und Eifer verfolgt habe — wie du auch, Konsul, dass ich mit Freuden das Blut des heiligen Stephanus fließen sah, wie du, Konsul, das Blut der Christen von Rom fließen sahst. — Aber der Herr sah mich in der Finsternis und erbarmte sich meiner. Er erkor mich zu seinem Werkzeug. Mit allen Mühsalen und Gefahren des Lebens ringend, habe ich Zeugnis für ihn abgelegt an allen Ufern des großen Meeres. Hart und dornig war mein Pfad, aber der Herr war mit mir und segnete mein Leben; wer, Seneca, wird das deine segnen? Mir wird mein Tod eine Erlösung sein, was wird er dir sein? Es kommt die Stunde, Seneca, wo du in Todesängsten vergebens nach einem Lichtstrahl schreien wirst, wo du sehnend an meine glückliche Bekehrung denken wirst — und du machst mir jetzt einen Vorwurf daraus? Du wirst mich darum einst noch selig preisen!

„Ich bin der Reden müde", sagte Seneca. Dann wandte er sich zu seiner Umgebung und fuhr fort: „Waltet eures Amtes, vernehmt die Zeugen, ihn habt ihr gehört. Seine Verbrechen wurden durch seine Reden offenbar!"

Die Zeugen wurden verhört und Paulus trat einen Schritt näher an Seneca heran. Etwas leiser fuhr er fort zu Seneca zu sprechen:

" — Weide meine Lämmer — so sprach der Herr und ich tue meine Pflicht auch hier. Konsul, ich sehe wie du dein Herz mit Eigennutz vor dem Leid und Elend deines Volkes verschließt; du nimmst den Witwen und Waisen ihre Kinder und ihre Habe, und opferst den Göttern von deines Nächsten Gut. Wie willst du den Fluch tragen, den du auf dich lädst? Seneca — du stehst vor deinem Ende! Wie willst du es tragen?"

Der Konsul war um einen Schein bleicher geworden. Was wusste der Apostel von seinem Ende? Konnte er ihm auch die geheimsten Befürchtungen, die drohende Missgunst des Kaisers aus der Brust lesen?

„Was sollen solche Worte? Dir droht der Tod, dort beschließt man über dich — nicht über mich, verstehst du? Von deinem Ende ist hier die Rede, nicht von meinem!"

„Du wirst mit mir verfahren, wie du Macht hast, doch du weist sehr gut, dass du in mir den Gottgeweihten triffst; Konsul, dir kommt das Wort: „Denn sie wissen nicht was sie tun" nicht zu Gute! Denke gut daran. Doch wird mein Tod mehr bewirken, als dein ganzes Leben, dein Mord an mir ist nicht mein Ende, der Tod ist für mich der Anfang meiner Herrlichkeit, was aber wird 'es dir sein, Konsul?"

„Du wagst hier, vor dem kurulischen Stuhl deine Irrlehren zu verkünden? Hinweg, willst du uns verhöhnen? Führt ihn fort, ins unterste Gewölbe des Gefängnisses."

Ein wilder Tumult drang jetzt bis in die Halle herein und wälzte ein wüstes Gedränge bis zu der Gerichtsstelle hin. „Tötet ihn, Tod den Christen, Heil dem großen Seneca" scholl es im verworrenen Geschrei durch die Basilika, und die Prätorianer hatten viele Mühe, Paulus vor der Volkswut zu schützen.

„Seneca, deine Stunde ist nah!" übertönte die Stimme des Paulus noch einmal den wüsten Lärm.

„Bindet ihn, verstopft ihm den Mund, er ist wahnsinnig!" Bleich und außer sich vor Aufregung war Seneca von seinem goldenen Stuhl aufgesprungen und schaute finster auf die wilden Gruppen vor ihm. Man nahm Paulus in die Mitte, aber aus den dicksten Knäuel heraus tönte noch einmal seine Stimme. Er hob die Hand hoch empor und sagte wie beschwörend:

„Beim lebendigen Gott, Seneca, du wirst diese Hand noch küssen!" Ein ungeheurer Aufruhr entstand in der Halle. Wild drang der schmutzige Pöbel auf die Soldaten ein, um Paulus in seine Gewalt zu bekommen und man hätte ihn auf der Stelle zerrissen, wenn es den Prätorianern nicht gelungen wäre, ihn rasch aus dem Haus hinaus in das auf der anderen Seite des Forums gelegene mammertinische Gefängnis zu bringen.

Hinter dem Tempel der Concordia und seitwärts der Stelle, wo noch die verbrannten Trümmerreste der Curia Hostilia standen, lag das mammertinische Gefängnis, der letzte Aufenthalt für Staatsverbrecher, wo Jugurtha und Sejan ihrer Todesstunde entgegengeharrt und viele andere ihr Ende gefunden haben. Auf der sogenannten gemonischen Treppe trat man vom Forum hinauf in das obere Geschoss des Gefängnisses, aus dem dann eine schmale Steintreppe im Innern in ein unterirdisches, feuchtes, finsteres, brunnenähnliches Gewölbe führte. In diese Zelle, dem gewöhnlichen Aufenthaltsort der zum Tod verurteilten Verbrecher, deren Exekution dann stündlich erfolgen konnte, wurde Paulus gebracht.

Während sich der Apostel an diesem Ort durch andächtigen Verkehr mit seinem Gott für seine letzten Stunden, deren er voraussichtlich nur noch wenige hatte, stärkte, sammelten sich vor der Basilika Julia dichtgedrängte Massen des römischen Plebs, die dem Konsul Seneca beim Verlassen derselben in stürmischer und lärmender Weise ihre Begeisterung und ihre Beifallsrufe zujubelten.

„Heil, Heil dem großen Konsul, Heil dem Seneca, dem klugen Richter, Heil dem Erretter des Staates!" und ähnliches schrie eine Menge von dummen, urteilslosen Tagedieben, Herumlungerern aller Art von allen Seiten, und umdrängte johlend und schreiend die Sänfte des Konsuls. Ehrerbietig verneigte sich Seneca überall hin und grüßte das große römische Volk. Bis hart vor den kaiserlichen Palast, wohin der Konsul Seneca sich begab, folgte ihm der müßige Pöbel, der sich von Schritt zu Schritt durch immer neue Ankömmlinge verstärkte. Die Liktoren des Konsuls konnten diesen in den ungeheuren Massen kaum Raum schaffen und das Heil-Rufen drang bis hinein in die kaiserlichen Gemächer.

Auf dem Dach des Palastes stand Vatinius und war Zeuge, wie sich die wüsten Volksmassen mit ihrem Beifallsjubel zu Ehren des Seneca heranwälzten. Traurig und schlaff hingen ihm die unverhältnismäßig langen Arme von dem kleinen Körper herab und sein Kopf lag wie heruntergerutscht zwischen den Schultern auf der Brust.

„Heil, Heil, Heil dem großen Seneca, dem Erretter des Staates!" donnerte es tausend und tausendfältig um den Palast, vor dem sich Seneca mit bedeutender Geste in seiner Sänfte erhob, worauf einigermaßen Ruhe eintrat. Darauf sagte der Konsul mit schallender, lauter Stimme:

„Heil, Heil, Heil dem Cäsar, dem großen Nero, dem Gott der Götter von Rom!"

Wie unsinnig lärmte und johlte es wieder in den blöden Massen, die die Worte des Konsuls minutenlang nachschrien.

Vatinius machte ein möglichst nachdenkliches Gesicht und kraute sich hinterm Ohr. Er zog die Kopfhaut mit den buschigen, dichten und kurzgeschorenen Haaren weit über die Stirn, wie ihm das nach und nach Gewohnheit geworden war und murmelte leise für sich:

„Der Konsul hat Recht! Vatinius, Vatinius!

Wenn der Konsul den Staat rettet, kann ihn Vatinius nicht auch retten. Hast du das begriffen? — Vatinius, Vatinius, auf, rette den Staat oder geh unter!" Langsam schritt er auf die Treppe zu, die in den Palast hinunterführte und mit den Worten:

„Nur sachte, Seneca, nur sachte!" stieg er hinab.

11. Kapitel

Auf dem Südabhang des Palatin stand eine Villa, die im Stil der Kaiserzeit vor etwa fünfunddreißig Jahren von Tiberius erbaut und dem damaligen Günstling des Kaisers, dem Sejan, geschenkt worden war. Nach dessen Sturz hatte sie lange Jahre leer gestanden, bis sie Seneca vom Kaiser Nero zum Geschenk erhielt, weil er für diesen eine neue Krebssuppe erfand. Die ganze Anlage der Sejan'schen oder jetzt Seneca'schen Villa war, wie man zu sagen pflegt eine Idee, eine feine sinnige, zartempfundene Künstleridee, bezaubernd durchgeführt, den zufälligsten Launen und Phantasien des Baumeisters nachgebend — „Es kam beim Bau nicht darauf an!" Der Herr der Welt war der Bauherr gewesen, Sparen oder Beschränkung wäre Sünde, Diebstahl an der Kunst gewesen. Die säulendurchbrochene, Statuen geschmückte Front des Hauses war dem Süden zugewandt und übersah den ganzen südlichen Teil der Stadt bis weit hinaus in die Kampagna, wo sie die appische und ostische Straße mit ihren mannigfachen Denkmälern und Grabstätten durchschneidet. Der Bauplatz war offenbar ursprünglich sehr knapp gewesen, aber man hatte sich durch Planierungen im Norden und ausgedehnte, gewaltige Substruktionen im Süden geholfen. Den Park hatte man unterhalb der Villa an den sich ziemlich steil absenkenden Abhang angelegt. Palmen und Pinien, großblättrige Platanen und schwarzgrüne Zypressen, sogar Eichen und zartgrüne Buchen, rauschende Kastanien und duftende Linden hatte man zusammengeschleppt, um die verwegensten

Schattierungen und Formen hervorzubringen. In gefälligen, schönen Windungen durchquerte ein Hauptweg den Park, der mit etwas über mannshohen Marmorsäulen eingesäumt war, die sich, mit Weingerank unter einander verbunden, weißleuchtend aus dem üppigen Grün abhoben und zum wohlgefälligen, einladenden vornehmen Eindruck des Ganzen nicht wenig beitrugen.

In den schattigen, kühlen Fichtenhainen, in den marmornen Säulengängen, silbernen Badezellen des Hauses, den künstlerisch ausgemalten Portiken konnte also Seneca mit Ruhe und Behagen sich von der Tageslast und Hitze, von den Sorgen der Regierung erholen. Trotzdem fand er am Tag seines Triumphes in der Basilika Julia, als er spät am Abend sein hübsches Heim aufsuchte, nicht die erhoffte Erfrischung. Misslaunig, misstrauisch und ängstlich kam er aus den Kaiserpalästen zurück, seine rauschenden Erfolge hatten ihn, statt erhoben, niedergedrückt. Seneca war kein Mann für das Rauschende, Fürstliche, Glänzende, er war kein strahlendes Gestirn, das tiefe Schatten wirft, er war nur ein Stern zweiter, dritter Größe, mehr klug als kühn, mehr berechnend als überzeugt; er kämpfte lieber im Schatten einer anderen Größe und kannte das Gefährliche der Herrschaft ebenso wie ihre Nichtigkeit. Deshalb fürchtete er auch die helle Sonne der Volksgunst ebenso sehr wie ihr Gegenteil.

Nachdenklich stieg er aus seiner Sänfte und trat seufzend in das Atrium, das sinnig mit den Statuen des

Jupiter, Pluto, Mars, der Juno, Minerva, und Epona geschmückt war. Hinter dem Impluvium[28], und hart am Rand eines darunter befindlichen kleinen Fischbassins stand eine Kolossal-Statue des Nero, an deren Fuß sich ein weiches Lager aus Fellen und seidenen Decken befand. Hier ließ sich Seneca sorgenschwer nieder.

Wie kam es, dass er gerade heute, am Tag eines solchen Triumphes, auf dem Gipfel der ihm erreichbaren Macht, so missgelaunt und furchtsam war? „Dein Reichtum selbst wird dir zur Falle werden, wenn du nur erst so reich bist, dass sich der Fischzug lohnt" hatte Burrus einst zu ihm gesagt. Scheute er sich jetzt schon? Oder hatte der Christenpriester mit seinem kühnen Gerede doch Eindruck auf ihn gemacht? Er, der mächtige Konsul von Rom sollte einem zum Tod verurteilten Verbrecher die Hand küssen? Wie sollte denn das zugehen? Das war ja Wahnsinn! Oder hatten die Götter irgendein anderes Ungemach über ihn verhängt, das seine finsteren, drohenden Schatten vorauswarf, ihn schon von fern bedrückte?

Dumpfe Gewitterschwüle lag auf ihm. Sonst, als er noch jung war, hatte er solche Launen mit Tanz und Spiel und allerlei Tollheiten vertrieben, aber seit einiger Zeit und besonders heute kehrten sie mit erdrückender Schwere zurück, es war ihm so jämmerlich, so öde, so verzweifelt zu Mute.

---

[28] Das Impluvium ist ein Wasserbecken im römischen Atrium, einem zentral gelegenen Raum im Haus.

Träumerisch lehnte er sich an die Nerostatue und murmelte leise: „Was ist Glanz und Macht, Reichtum und Ruhm — ein Hauch wirft alles in den Staub. Ich habe alles erreicht, wonach ich strebte, die Fortuna war mir gütig, vor Tausenden hat sie mich ausgezeichnet, mir nichts verweigert — und nun? — Die Gunst der Fortuna ist das Verderblichste, was es für die Menschen gibt; die Götter hassen die Fortuna! —"

„Der Priester ging zufrieden — was sage ich zufrieden — glücklich, opferfreudig in den Tod. Seine Idee ist sein Geschick, er denkt nichts, fürchtet nichts, weiß nichts als seine Mission. — Mich drücken Furcht und Sorge zu Boden. Ich muss die Abrechnung fürchten! Wenn es eine Vergeltung gibt, wenn!"

Seneca ließ den Kopf immer tiefer sinken. Die Themis war nicht seine Lieblingsgöttin. Er hatte sie mit seinem starken Geist als eine Gottheit erkannt, mit der man wohl die Massen bändigt, der man aber selbst aus dem Weg geht. Nun war es ihm, als er so träumend an der Nerostatue stand, plötzlich, als ob die blinde Themis mit ihrer Waage hereinkäme, hehr und groß, und hinter ihr folgte mit grausigem Sausen und Brausen ihr furchtbarer Tross der Erinnyen; heulend und kreischend fletschten sie ihm ihre hässlichen Gesichter entgegen, und schwangen ihm ihre rauchenden, sengenden Fackeln um den Kopf.

„Marcus, mein Junge, mein Liebling, bist du's?" fuhr Seneca plötzlich auf. Marcus war rasch in das Atrium eingetreten und auf seinen Vater zugeschritten. Er war sehr bleich, aber seine Züge drückten eine Entschlossenheit aus, die ihm sonst fremd war.

„Was ist mit dir, Vater? Du stöhnst ja erbärmlich!"

„Lass die Themis Themis sein, mein Junge, beim Jupiter, mir tut ein Menschenantlitz jetzt wohl; brav, dass du kommst. Ich bitte dich, Marcus, sei lustig und wenn ich tausendmal stöhne. Marcus, sei lustig, ich stöhne ja für dich mit."

Marcus machte eine abwehrende Bewegung und sah seinen Vater ernst und finster an.

„Na, was machst du für Gesichter, mein Junge, ist das die Miene des lebenslustigen, verschwenderischen, leichtsinnigen Sohnes des Seneca? Ich bitte dich, sei lustig und guter Dinge, mache einige recht dumme Streiche, und wenn sie auch eine Million kosten, Marcus, ich habe heute einen großen Erfolg errungen, bei Volk und Kaiser; er wird vieles bringen, weißt du es schon?"

„Ich weiß es." sagte Marcus dumpf.

„Nun beim neidischen Styx, so freue dich doch, was hast du denn? Wie siehst du überhaupt aus? Schlecht frisiert, bleich, die Toga zerknittert! Du solltest deine Sklaven einmal auspeitschen lassen. Ich will nicht, dass du wie ein Plebejer lebst, Seneca hat es nicht nötig, seinen Sohn kurz zu halten, du brauchst nicht zu sparen, sollst nicht sparen, hörst du Marcus? Du sollst nicht."

„Vater."

„Ach was, ich sage, du sollst nicht. Was treibst du jetzt eigentlich, wie lebst du? Du brauchst kein Geld mehr, bist Tag und Nacht nicht zu Hause und wenn ich dich doch einmal zu Gesicht bekomme, so siehst du immer aus, als ob du gerade von einem Leichenbegräbnis kommen, oder dahin gehen würdest. Was ist mit dir, mein Junge? Bist du vielleicht verliebt? Macht dir die Livia den Kopf schwer? Bei der holdseligen Venus, die dich immer beschützt hat, für den Sohn des Seneca ist in Rom so manches möglich. Krame nur deinen Kummer aus, Marcus, was ist los? Du weißt ich kann in Rom einiges bewirken, was ein anderer nicht kann!"

Seneca sprach hastig, kurz, abgerissen, als ob er in seinen Worten mehr eine Beschäftigung für sich als für den, der zuhörte, gefunden hätte. Er war froh, mit jemanden sprechen zu können, sich von sich selbst ablenken zu können und war zufrieden, dass das gerade sein Liebling, sein Marcus war. Er wäre sehr glücklich gewesen, wenn ihm Marcus jetzt gestanden hätte, dass einige Hunderttausend Sesterzen Schulden für ihn zu bezahlen wären, oder sich irgendwelche andere Dummheit als Anlass zum Schimpfen dargeboten hätte.

„Eben weil ich weiß, dass du manches in Rom machen kannst, was ein anderer nicht kann, komme ich zu dir, Vater!"

„Brav, mein Junge, brav; krame nur immer deinen Kummer aus, Marcus, komm, erzähle deine Not, du sollst keine haben, du sollst nicht, sage ich! Ich nehme alles auf mich, lade alles auf und werfe es gelegentlich einmal in die Kloaken. Ich verweigere dir heute nichts, heraus, immer nur heraus, koste es was es wolle."

„Ich danke dir, Vater." sagte Marcus langsam und Seneca durchdringend ansehend. Er trat noch etwas näher an ihn heran und fuhr mit einer Stimme, aus der verhaltener Groll, unterdrückter Kummer heraustönte, fort:

„Du hast heute den Apostel Paulus zum Tod verurteilt."

„He!" machte Seneca erstaunt und blickte gespannt und ängstlich auf seinen Sohn.

„Ich bin gekommen, Vater, dich zu bitten, ihn wieder freizulassen!"

Mit einem Schrei fuhr Seneca zurück und sah seinen Sohn einen Augenblick lang erschrocken an, so als wenn er ein Gespenst vor sich gehabt hätte. Dann trat er mit einer für sein Alter wunderbaren Schnelligkeit auf ihn zu und rüttelte ihn stark an der Schulter.

„Marcus, Marcus!" rief er, „Wach doch auf, du schläfst, oder hast du Fieber? Lass zur Ader, Junge, denn du bist verrückt!"

Seinem Vater abwehrend, sagte Marcus mit eisiger Ruhe: „Seneca, wer von uns beiden schläft?"

„Ah — das ist Wahnsinn! Mit Furcht und Angst habe ich von deinem nächtlichen Verkehr mit der verrückten Livia gehört, solltest du noch mehr solche Gesellschaft gefunden haben? Sollte man gewagt haben, mit den abergläubischen Torheiten einer hirnverbrannten Sekte bis zu dem Sohn des Konsul Seneca vorzudringen, bis in die Familie eines römischen Staatsbeamten das Gift einer staatsfeindlichen Lehre zu streuen?"

„Spare deine Aufregung, Vater, ich bin Christ und werde es bleiben!"

Wieder gellte ein Schrei Seneca's durch das Atrium und tastend suchte er nach der Nerostatue, um sich daran zu stützen; er wäre sonst unfehlbar in das vor ihm befindliche Bassin gefallen. Schwer rang der Konsul nach Atem.

„Vater, du bist in den Kampf gegen das Licht der Welt gegangen, gegen die weltbeglückende Liebe der Menschen untereinander, aber — deine Waffen sind stumpf. Weißt du es schon, Konsul? Schläfst du noch immer? Statt weniger zu werden durch deinen blutigen Verfolgungswahn, werden es immer mehr Christen in Rom. Statt zu ersticken, leuchtet das Licht immer stärker! Seneca, du bist es, der schläft, wach auf; statt einem überwundenen Feind, stehst du einem unüberwindlichen, siegreichen Geist gegenüber, der die Welt mit hinreißender Gewalt durchströmt und durchwärmt. Was willst du, armer Sterblicher, gegen ihn?"

Noch immer stand der Konsul fassungslos an der Nerostatue und starrte wie geistesabwesend vor sich in das dunkle Wasserbecken. Seine Lippen zuckten und sein Gesicht war erdfahl.

„Themis, Themis —" murmelte er geisterhaft vor sich hin und Marcus, der den Zusammenhang im Seneca'schen Gedankengang nicht begriff, hielt seinen Vater für ernstlich krank.

„Fasse dich, Vater," fuhr er im ruhigen und begütigenden Ton fort, „noch ist es Zeit, deinen Irrtum zu bekennen und alles erscheint dir nur schlimmer, als es ist. Wir verlangen ja von dir nicht, dass du deinen heutigen Spruch widerrufen sollst, du sollst nur die Befreiung und Flucht des gefangenen Apostels, die ich selbst leiten werde, begünstigen, im Geheimen dulden. Aber unternommen werden soll der Versuch in jedem Fall, entweder mit deiner Hilfe, was ich hoffe, oder ohne dieselbe, was ich fürchte. Also ich bitte dich nochmals, Vater, gib den Gefangenen frei."

„Großer Jupiter, das ist zu viel!" stöhnte Seneca leise.

„Noch ist es Zeit;" fuhr Marcus leiser fort, „bedenke es gut Vater, es ist schlimm und unendlich traurig, vor seinem Grab auf ein Leben voller Irrtümer zurückblicken zu müssen, aber es ist eine Marter, ein verzweiflungsvoller Kampf, in seiner Todesstunde auf ein

Leben voller Verbrechen zurückblicken zu müssen. Seneca, gehe nicht über den Irrtum hinaus, geh' nicht bis zum Verbrechen!"

„Du bist ein Narr," fuhr der Konsul schließlich hastig und wild auf, „siehst du nicht ein, dass ich nicht nur den Gefangenen nicht freigeben darf, sondern auch dir den Prozess machen muss, sobald ich von irgendeiner Seite höre, dass du deine törichten und wahnsinnigen Bestrebungen fortsetzt? Verstehst du nicht, dass ich gezwungen bin, gerade gegen dich auf das Schärfste vorzugehen, damit nicht dein Irrglaube meinen Untergang nach sich zieht? Glaubst du, ich hätte keine Feinde, die darauf lauern, mir eine Falle zu stellen? Siehst du nicht, dass gerade der Untergang der Christen ein Hauptpfeiler meiner eigenen Existenz geworden ist?"

„Schlimm für dich; wir gehen alle zu Grunde einer so, der andere so, aber auf deine Weise möchte ich nicht untergehen."

„Überkluger Tor, du stehst vor dem Konsul!"

„Und du hast heute vor einem Abgesandten Gottes gestanden und hast es nicht begriffen."

„Ich durfte es nicht begreifen!"

„Und hattest es doch begriffen?"

Ächzend sank Seneca auf das Lager, ein lauter Seufzer entrang sich seiner Brust. Marcus trat ganz nah zu ihm und flüsterte ihm noch einmal ins Ohr:

„Und hast es doch begriffen, Vater? Gib deine Ämter, deine Güter auf, fliehe mit uns von Rom, bis eine Zeit der Duldung und Gerechtigkeit gegen uns auch hier einkehrt, nimm den neuen Glauben an und sei glücklich mit uns. Den reuigen Sünder erwartet die Gnade des Himmels."

„Dass dich der Donnerkeil des Jupiters zertrümmere und deine Zunge spalte! Verhaften lasse ich dich!" rief Seneca hastig und stand auf, um auf den Ausgang zuzugehen, wo die Lärmschelle hing. Schon hatte er den Schläger gefasst, als sein Blick wieder auf seinen Sohn fiel, der unbeweglich noch auf seinem Platz neben der Nerostatue stand. Langsam ließ Seneca den Schläger wieder sinken.

„Schlag zu, Vater, schlag zu! Meinst du ich fürchte den Tod? Ein Opfer eurer Götzen mehr oder weniger, was bedeutet das schon?"

„Ich will vergessen, was du gesagt und getan hast, Marcus, wenn du wieder werden willst, was du warst. Versprich es mir."

Marcus richtete sich stolz auf und sah seinen Vater an.

„Morgen Nacht breche ich das mammertinische Gefängnis ein, Konsul; ich werde dabei sehen, ob du der Gnade unseres Herrn und Heilands würdig bist."

Wieder hob Seneca den Schläger, um mit der Lärmschelle seine Leute herbeizurufen und noch einmal sagte er drohend:

„Versprich mir, Marcus! du bist ein Römer und weißt, dass weder ich, noch der Kaiser dich wieder aus dem Gefängnis führen können, wenn ich dich schuldbeladen hineinstoße. Marcus, meide die Christen, wenn dir dein Leben lieb ist."

„Schlag zu, Seneca, ich stehe in einer höheren Hand, schlag zu!"

Aber Seneca schlug nicht zu; er warf plötzlich den Schläger weit von sich, sodass er durch das Impluvium hinaus auf das Dach flog, dann lief er zu seinem Sohn und umarmte ihn weinend.

„Ich kann dich nicht töten, Marcus, und sollte ich darüber selbst zu Grunde gehen! Aber hüte dich, hüte dich ja, mein Sohn. Ich kenne meine Feinde und Aufpasser sehr gut, man wird mit Wollust nach dem Sohn des Seneca greifen, weil man gut genug weiß, dass dein Verderben mein Tod ist. Man wird dir auflauern — wenn es nicht schon geschehen ist, man wird dir Späher nachsenden und beim ersten Schuldbeweis dich greifen — Marcus, hüte dich wohl — ich — ich vermag es nicht!"

„Und morgen Nacht?"

„Ich will und darf nichts hören —"

Marcus wandte sich langsam zum Gehen.

„Bleibe bei mir, mein Sohn," flehte Seneca mit einer ängstlichen, zärtlichen Stimme, „es wird Nacht und mich plagen schwere, hässliche Träume. deine Nähe tut mir wohl, bleibe da."

„Mein Leben gehört mir nicht mehr, Vater, ich muss vorwärts. Lebe wohl."

„Bleibe bei mir, Marcus!" schrie Seneca noch einmal angstvoll auf, dieser aber verließ mit raschen Schritten das Atrium.

Seneca war alt und wie bei allen Menschen beherrschte auch bei ihm die ängstliche Gebrechlichkeit des Körpers, der beginnende Verfall der Kräfte in trüben Stunden seinen sonst so starken Geist. Sonst hätte ihn seine Klugheit und sein Scharfsinn wohl in seiner höchsten Not nicht im Stich gelassen. Aber jetzt war sein Hirn unklar, verworren, sein Geist die Beute mehr oder weniger begründeter, angstvoller Befürchtungen, traumhafter Vorstellungen und konnte zu keinem festen Entschluss kommen. Musste er seinen Sohn töten, um sich zu erhalten? War das unumgänglich nötig, oder durfte er seinem Vaterherzen Gehör geben? Er konnte sich darüber nicht klar werden — wollte es wohl auch nicht! Erschöpft fiel er wieder auf sein Lager zurück und in seiner grüblerischen Träumerei, in seiner dämmerigen Versunkenheit tauchten vor seinem Geist die hässlichen Traumgebilde seines angsterfüllten Herzens auf. Wieder erschien ihm die blinde Themis und schüttelte ihm die braunen Locken entgegen; jetzt schien sie aber wirklich die Züge seines Sohnes zu tragen; eine alte hässliche Megäre stand frech und grinsend unter ihrem Gefolge; sie war in abstoßender Weise verwachsen, hatte große Ohren und einen fürchterlich breiten Mund; sie sah aus wie der Schusterbube aus Benevent, der bucklige Vatinius. Was hatte der große Konsul Seneca, der Philosoph und Lehrer des Kaisers mit dem widerlichen Schusterjungen zu tun? War das Schicksal nicht schon grausam genug, musste es auch noch solche schneidende Ironie treiben? Hatte sich Seneca mit allen Schmeichelkünsten und Freundschaftsbeteuerungen gegenüber Vatinius nur einen umso verbisseneren, boshafteren, habgierigeren Todfeind erkauft?

Immer zudringlicher und immer zahlreicher wurden die Schatten, während sich Seneca im Halbschlummer auf seinem Lager am Fuß der Nerostatue herumwälzte und laut stöhnte. Ganze Reihen bleicher, blutender Gestalten in den verschiedensten Gladiatorenrüstungen kamen heran und führten vor ihm schauerliche Kämpfe auf. Das waren nicht die Tänze und Spiele der zartgliedrigen Ägypterinnen, mit denen er sich sonst seine üble Laune vertrieben hatte, das waren Spiele, bei denen er das Blut fließen sah und den heißen Dampf des ekeligen Gemisches aus Blut und Arenasand spürte; selbst die Leichen starrten ihn noch grässlich aus den gläsernen erloschenen Augen an, warfen ihre Schwerter und Dolche, ihre im Kampf abgetrennten Gliedmaßen zu seinem Lager hin. Da kamen auch zwei, die ganz aus

Stein waren und nicht miteinander fechten wollten. Da schlug man sie in Stücke, aber die Stücke verbanden sich wieder von selbst zu Statuen, die sich schwer über den ächzenden Seneca hinweglegten und ihn zu ersticken drohten. Dabei schwebte eine Frau vor ihm auf und nieder, wobei sie immer schrie: Erbarmen, Erbarmen. Um der hässlichen Geschichte ledig zu werden, stieß Seneca mit dem Fuß nach ihr, sodass sie in eine dampfende Blutlache fiel, in der sie ertrank. Und von Pechpfählen herab, von Holzkreuzen herunter blickten ihn schmerzverzerrte Gesichter an und fluchten ihm in furchtbarer Weise. Über all' dem Treiben aber sah er Paulus wie auf einer Wolke thronen; er wies auf Millionen und Millionen Schatten die in der Dämmerung auf und unter tauchten und mit seinen durchdringenden, großen, ruhigen Auge ihn anblickend, sagte er: „Du bist ein Konsul und bist noch schlechter als dein Volk?"

Seneca aber konnte den Blick nicht ertragen und mit einem gurgelnden Schrei wachte er auf und erhob sich — der Spuk verschwand! Müde fuhr er mit der Hand über Stirn und Augen, ihm war so schwül, wüst, unheimlich und ängstlich zumute; die Öllampen, die die Halle flackernd und ungewiss erleuchteten, machten groteske und gespenstische Schatten, selbst die Statuen, die in den Nischen herum standen, sahen aus wie fratzenhafte, bedrohliche Geister, das glänzende Haus des Sejan erschien dem Seneca schauerlich, unheilvoll; ruhte der Fluch des Verräters noch immer auf den Hallen?

Rasch floh Seneca hinaus in die duftenden, lauschigen Gärten, wo er in der lauen, linden Sommernacht frische Luft zu schöpfen und Ruhe zu finden hoffte.

12. Kapitel

Als Seneca aus dem Haus heraustrat, konnte er zwei Wege wählen. Der eine führte zu beiden Seiten um das Haus herum, um sich hinter diesem zu einer Straße zu vereinigen, auf der man zu den Kaiserpalästen gelangte. Der andere Weg führte in zierlichen Windungen hinab in den Park, der sich mit seinen geheimnisvoll im Nachtwind' rauschenden dunkelragenden Baumwipfeln — wie schon erwähnt — von der Villa abwärts erstreckte und etwa auf halber Höhe des Berges an eine Vigna stieß.

Seneca wählte den letzteren Weg in den Park hinab; es lag durchaus keine sichtbare Veranlassung für Seneca vor, gerade diesen Weg zu wählen; er hätte ebenso gut den anderen gehen können, auf dem gerade jetzt im Dunkel der Nacht sein Unglück heran schlich. Warum ging er denn nicht den anderen Weg? Vielleicht, dass noch alles hätte gut werden, vielleicht, dass er dem in der Nacht herumschleichenden Unglück zuvorkommen, dass er sich hätte versöhnen können mit der Macht, die er so frevelnd, so übermütig, so kraftprotzend zum Vernichtungskampf herausgefordert hatte, vielleicht, dass er mit seiner großen Klugheit und Erfahrung der Weltgeschichte ein neues Bett hätte eröffnen können, in dem sich die Fluten der Menschen und des Glaubens friedlich, glücklich vereinigen konnten. — Das Schicksal ist oft recht neckisch, kleinlich, giftig, — und deshalb ging Seneca in den Park hinab. Noch war er ja der mächtige Konsul von Rom, der geistig hochbegabte Philosoph, noch war er im Vollbesitz seiner immensen Reichtümer — oh, hätte er den anderen Weg gewählt!

Die weißen Säulen glänzten anmutig im Mondschein unter dem grünen Weingerank hervor, flüsternd und rauschend fuhr der Wind durch die Baumkronen, eine träumerische, beruhigende Stille lud so einschmeichelnd zu einem Spaziergang durch den Park

Treulose Fortuna!

Seneca wankte mehr als er ging — wie ein Trunkener — den Weg hinab und hielt sich hier und dort an einer der Säulen fest, um nach Atem zu ringen und auszuruhen. Warum konnte er gerade heute seine aufrührerischen Gedanken, seine fiebernden Phantasien nicht beherrschen? Warum hatte gerade heute seine Denkkraft, seine Logik so wenig Gewalt über sein Blut und sein Hirn? Immer wieder war es ihm, als ob die blinde Themis mit ihrer Waage unbeweglich hinter ihm stünde, als ob ein grausiger Chor von Erinnyen — immer der alte, hässliche Schuster voran — ihn umhöhnte und bedrohte. Oft drückte er seine klopfenden, heißen Pulse gegen die kühlenden Säulen und sog mit vollen Lungen die kalte Nachtluft ein, aber sein Zustand blieb kläglich, das Übel saß tiefer. Der Mantel philosophischer Staatsweisheit, in den sich Seneca sonst so gut zu verhüllen verstand, war fadenscheinig geworden und fiel in Fetzen von seinen Schultern herab; es kamen die kleinen und großen Gebrechen der Seneca zum Vorschein, zuerst für ihn — aber das schadete nichts, er heuchelte nichts zu sehen; dann aber auch für die ihm Näherstehenden. Vatinius, Marcus wussten viel, Glandilus, Livia, Nertius kannten ihn aus kleinen Geschäftchen, die er gemacht hatte, selbst der Kaiser ahnte, oder wusste vielleicht gar; ein kräftiger Ruck und der Mantel fiel vollends und keine Philosophie, keine geistreiche, menschenfreundliche Sentenz verhüllte mehr das Gerippe liebedienerischer Schmeichelei, rücksichtsloser Macht- und Geldgier, elender Ämterjägerei und Grausamkeit, das man bisher Seneca genannt hatte. Was dann?

Seneca konnte nicht weiter und setzte sich unter einen Bogen, eine Art Triumphbogen, der den Säulengang in zierlicher Abwechslung unterbrach. Er stützte den Kopf in die Hände und seufzte schwer auf. Da guckte, vorsichtig um die Ecke herumlauschend, ein Kopf um die Mauerkante und sah erstaunt auf den erschöpften Seneca. Es war ein dunkelbrauner Kopf mit kurzen, wolligen Haaren, wie man sie bei den numidischen oder mauretanischen Sklaven oft antraf; das Weiße seiner Augen hob sich grell und unheimlich von dem dunkeln Gesicht ab. Nach einem kurzen Augenblick verschwand der Sklave wieder, ohne dass Seneca ihn gesehen hätte und ging — da er barfuß war, ohne jedes Geräusch — um die rechte äußere Seite des Bogens herum und den Weg entlang, den Seneca herabgekommen war. Er ging aber nicht in das Haus des Seneca hinein, sondern auf dem schon erwähnten Weg um dasselbe herum und traf hinter ihm auf drei Männer, die, in dunkle Togen gekleidet, leise und vorsichtig ihm gehend entgegenkamen. Der eine davon, der mit vollständiger Erfolglosigkeit versucht hatte, sich zu verkleiden — es gab in ganz Rom keinen größeren Buckel und keinen kleineren Mann — war Vatinius, der andere war der Mann der Livia, der von Claudius freigelassene Sklave Sertrinus. Sertrinus war schon einmal verheiratet gewesen, aber seine Frau war früh gestorben und hatte ihm ein großes Vermögen hinterlassen. Das hatte dem Sertrinus so gut gefallen, dass er jetzt alles aufbot, um seine zweite Frau — des Christentums zu überführen, selbstverständlich aus lauter Patriotismus und glaubenseifriger Religiosität. Nur der letzte von den Dreien war ein Römer, aber er war auch ein echter, edler Römer und hieß Publius Silanus Pollio. Pollio stammte aus einem der ältesten Rittergeschlechter, das seine Ahnen bis unter die Könige hinauf nachweisen konnte, — das war aber auch alles, was Pollio konnte. Gelernt hatte er selbstverständlich nichts, sein Vermögen hatte er verzettelt. Bei dem letzten Wagenrennen hatte er außerdem ungeheure Schulden gemacht, weil er sich durch waghalsige Wetten wieder hatte flott machen wollen und war somit in Bankrott gefallen. Um sich den notwendigsten Lebensunterhalt zu besorgen, war er Instruktor an einer Fechterschule geworden, ein Amt, das verächtlich war und gewöhnlich nur von Sklaven besorgt wurde. Seit kurzer Zeit wurde er aber wieder von Vatinius protegiert, Pollio's neueste Sonne war ein Schuster aus Benevent, der ihm versprochen hatte, seinen altadeligen Ritterschild wieder mit neuem Glanz zu umgeben.

Als der Sklave die drei Edlen bemerke, blieb er stehen und legte die Hand auf den Mund.

„Nax, bist Du's?" flüsterte Vatinius.

„Ja, Herr."

„Sind sie passiert?"

„Ja Herr."

„Meine Frau auch?" rief Sertrinus hastig und begierig.

„Ich konnte es in der Finsternis nicht genau unterscheiden, es waren etwa sieben bis acht Frauen und etwa zwanzig Männer."

„Bei allen Kindern der Venus, der Konsul hält auf große Gesellschaft," murmelte Pollio.

„Still," gebot Vatinius, „je mehr, je besser. Unser Verdienst für den Staat steigt mit der Zahl der Opfer, die wir ihm bringen. Verlass dich darauf, Sertrinus, Livia ist dabei, du darfst wieder auf eine gute Erbschaft rechnen. Aber den Marcus hast du doch erkannt, Nax?"

„Ja Herr, ich habe ihn schon im Atrium des Konsuls beobachtet, wo er sehr heftig mit diesem stritt. Dann ging er vor etwa einer Stunde direkt zur Piscina hinunter, wo die übrigen Christen schon versammelt waren und auf ihn warteten.

„Vorzüglich, vorzüglich." schmunzelte Vatinius und rieb sich vergnügt sich die Hände. „Gehen wir vorwärts."

„Es ist eine unglaubliche Tollheit, eine Raserei", murmelte Pollio, „die man nur von so hirnverbrannten Sektenpriestern erwarten kann. Eine Christengemeinde hält ihren Gottesdienst in der Piscina des Konsul Seneca! — natürlich — wer soll sie denn dort suchen, dort vermuten? Oh diese Sittenverderbnis! Oh diese Zeit!"

Während Pollio, der edle Ritter, seiner moralischen Entrüstung in dieser Weise Luft machte und sich die drei Männer vermummten, um ihren Weg fortzusetzen, rief der Sklave nochmals:

„Herr!"

„Was willst du noch, Nax?"

„Unterm Bogen sitzt der Konsul."

„Seneca?" fragte Vatinius freudig erschreckt, worauf der Sklave nickte.

„Heilige Fortuna, sei mir hold nur diese eine Nacht!" sagte der Kleine aufgeregt, dann gingen sie weiter, vorsichtig und geräuschlos, und gelangten an die Seneca'sche Villa.

„Welch' schönes Haus" murmelte Pollio.

„Dein Haus, Pollio, dein Haus, verlasse dich auf mich, Pollio, und ich sage, es ist dein Haus. Aber Klugheit braucht es, verstanden? Mut und Klugheit!"

„Er ist wohl sehr reich, der Konsul?" fragte Pollio gierig weiter.

„Pollio," — sagte Vatinius wieder leise und eifrig in diesen hineinsprechend, „du hältst mich für reich, nicht wahr? Nun also, ich sage dir, mein edler Ritter, er ist ein Krösus gegen mich. Aus seinem Vermögen lassen sich zehn solche machen wie ich habe. Nun, wir werden ja sehen, was wir haben, mein edler Pollio, verlass dich nur auf mich."

Immer noch saß Seneca unter dem Triumphbogen und seufzte und träumte; die kostbare Zeit! Selten war sie für irgendjemand kostbarer, als jetzt für Seneca. Jede Minute kostete ihm Millionen, die er mit Aufbietung aller Kräfte, alles Menschenwitzes Zeit seines Lebens zusammengerafft hatte, der Preis seines Edeltums, der Erdenlohn seiner zweifelhaften Künste zerrann wie Zauberei — und er saß ruhig da und träumte und seufzte, lauschte den Winden in den Bäumen, schaute müde und traurig in die Mondnacht — eine Beute seiner Vergangenheit.

Endlich erhob er sich, schwer, mühsam und ging weiter. Was suchte er so spät noch in seinem Park? Was lockte ihn, ganz gegen seine Gewohnheit, so tief in die dunklen Baumgruppen, so weit von seinem Haus, mitten in der

Nacht? Es ging sich so leicht bergab und zum Wohnhaus hätte er aufwärts steigen müssen. So folgte er denn den langen Windungen, welche der Säulenpfad nach abwärts einschlug und kam nach kurzer Zeit an eine Stelle, wo die schon erwähnten Substruktionen eine kleine Terrasse bildeten. Unter dieser waren hohle Räume, die früher zu sogenannten ‚piscinae', zu Fischteichen benutzt worden waren. Aber das Wasser war in solcher Höhe nur schwer zu halten gewesen und die Fischteiche waren in der heißen Jahreszeit öfter ausgetrocknet. Deshalb hatte man die eigentlichen piscinae weiter unten angelegt und die oberen, ausgemauerten, in die Substruktionen hineingebauten waren, verödet und leer stehen geblieben. Hierher kam Seneca, als er in der nächtlichen Stille seines Parks mit schwerem Kopf und mit noch schwererem Herzen und Gewissen Erholung suchte und nicht fand.

Zu seiner Überraschung fand er aber, dass die piscinae gar nicht so öde und verlassen waren, wie er geglaubt hatte. Ein schwacher Lichtschein, der nur aus dieser kellerartigen Höhle kommen konnte, fiel über einen Teil der vor ihr liegenden Parkpartie. Seneca erschrak über diese Wahrnehmung; er glaubte sich zu täuschen und stieg behutsam weiter hinab, um an den Eingang der Piscina zu kommen; er schien ein Interesse daran zu haben, zu wissen, dass da unten nichts vor sich geht, oder zu wissen, was vorgeht. Er musste von dem Säulenweg abgehen und einen kleinen, wenig begangenen Fußpfad einschlagen. Plötzlich stand eine

Frau vor ihm, die er sofort als die Gattin des verstorbenen Konsuls Plantius erkannte.

„Wo willst du hin, Konsul?" fragte sie mit weicher, durchaus vorwurfsfreier Stimme. Seneca wich entsetzt zurück und taumelte gegen einen Pinienstamm, an dem er sich festhielt. Jedes Gespenst aus der Unterwelt hätte ihn heute weniger überrascht als diese schon längst totgeglaubte Frau.

„Pomponia!" stieß er tonlos hervor.

„Kommst du endlich, Konsul? Ich wusste es längst, Seneca, dass auch dir die Stunde schlägt, wo du nach Barmherzigkeit und Liebe rufst, wo dein Herz weich wird unter den Schlägen der Welt und du dich nach einem wahren Freund sehnst. Du rufst nicht vergebens, Konsul, komm!"

„Was geht hier vor? Pomponia, wie kommst du hierher in meine Behausung? Wo sind meine Sklaven? Bindet sie, fesselt ihnen Arme und Zunge — das Reich.."

Gurgelnd strauchelte Seneca und wäre zu Boden gefallen, wenn nicht Pomponia herzhaft zugegriffen und ihn gestützt hätte.

„Fürchtest du, dass Konsul Plantius durch meinen Mund spricht? Oh sei ruhig, still und sanft, wie wir es sind. Komm zu uns herab, wenn da oben für dich kein Platz mehr ist. Was willst du? Bist du der blutigen Verfolgungen noch nicht überdrüssig? Fürchtest du uns?

Komme zu dir, Konsul, unser Evangelium heißt: Liebet eure Feinde, tut wohl denen, die euch verfolgen und beleidigen! Komm."

Seneca war nicht fähig hinaufzusteigen und so wurde er von Pomponia hinabgeführt. Er kam an den Eingang der piscinae, welche er hell erleuchtet fand und in der sich etwa dreißig Personen beiderlei Geschlechts versammelt hatten, um ihren regelmäßigen Gottesdienst auszuüben und gleichzeitig der Eheschließung des Marcus, des Sohnes des Seneca, mit Lakme, der jungen Freigelassenen aus Ephesus beizuwohnen. Urbanus funktionierte dabei als Priester, Livia selbst vertrat Mutterstelle bei der Braut. An einem schwarzverhangenen Altar im Hintergrund der Piscina stand Urbanus und segnete das junge Ehepaar ein. Seneca war starr vor Staunen!

In seinem Haus, im Haus des römischen Konsuls hatte sich eine Christengemeinde eingenistet, dabei war sein leibhaftiger Sohn, Sklaven, Freigelassene und Freigeborene, edle Römer und Römerinnen! War das nicht ein wahrer Kampf gegen die herkuleische Hydra? Wuchsen den Christen nicht aus jedem Opfer, aus jedem Märtyrer hunderte von Jüngern entgegen? War das verbrannte Rom nicht ein wahres Acker- und Erntefeld für die christliche Idee? Seneca hatte geglaubt mit seiner Blutarbeit fertig zu sein und erkannte mit Schrecken, dass er noch nicht einmal über den Anfang hinaus war.

„Und von seiner Fülle haben wir alle genommen, Gnade um Gnade" — so hörte er Urbanus predigen — „denn das Gesetz ist durch Moses gegeben, die Gnade und Wahrheit aber durch Jesus Christus."

„Niemand hat Gott je gesehen. Der eingeborene Sohn, der im Schoß des Vaters sitzt, der hat es uns verkündigt."

„Das aber ist das Gericht! Denn die Menschen liebten die Finsternis und ihre Werke waren böse!"

Seneca wollte rufen, aber er brachte nur ein dumpfes Röcheln über die Lippen, dann fiel er ohnmächtig in die Arme der Pomponia, die ihn sanft zur Erde geleiten ließ. Noch waren sie nicht in die Piscina hinabgestiegen und auch von unten herauf nicht bemerkt worden. Die ganze Gemeinde hing in frommer Andacht an den Lippen des Predigers. Eine hohe schmale Steintreppe trennte die Gemeinde noch von ihrem grimmigsten Feind, der ohnmächtig in den Armen der Pomponia lag. Oben auf der Terrasse aber erschienen die drei Männer, die dem Seneca im Schutz der Nacht gefolgt waren.

„Ist das noch nicht Beweis genug?" flüsterte Pollio, „was braucht es noch mehr? Kommt zum Kaiser, damit wir sie alle verklagen."

„Still," erwiderte Vatinius ebenfalls ganz leise, „seht ihr den Konsul im Arme der Christin liegen? Ich hätte ihn gar nicht mehr für so jung gehalten. Wir müssen aber warten, bis sie alle die Piscina verlassen, wir müssen sie sehen."

„Ist meine Frau dabei? fragte Sertrinus wieder.

„Wir müssen es abwarten."

„Es ist eine heillose Bande, diese Christen."

Dann wurde wieder alles still und nur die Stimme des Predigers Urbanus tönte wie ein leises Murmeln herauf, wenn er zufällig das Evangelium besonders nachdrücklich und kräftig zum Vortrag brachte.

Nach Verlauf einiger Zeit winkte Pomponia hinab in die Piscina und einige Männer stiegen herauf, luden Seneca stillschweigend auf die Schultern und trugen ihn in sein Haus. Wie gebrochen, zusammenhanglose Worte murmelnd, mussten sie ihn auf sein Lager legen und den Arzt rufen, der ihm indessen nur ratlos mit einigen unschuldigen Mitteln Erleichterung zu schaffen versuchte.

Der Mond stand schon tief im Westen, als sich endlich die Gemeinde trennte. Still und truppweise, wie sie gekommen war, zerstreute sie sich, ahnungslos und unbekümmert darüber, wie drohend und verhängnisvoll Unheil und Untergang sie umgab, wie gierig das Verbrechen sie umlauerte.

„Seht ihr sie?" hatte Sertrinus mit Frohlocken und leuchtenden Mienen gerufen, als Livia mit Pomponia den Raum verließ, „seht ihr sie, das ehrlose, pflichtvergessene Weib? Hat sie den Tod verdient, hat sie ihn verdient oder nicht?"

Ohne Zweifel; die anderen beiden waren davon fest überzeugt, alle waren Staatsverbrecher und mussten als solche sterben, namentlich aber diejenigen, von denen etwas zu holen war.

Endlich verließ auch Marcus mit seiner angetrauten Frau Lakme die Piscina. Einsam standen sie einen Moment still und lauschten selig, beglückt über ihre eheliche Vereinigung in die Nacht hinaus. Ein schmaler Streifen im Osten verkündete schon den nahenden Tag, aber sie achteten in ihrem Glück nicht auf die Gefahr; es bot der Furcht keinen Raum. Sanft legte er den Arm um ihre feine Gestalt und sie lehnte sich vertraulich und vertrauend an ihn an. Zwar hatte Lakme im Anfang mit dem ungestümen Marcus schwere Not gehabt, und hatte sich hüten müssen, seinen drängenden weihelosen Liebkosungen nachzugeben, aber schließlich hatten sie sich doch beide zu einem schönen, stillen Frieden durchgerungen. Nun erschien ihnen alles in anderem Glanz und das eigene süße Glück strahlte ihnen von ihrer Umgebung zurück. Lauschiger, wohliger rauschten ihnen die Baumkronen im Morgenwind, berückender, glitzernder erschien ihnen die mondbeschienene Landschaft, und einschmeichelnder ertönte ihnen der Morgengesang der Vögel. Es war, als ob mit der Weihe der christlichen Ehe sie selbst geklärter, empfindungsreicher, verständnisvoller für ihr Glück und für die Schönheit der Natur geworden wären.

In stummer Lust drückten sie Mund auf Mund.

„Für das nie gekannte, nie geahnte Glück danke ich dir." sagte Marcus nach einer langen Pause.

„Es schlummerte nur in dir, ich brauchte es nur zu wecken."

„Aus dem Chaos wilder Leidenschaften hast du mich herausgerissen zu einem reichen, innigen Frieden, wie kann ich dir das je vergelten? — mein — Weib! Ich bin ein Bettler vor dir, wie soll ich dir für deine Liebe danken?"

Lakme errötete, ein heimliches Lächeln spielte um ihren Mund, und die kleinen Grübchen in Kinn und Wangen gaben ihr etwas ungemein Schalkhaftes, Lustiges.

„Mach' dir keine Sorge, Marcus, ich komme schon auf meine Rechnung, oh, ich bin eigennützig, Marcus —"

„Wie meinst du das?"

„Hätte ich mich um deine Liebe so bemüht, wenn ich nicht dadurch reichlich, königlich belohnt wäre? Liebe vergilt sich selbst, es gibt keine Münze, die diesen Wert ersetzt."

Mit neu aufflackernder Glut umschlang er sie und drückte sie innig an sich. Da richtete sie sich an ihm in die Höhe, als wollte sie ihm etwas ins Ohr sagen, als sie aber mit dem Mund an seine Wange kam, vergaß sie ihre Worte wieder und küsste ihn erst einmal; dann sagte sie lächelnd:

„Hast du das denn nicht bemerkt?"

„Was denn?"

„Dass ich dich stets so sehr, so sehr geliebt habe. Schon als du mich — als du mich — gekauft hast —"

„Sprich nicht mehr davon."

„Doch, doch, du hast wohl viel Geld für mich bezahlen müssen?"

„Lass das, Lakme."

„Schon damals liebte ich dich; aber du warst immer so wild, ich liebte und fürchtete dich zugleich. Damals — oh ich wäre lieber gestorben und hätte mich ganz sicher getötet wenn du —

„Sei still, Lakme, du sprichst von einer Zeit in der ich noch verirrt war."

„Nächtelang habe ich geweint und gebetet, der Herr möge dich mir zuführen und — er hat mich erhört. Ich weiß nicht, wo ich damals all' die Worte hernahm, die ich dir von unserer Religion sagte, ich weiß bloß, dass ich namenlos glücklich war, als du mir versprochen hattest, mit in unsere Gemeinde zu kommen. Dann wurdest du von Urbanus getauft — oh Marcus, weißt du noch, wie wir von deiner Taufe nach Hause gingen, du warst sehr, sehr ungezogen —"

„Lakme!"

„Und ich war glücklich, so glücklich, aber ich ließ es mir nicht anmerken."

„Warum nicht?"

„Na, das hätte ein Unglück gegeben!"

„Und heute?"

„Ja, heute!"

„Heute gibt es kein Unglück mehr?"

Lakme sagte nichts mehr. Nicht um die Welt hätte sie noch einen einzigen Ton gesagt. Aber ihre Worte, die weich, wohllautend warm aus dem Herzen gedrungen waren, hatten die Sinne des Marcus wie wollüstiges Rauschen und Rieseln gefangen genommen. Trunken schaute er ihr in die schalkhaft-verschämten Augen und nahm plötzlich ihre leichte und doch volle, kräftige Gestalt in seine Arme und hob sie mit leichter Mühe vom Erdboden zu sich in die Höhe. Lakme ließ einen kleinen erschreckten Schrei hören und sagte dann tief errötend:

„Lass uns gehen, komm, komm, der Tag bricht an!"

„Lass uns bleiben, lass den Tag kommen, damit er unser Glück sieht."

Wieder küsste er sie heiß und innig auf den Mund, Lakme aber gurgelte in einer ihr eigentümlichen, köstlichen Weise, wand und drehte sich mit komischer Verzweiflung in seinen Armen wie ein Aal, bis sie endlich wieder auf den Füssen stand.

„Komm, komm, wir müssen fort!"

Sie zog ihn zu einer Gruppe Palmen hin, in deren Mitte auf einem etwa Fußhohen Postament eine fürchterlich drohende Jupiterstatue stand. Dort setzten sie sich wieder vertraulich nieder und ihr lauschiges, heimliches Wesen, ihre sinnlich — sinnige, neckische Unschuld, ihre blühende Reinheit und Jugend kontrastierte gar sonderbar zu dem blitzdrohenden, wild und finster blickenden Steinbild. Wie rasch begriff Marcus, was das Christentum sein Leben Erfüllendes bietet, was ihm die alten Götter nie geben konnten. Er kannte die römische Ehe zu gut, um nicht in seiner jetzigen glücklich zu sein. Ein Weib für sich allein, das ihm der Himmel in Liebe verbunden hatte, das in seinem Besitz und in der Treue zu ihm sein Glück fand, das ihm ebenbürtig war, Leid und Freud tragend zur Seite stand, das er beglückte, das ihn beglückte, eine Welt, eine Schöpfung für sich, ein Paradies im Kleinen!

Und dagegen die römische Ehe — ein Zerrbild, ein wüster Interessenkampf, das Produkt einer verlogenen Kultur — wem wäre da die Wahl schwer geworden?

Die Sonne warf schon bald — zu bald für die beiden — ihre ersten rötlichen Strahlen von den Albanerbergen herüber über das erwachende Rom und verscheuchte endlich auch diese beiden letzten Nachtschatten in ihr trautes Heim voll inneren Glücks und seliger, alles vergessender Zufriedenheit.

13. Kapitel

Das war doch höchst sonderbar! Wo waren denn die Tausende von römischen Bürgern, die gestern dem Seneca, dem großen Konsul Seneca zugejubelt hatten? Die ihn hinaufgetragen hatten vor den Palast des Kaisers, die so kräftig: Heil, Heil, Heil geschrien hatten? — Ja — wo waren sie!

Eine neugierige Menge stand auf dem Forum vor dem Konkordiatempel, während der Senat darin eine Sitzung hielt, oder um genauer zu sein, zu halten schien. In Wirklichkeit war es nur eine Scheinberatung, eine Verlegenheitsberatung, Reden und Gesichter der versammelten Senatoren hatten einen unbestimmten Ausdruck, eine unentschiedene Färbung, mit der man schließlich Ja oder Nein sagen konnte, je nachdem das Stichwort über die Vorlage aus dem kaiserlichen Palast gebracht wurde. Der Kaiser schlief noch, wie konnte also der Senat wissen, was er wünscht, dass beschlossen werden sollte? Wie konnten die Senatoren wissen, was sie über die Sache meinten, solange sie noch nicht wussten, was der Kaiser wünscht, dass sie meinen sollen? Die Zeit der Senat-Opposition war vorüber, seit Nero die Nein-Sager dutzendweise dem Henker zuschickte.

Boten flogen zwischen dem Konkordiatempel und dem kaiserlichen Palast hin und her, noch immer schlief der Kaiser und die Senatoren wurden in ihrer Weisheit immer verdutzter, ratloser.

„Ich habe das längst gewusst", sagte draußen auf dem Platz ein schmieriger Barbier, „dass die Sache mit dem Seneca faul ist; nun habt ihr's, nun seht ihr es selbst, nun werdet ihr mir wohl glauben."

„Was gibt's? Was ist denn los?" fragte ein halbes Dutzend. Der Barbier wusste natürlich so wenig wie die Frager auch, aber er wollte sich nicht bloßstellen und seinen feinen politischen Verstand nicht in Zweifel ziehen lassen.

„Was wird's geben" — sagte er „eine Verschwörung gibt's und der Konsul ist verhaftet und der Senat soll über ihn urteilen."

„Eine Verschwörung! — Eine Verschwörung? Gegen wen? Gegen uns? Gegen Rom, gegen den Kaiser?"

„Eine Verschwörung gegen den Kaiser."

„Der Kaiser ist Rom und Rom sind wir, also gegen uns, wie ich gleich gesagt habe. Seht ihr, dass ich Recht hatte? Man muss sie alle in die Arena bringen."

„Nein, nein, nicht Seneca selbst, sondern sein Sohn, der junge Marcus hat Kaiser werden sollen; ich weiß es ganz genau!"

„Was? Marcus, der junge Schuldenmacher? Das wäre mir ein Kaiser! Der hat ja weiter nichts als Schulden, was kann uns denn der bieten?"

„Nichts kann er uns bieten, aber deshalb müssen wir treu zu unserm Kaiser Nero stehen und ihm unsere Treue beweisen. Noch nie hat uns ein Kaiser solche Spiele, solche Gastfreundschaft gewährt wie Nero; ihn müssen wir behalten, er ist der Freigiebigste von allen."

„Lasst uns vor den Palast ziehen und den Kaiser begrüßen!" Nachdem das hochweise und edle Volk von Rom, das nichtstuerisch, bettelhaft und stinkend in großen aufgeregten Gruppen das Forum füllte, in dieser Weise den Hergang und Tatbestand lärmend und schreiend festgestellt hatte, setzten sich die verschiedenen Haufen in Bewegung, um in Richtung Palatin zu ziehen. Voran eine Art Anführer, verkommene Adlige, Maulhelden, die jede Gelegenheit benutzten, um sich an die Oberfläche der Volksmassen zu spülen, sich dem Kaiser zu nähern, Schnapphähne, denen jedes Mittel recht war, um einmal einen tiefen Griff in die Staatskasse zu tun, Ämterjäger, Protektionsbedürftige: hinterher das Lumpengesindel, die korrumpierte Masse, die durch das Sklaventum der Arbeit entwöhnt, durch tolle Politik der Kaiser, durch Spiele und Gastbewirtungen zu Müßiggang und Grausamkeit gewöhnt worden war.

Als sie vor dem Palast ankamen, wuchs dort natürlich die ohnehin herrschende Aufregung ins Unglaubliche, alles rannte und schrie durcheinander, einmal „Heil dem Kaiser, dem Gott Nero" u.s.w. dann wieder „Tod dem Verschworenen, Tod dem Seneca" — Alles im wüsten Durcheinander, sodass kein Mensch klug daraus wurde.

Im Inneren des Palastes, im Atrium standen in verdutzten horchenden und lauschenden Gruppen die ‚Freunde' des Kaisers, die Hofbeamten, der Vorkoster, der Tafelaufseher, der Wasserprokurator, der Palastprokurator, standen die Verwalter der Schatzkammer, der Bittschriften und Beschwerden, der Befehle und Briefe, der Oberkämmerer und eine Unzahl Personen, die alle gekommen waren um beim Morgengruß des Kaisers versammelt zu sein, um mit ihm zu sprechen, etwas von ihm zu erbitten, oder ihm zu überreichen, etwas zu erfahren. Selbst der edle Ritter Pollio ‚der Zeuge' und Sertrinus gingen aufgeregt, bleich und eifrig sprechend und erklärend unter den Gruppen hin und her.

Aber auch hier standen die Würdenträger des Reiches und der Stadt, die Freunde des Kaisers rat- und tatenlos, wie im Senat die Senatoren, wie draußen vor dem Palast das schreiende und johlende Volk — kein Mensch wusste, was werden würde und was werden sollte — der Kaiser schlief — die Weltgeschichte stand still!

Da trat Vatinius in das Atrium des Kaisers ein. Die ersten römischen Patrizier und Würdenträger begrüßten den Beneventer Gesichterschneider auf das Herzlichste freundschaftlichst und vertraulich näherte man sich ihm, schüttelte ihm die Hand, nannte ihn wohledler Vatinius, herzlieber Freund u.s.w. Man war mit ihm von einer Herzlichkeit und Liebenswürdigkeit — dass es eine Schande war!

„Haben wir es gesehen oder haben wir es nicht gesehen? Haben wir gesehen, wie er in die Verschwörerversammlung ging oder haben wir es nicht gesehen? Wissen wir, dass sich in der Piscina des Seneca, des Konsuls Seneca schon seit vielen Wochen eine Christengemeinde versammelt, zu der sein Sohn regelmäßig und er zeitweilig geht, oder wissen wir das nicht? Braucht ihr Beweise? Wollt ihr zehn, zwanzig, hundert? Sie sind da! Sind sie etwa nicht da, wohledler Pollio? Sind sie etwa nicht da, herzlieber Sertrinus? Sie sind da!"

Vatinius sprach in einem fort; er sprach überzeugend, war selbst überzeugt und auch Zeuge Pollio und Sertrinus waren überzeugt. Bald waren auch die Anwesenden überzeugt, halb aus Furcht vor der Zunge des Vatinius, halb aus Eigennutz, denn vom ‚Konsul' Seneca war nichts zu erhalten, wohl aber vom gestürzten Seneca. Außerdem — hing nun einmal die Welt an den wackeligen Ohren des Vatinius und der Kaiser war unerträglich, wenn Vatinius mit seiner Gesichterschneiderei nicht für seine gute Laune sorgte. Unzählige Beispiele bewiesen, dass der sicherste Einfluss auf den Kaiser immer noch in den Glotzaugen, in der beweglichen Kopfhaut und in den wackelnden Ohrlappen des Vatinius bestand und da alle einen gutgelaunten Kaiser brauchten, einen schlechtgelaunten aber fürchteten, so drehten sie eben mit an der Mühle des Vatinius, alle mahlten ein und dasselbe Korn.

Plötzlich wurde es still im Atrium des Kaisers, — der schließlich doch ein Einsehen mit der Weltgeschichte gehabt hatte und erwacht war. Gleich darauf trat Nero ein. Er war misslaunig, griesgrämig, hatte schlecht geschlafen und schlecht verdaut. Vatinius drängte sich vor. Der Kaiser runzelte aber die Stirn und stieß verächtlich mit dem Fuß nach ihm. Er traf ihn gerade vor den Bauch und Vatinius stürzte rücklings hin, schlug einen Purzelbaum und fiel dabei mit dem Kopf deutlich hörbar auf den Steinboden auf. Der Kaiser glaubte er wäre tot und sah ihm neugierig nach. Vatinius stand aber behände auf, glotzte den Kaiser mit seinem dümmsten Gesicht an, zog die Kopfhaut über die Stirn und wackelte mit den Ohren. Vatinius war unwiderstehlich; der Kaiser lächelte, pflichtschuldigst lächelten alle Umstehenden — der Tag war gewonnen Seneca verloren!

Wieder flogen die Boten zwischen Palast und Konkordiatempel eilig hin und her und in die Senatorenversammlung kam Leben und Bewegung, Farbe und Entschiedenheit. Auch auf dem Forum, in den Volksmassen vor dem Palast dämmerte es allmählich in den Köpfen und endlich sah man vom Palatin herab eine Sänfte tragen, die von schreienden und jubelnden Volksmassen umgeben war. In der Sänfte aber saß — nicht Seneca, der war gestern dran — sondern der Schusterbub aus Benevent, der bucklige Vatinius, der Held des Tags.

„Heil, Heil, Heil dem edlen Vatinius, dem Erretter des Kaisers, dem Erretter des Vaterlandes — Heil — Heil —"

— brauste es über das Forum. Es war unglaublich; mit einer Grimasse, mit einem Wackeln der Ohren hatte Vatinius über einen Seneca triumphiert. Wer triumphiert morgen über Vatinius? Das Heil-Rufen auf den Vatinius wurde natürlich im Concordia-Tempel von den Senatoren gehört; es war das Stichwort für den gesamten Senat. Endlich trat Vatinius selbst dort ein. Er war nicht Senator, aber er war mächtiger, als der Senat.

„Der Kaiser will es!" sagte er. Er war gar nicht mehr so gesprächig und überzeugend wie oben im Palast. Es war nicht mehr nötig, er hatte seinen Zauberspruch im Beutel. Der Kaiser will es — wer durfte anders wollen? — Vatinius war der Sieger.

Indessen kannte auch Vatinius die wechselnde Gunst der Plebs und des Kaisers zu genau, als dass er sich nicht hätte sagen sollen, dass er sich sehr beeilen musste, um seinen Sieg ganz ausnutzen zu können. Mit Raschheit und Nachdruck musste er sein Ziel verfolgen, den Konsul vernichten und seine Reichtümer in entsprechender Weise unterbringen. Der Beschluss des Senats zur Entsetzung und Verhaftung des Konsuls Seneca lag etwa um die fünfte Tagesstunde vor und schon eine Stunde später war die Villa des Seneca heimlich umstellt. Aber es war doch schon zu spät, das Nest war leer. Seneca hatte seine Verteidigung aufgegeben, er wollte mit der Gunst des Kaisers nicht auch noch seine Freiheit verlieren. Er wusste genau, dass mit der verlorenen Gunst des Kaisers für ihn in Rom alles vorbei war. Dagegen gab es keine Verteidigung, keine Hilfe, im

Gegenteil waren hundert Arme zu einem Stoß in den Rücken, zur Verabreichung eines raschen Giftes bereit, begierig sich den Dank des Kaisers und der Machthaber dadurch zu verdienen. Seneca war viel zu viel Römer geworden, als dass er Rom — sein Rom nicht hätte kennen sollen.

Also das Nest war leer, Vatinius fluchte und zerbrach sich den Kopf. Er hatte ein Verzeichnis aller Seneca'schen Güter und ging es durch. Wohin konnte der Konsul geflohen sein? Nach Tibur, nach Sammium, zu den Albaner Bergen, nach Kampanien oder Apulien, oder gar ins Ausland? Das wäre das Schlimmste gewesen. Aber Vatinius wusste sich zu helfen. Er ließ zu allen Besitzungen Seneca's Spione aussenden, alle Straßen, die aus Rom führten, bewachen, so dass nichts Rom verlassen konnte, was Vatinius nicht fortlassen wollte. Es stand so viel auf dem Spiel, weshalb hätte er nicht alle Mittel anwenden sollen?

Auch von Marcus war keine Spur zu finden, Livia, Pomponia, Urbanus waren verschwunden, nur Lakme war dem Vatinius in die Hände gefallen. Es musste unter den Senatoren einen Verräter gegeben haben, der sie gewarnt hatte. Vatinius schäumte vor Wut über die Erfolglosigkeit seines Erfolges.

14. Kapitel

In das mammertinische Gefängnis drang kein Strahl des Tageslichtes, kein Strahl der schöpferischen Sonne, kein tröstender Sternenschein, kein Rauschen des Windes — ein Grab der Lebendigen! Dumpfe Luft, nasse, tropfende Tuffsteinwände, Kälte, Verlassenheit formten hier das tiefste Menschenelend, das nur die Phantasie einer herzlosen Herrschaft ausdenken konnte. Es schien, als wenn die römischen Machthaber hier Versuche hätten anstellen wollen, bis zu welchem Grad von Elend und Leid man die menschliche Natur beleidigen kann. In der Mitte des Gemäuers hauchte eine brunnenartige Vertiefung, in welche man die Leichen der verurteilten Verbrecher warf, giftige Dünste.

Hierher hatten die Seneca'schen Künste den Konsul Plantius und seine geistvolle Gemahlin hergebracht, und hier weilte jetzt der Apostel Paulus.

Ein leises Murmeln durchhallte den Raum und weckte ein schauriges Echo in der Tiefe des Brunnenloches, als ob die Manen eines Jugurtha und Sejan herauftönten, aber es waren nicht mehr die wilden Flüche, die verzweiflungsvollen Beschwörungen toter Götzenbilder, die die Mauern des mammertinischen Gefängnisses früher durchhallt hatten, es waren die Gebete des Apostels, der Trost im Leid, das Vertrauen in die ewige Liebe des lebendigen Gottes, das Los der Gerechtigkeit des dreieinigen Gottes. Auch die Schrecken dieser

Grabesnacht waren verschwunden vor der Macht des Glaubens.

„Herr, Herr, ich war deiner Gnade nicht würdig, du aber hast mich würdig gemacht — nach deinem Willen habe ich Zeugnis abgelegt vor dir wie in Jerusalem, so in den Städten Syriens und in den Ländern von Klein-Asien, in Thracien und Mazedonien, Griechenland, Zypern und Kreta, und auch in Rom. Überall, wo ich hingekommen bin, habe ich in deiner Gnade gepredigt, und den Samen der Kirche deines heiligen Sohnes ausgestreut, wie du mir befohlen hattest. Du hast mein Leben gesegnet und die Gemeinden, die ich in deinem heiligen Namen an allen Orten, da ich hinkam, gegründet habe, wachsen und gedeihen, meine Epistel und Ermahnungen, die ich ihnen bis in die letzten Tage erteilt habe, haben die Jünger und Gemeinden in deinem heiligen Namen befestigt zu deinem Ruhm — nicht zu meinem, denn ich bin dein Knecht und der Diener der Menschen. Aber siehe, Herr, mein Körper wird alt und schwach und ungeschickt zu deinen Werken; was kann ich besseres tun, als den Tod erleiden? Willst du aber nicht, dass ich sterbe, so offenbare mir deinen Willen durch ein Zeichen!"

Tiefe Stille, blinde, schwarze Nacht!

„Ich habe mich nie erhoben über meine Mitmenschen, habe nie geglaubt zu herrschen, wo ich dir diente. Nie bin ich den Mächtigen der Erde zu nahe getreten nach deinem Willen, stets habe ich erkannt, dass ein einzelner

Mensch wie ein Sandkorn ist, das die Meereswellen hin und her rollen bis es rund ist. Mächtiger als alle Könige der Erde hast du mich gemacht durch deinen Geist, aber ich bin dein Knecht geblieben und ein Diener der Menschheit. Alle Herrlichkeit der Welt lag zu meinen Füssen, Zypern machte mich zum König und Lystra zum Gott, aber ich überhob mich nicht, denn dein Wort stand in meinem Herzen geschrieben und ich ließ mich durch den Glanz auf Erden nicht trennen von deiner ewigen Herrlichkeit. So habe denn Gnade mit mir, Herr, und lass mich zu zum letzten und größten Opfer. Sie haben mir viel Herzleid gemacht und getötet, die ich liebte. Sie werden auch meinen Körper schwer misshandelt — wie unsern Herrn, deinen Sohn, aber ich werde stolz und glücklich sein, wie ich es stets war in deinem Dienst. Aber nicht, wie ich will, sondern wie du willst."

Wilder Lärm drang in die stille, finstere Nacht des Gefängnisses, Waffengetöse, Röcheln und Stammeln von Verwundeten und Sterbenden, unterdrücktes Rufen von Befehlen, Zusammenstürzen von Türen und Toren — alles folgte blitzschnell aufeinander. Fackellicht drang herab und Paulus unterschied die Stimme der Pomponia, die von oben herab rief:

„Weiter hinab, weiter hinab! Er muss hier sein."

Dann erschien Marcus oben an der schmalen, steilen Steintreppe und hielt eine qualmende Fackel über seinem Haupt, den Blick suchend in das Gefängnis hinabgesenkt; in der anderen Hand aber hatte er ein blutrot gefärbtes kurzes Schwert. Ebenfalls bewaffnete Christen folgten ihm.

„Paulus, Paulus!" rief Marcus in das Gewölbe hinab, das ein schauriges Echo gab, und stieg die enge Treppe hinab.

„Was willst du von mir?" fragte die ruhige Stimme des Apostels.

„Steh auf und enttarnte Dich. Wir bringen dir Freiheit und Leben; auf, auf, die Türen sind offen, und deine Wächter tot. Was zögerst du noch?"

Marcus stand jetzt direkt vor dem Apostel. Seine Begleitung fasste nach den Händen desselben und küsste sie, küsste die Kleider, die er anhatte und umstand ihn voll Ehrfurcht und Bewunderung.

„Marcus" — sagte Paulus langsam, „warum hast du dich zu solchen Taten entschlossen? Weißt du nicht, dass ich meinen Beruf entweihen, meine Sendung entheiligen würde, wenn ich dir folge? Es ist wichtig, ein Beispiel allen Ländern und allen Völkern der Zukunft zu geben, dass Gott nicht durch Feuer und Schwert, sondern durch die göttliche Liebe und durch die Wahrheit seines heiligen Geistes siegen will."

Ehrfurchtsvoll und lauschend umstanden ihn die Christen, beschämt steckten sie die Schwerter ein, bang und untertänig waren ihre Augen auf Paulus geachtet, der mit kräftiger Stimme fortfuhr:

„Wie könnte ich dir folgen? An deinem Schwert klebt rauchendes Blut und deine Hand vollbrachte Verbrechen, die dem Herrn unserm Gott ein Greul sind. Wenn mich der lebendige Gott aus diesem Kerker erlösen wollte, glaubst du, er hätte dich dazu benötigt? Nicht mit dem Schwert kämpfend, sondern mit dem Licht, das euch das Evangelium bringt; das ist der Götterfunken auf der Erde — alles andere ist schwächliches Menschenwerk."

Noch einmal versuchte sich Marcus aufs Bitten zu legen und sagte:

„Bitte flieh mit mir und verlass das Gefängnis, ehe es zu spät wird. Bald überraschen uns die Prätorianer und dann sind wir alle verloren! Der ewige Gott wählt seine Zeichen, Hilfsmittel nach seinem unerforschlichen Ratschluss, nicht nach unserem Ermessen, Paulus, gehorche seinem Zeichen!"

„Wunderbar sind die Wege des Herrn, doch nie gewalttätig oder verbrecherisch! Junge, willst du mir raten? Flieht ihr und rettet euer Leben, geht hin, zerstreut euch und dient dem Herrn, lehrt die Heiden, denn es ist nicht gut, dass man unnütz Blut opfert, sondern es ist gut, dass man lebt und wirkt!"

„So errette dich für uns, Paulus, was sollen wir ohne dich in der Welt? Wohin sollen wir uns wenden? Wir sind in Rom verfolgt und das Blut unserer Brüder und Schwestern in Christus trinkt die Arena — wo sollen wir uns verbergen?"

„Mein Leben gehört nicht dir und nicht mir, sondern mein Leben gehört allen denen, die an Christus glauben und in allen Zeiten glauben werden."

„So lass uns mit dir sterben, denn Rom verfolgt uns, wohin wir uns auch wenden."

„Ich weiß es sehr gut. Aber gerade daran wird man die gewaltige Stärke des Evangeliums erkennen, dass gerade diese Stadt, die uns jetzt am meisten verflucht und verfolgt, das stärkste Bollwerk auf der Welt sein wird für unsere Kirche. Darum hofft ihr nur auf den Herrn und geht fort von Rom, bis der Sturm sich gelegt hat."

„Lass uns mit dir sterben," schrie und jammerte es aus dem Christenhaufen. Sie umdrängten ihn alle, haschten nach seinen Händen und fielen vor ihm hin, um ihn zu bitten, bei ihnen zu bleiben.

Da griff Paulus unter sie hinein und fasste einen jungen Burschen von kaum achtzehn Jahren.

„Willst du auch mit mir sterben?"

„Ja, Herr!"

„Und warum?"

„Das Leben unter den Heiden ohne dich ist traurig und freudlos."

„Ihr seid alle in Furcht und Einfalt befangen. Was wäre geworden, wenn die Jünger des Herrn ebenso gehandelt hätten? Wenn mein Opfer dem Herrn gefällt, so wird er es nehmen; euer Opfer aber ist Frevel und Sünde."

Mit sanfter Gewalt drängte der Apostel einen nach dem anderen zur Treppe hin, und unter Weinen und Schluchzen nahmen die Christen Abschied. Gehorsam stiegen sie dann die Treppe hinauf, und bald stand Paulus wieder allein in der feuchten Höhle. Dann wurde es wieder still in dem Gefängnis; die Christen waren im Schutz der Nacht entkommen.

„So hast du es mir eingegeben, Herr, und so sei es vollendet."

Innerlich erbebend, als ob er gefühlt hätte, dass seine letzte Stunde herannaht, und mit lauterer, inbrünstigerer Stimme fuhr er dann fort:

„Herr, Herr, ich habe schwer gesündigt in meiner Jugend an denen, die dich liebten. Aber du hast mich erlöst von meinen Sünden, vergib sie mir nun auch und gedenke meiner in Gnade, wie aller derer, welche dich in ihrer letzten Stunde, in ihres Lebens höchster Not anrufen. Nimm sie in Gnaden auf und erhöre ihr Flehen, wie ich es ihnen geweissagt habe."

Wieder wurde ein lauter Tumult von oben her hörbar und durch die offenen Tore drang wieder Fackelschein und wüstes Stimmengewirr.

„Sie sind entflohen, verfolgt sie nach allen Richtungen, Keiner darf entkommen. Vor allem forscht nach dem Priester, mein Kopf hängt an dem seinem." schallte es herab in das Gewölbe.

Noch lauter, inbrünstiger fuhr Paulus fort:

„O Herr, Herr, ich danke dir, dass du mein Opfer nicht verschmäht hast, dass du mir die Gnade vergönnst um meines Glaubens willen."

Wild stürmten sie herab, warfen Fackeln in das feuchte, finstere Loch, damit sie sehen könnten, und Waffengeklirr und großes Gepolter erfüllte den Raum.

„Wer lehnt dort an der Wand? Wer bist Du? Rede!"

Es war die Stimme des Vatinius, der mit scharfen, durchdringenden Augen den Apostel entdeckt hatte.

Immer inniger betete Paulus weiter:

„Nimm mich auf in dein Reich, o Herr, und stärke mich in meiner höchsten Not. Vergib denen, die mir wehtuen, denn sie sind mit Blindheit geschlagen und ihr Leben ist ein Jammer!"

„Bist du der Christuspriester? Rede! Warum bist du nicht entflohen wie die anderen? Die Türen waren ja offen!"

„Ich weiß es."

„Du bist ein Narr. Glaubst du vielleicht, ich bin so dumm wie der Konsul und spare dich auf? Das Volk verlangt von mir Gerechtigkeit. Ehe es tagt, bist du ohne Kopf!"

Vatinius war der geborene Henker. Was der Konsul Seneca wohl nie und nimmer getan haben würde, Vatinius tat es — er wusste nicht, was er tat. Wenn Seneca in der Erkenntnis der Bedeutung des Paulus vor dem Äußersten zurückgeschreckt wäre, so schrak Vatinius in seiner Unwissenheit, in seiner Gier nach Volksgunst vor nichts zurück.

„Er muss es sein," rief er den Prätorianern zu, „er redet verkehrtes Zeug. Los, schlagt ihm den Kopf herunter!"

Zwei Prätorianer fassten Paulus rau an beiden Armen und brachten ihn halb gezerrt und halb gestoßen in Eile über die Treppe zum oberen Gefängnisraum. Hier stand ein Richtblock, ein auf einer Tuffstein-Untermauerung ruhender Holzklotz, fast wie ein Opferaltar aussehend, aber ohne jedes heilige Zeichen. Hier musste der Apostel niederknien, während hinter ihm schon ein Zenturion mit bloßem Schwert stand, bereit den letzten Streich zu tun. Kniend rief Paulus noch:

„Herr, Herr, Herr, hilf mir in meiner letzten Stunde." — Sie fassten ihn bei den Haaren und zogen seinen Kopf über den Block, ein leises ‚Amen' ertönte noch von seinen Lippen dann wurden die Umstehenden mit Blut bespritzt; auch der Block war von dampfendem, heißem Blut überströmt und mit abgetrenntem Haupt lag die Leiche des Paulus unter dem Block.

„Vorwärts, vorwärts, zur gemonischen Treppe mit der Leiche." schrie Vatinius. Nur ein vollständig verrohter Mensch, wie Vatinius, konnte bei solchen Szenen kalt und ruhig bleiben. Er bezahlte die Gunst des Volkes mit dem Blut der Edlen.

Ein Soldat spießte das Haupt des Apostels auf seine Lanze und trug es triumphierend hinaus vor das Gefängnis, wo die Treppe zum Forum hinunterführte. Zwei andere folgten mit der Leiche des Apostels und banden sie aufrecht zur öffentlichen Schaustellung hier fest, damit bei dem kommenden Tag das Volk, das hier vorbei ging, um zum Forum zu gelangen sich überzeugen konnte, dass ‚Alles in Ordnung' war.

Mit dieser Tat erreicht das römische Martyrium unter Nero den Höhepunkt seines Entsetzens, aber je wütender die rohe Grausamkeit sich entfaltete, desto leuchtender, kräftiger erhob sich die Idee des Christentums unter den Menschen. Der Zug des Elends, der das Reich erschütterte von einem Ende bis zum andern, machte die Menschen geschickt und gelehrig zum Erfassen des rettenden und erlösenden Gedankens der Liebe untereinander, des Evangeliums; das Unglück hatte eine Zuflucht, die Hoffnungslosigkeit ein Ende, die Stunde der Erlösung war da. Das römische Martyrium war die Fackel, die der blinden Menschheit den Weg des Glaubens und der Liebe wies. Die Stärke des

Christentums erwies sich an der Standhaftigkeit seiner Bekenner.

15. Kapitel

Was hatte der herrliche Vatinius so spät in der Nacht noch so eilig zu laufen?

Vatinius wohnte sonst im kaiserlichen Palast, als zur Dienerschaft — oder um höflicher zu sein, zum Beamtentum — gehörig. Aber er hatte auch noch eine Wohnung in seinem Haus auf der Alta Semita, für besondere Fälle. Manchmal kam er wochenlang nicht dorthin, manchmal war er täglich da, je nachdem ob ihn seine Behausung anzog oder nicht. Heute hatte er es aber ganz besonders eilig; er schoss fast die Via Sacra herab, um zu seinem Haus zu kommen, wo er also heute einen ganz besonders kräftigen Anziehungspunkt haben musste. Wer ihn so stürzen sah, den kleinen Mann mit den kurzen Beinen, mit dem verwachsenen Körper in finsterer Nacht und in so großer Hast, der mochte fast fürchten, dass er fallen und sich etwas — vielleicht den Hals — brechen könnte. Aber Vatinius schien das nicht zu fürchten. Er war wie besessen und rannte immerzu. So kam er am Circus Maximus an und wollte auch den vor diesem gelegenen Platz rasch überschreiten. Auf diesem Platz, der mit Fackeln spärlich und abenteuerlich beleuchtet war, tummelte sich allerlei Gesindel, wie es jede Weltstadt absetzt; Tag und Nacht gab es hier keine Ruhe, wie überhaupt die Ruhe der Nacht in Rom nur eine verhältnismäßige war. In den engen finstern Gassen rasselten die Lastwagen hin und her (deren Verkehr am Tag verboten war), Ständchensänger, Nachtschwärmer, offene Tavernen, wandelnde Garküchen, Bäcker, die ihre

Waren aufsangen, durchzogen die Stadt und trübten die Ruhe aller Orten. Aber am Circus Maximus war das Nachtgewimmel doch am stärksten. Da gab es nämlich allerlei zu sehen, vor allem die unvermeidlichen Riesendamen, die schon damals auf die süße Plebs einen unwiderstehlichen Reiz ausübten. Da gab's ferner Kretins, Kropfmenschen, Menschen ohne Arme oder Beine, Menschen mit drei Augen, ja sogar mit drei Köpfen — kurz, allerlei wunderbare Menschen. Da gab es Dichter, Tänzer, Philosophen und ähnliches Gesindel, die dem Volk ihre Kunst, bzw. ihre sogenannte Wissenschaft zum Besten gaben — selbstverständlich gegen klingende Münze, auch Orakel, oder, wie wir sagen, Wahrsager waren am Circus Maximus, unter denen schon damals die Zigeunerinnen dieses Geschäft mit hervorragender Schlauheit besorgten. Ferner waren Akrobaten, Leute die an den Wänden hinaufliefen, da, selbst der erstaunliche Vielfraß Arpocras ließ sich am Circus Maximus bewundern. Auch waren hier neben diesen und anderen Gauklern wunderbare Naturprodukte zu sehen, so z. B. durchsichtige Steine, ein Korn aus dem 365 Halme entsprossen waren, Heroenzähne, die während eines Erdbebens in Klein-Asien aus tiefen unterirdischen Höhlen ausgeworfen worden waren und was des möglichen und unmöglichen Zeugs noch war, alles mit dem gemeinsamen Grundsatz des Geldmachens — ganz genau wie heutzutage?

Hier also kam Vatinius her, um, wie gesagt, den Platz rasch zu überschreiten. Plötzlich fuhr er aber mit einer drastischen Bewegung auf das Gesicht und hielt sich die Nase zu.

„Heilige Mefitis[29], beschütze mich," murmelte er mit einem Fluch und blieb stehen, um erst wieder einigermaßen zu Atem zu kommen. Eine Zigeunerin, die ihn bemerkt hatte, kam schleunigst hinzu und zog ihn an der Toga.

„Hoher Herr, bleibe einen Augenblick stehen. Ich bitte dich bleib einen Augenblick hier, es ist zu deinem Besten!"

Vatinius fühlte sich durch das ‚hoher Herr' offenbar geschmeichelt, obwohl er ein sehr kleiner Herr war — vielleicht auch gerade deshalb. Er wandte sich zu der Frau um und sagte:

„Was willst du, Alte?"

„Ei, sieh da, der edle Vatinius, der herrliche Vatinius! Was? Du kennst mich nicht mehr? Mögen mich die Götter verdammen, wie kannst du mich vergessen?"

Vatinius sah die Frau überrascht an und bemerkte, dass sie bei Weitem nicht so alt war, als er anfänglich geglaubt hatte. Sie war eine Frau von etwa vierundzwanzig oder fünfundzwanzig Jahren, etwas feist und trug Spuren

---

[29] Mefitis ist die römische Göttin der schwefligen und sonstigen übelriechenden Ausdünstungen.

einstiger großer Schönheit in ihren Zügen, die gleichwohl aber verlebt und heruntergekommen waren.

Etwas leiser als vorher sagte Vatinius:

„Bist Du's, Salome?"

„Freilich, freilich ist's die alte Salome! Natürlich, du bist ein hoher Herr geworden, ein reicher Herr, du hast eine Menge Sklaven! Da vergisst man die alten Freunde über den neuen. Ich habe mich auch verändert, wie du siehst, herrlicher Vatinius, ich diene jetzt der Göttermutter Ma."

„Was tust du?" fragte Vatinius überrascht.

„Ich diene der Ma, ich bin Priesterin der allwissenden Ma. Glaubst du, in mir steckt gar nichts Hohes und Edles? Die Göttin hat mich aus Millionen Menschen herausgesucht und mich begnadet mit ihrer Weisheit," — Salome nahm hier einen weihevollen, salbungsreichen Ton an — „so dass mir nichts unbekannt und nichts verborgen ist, was auf der Welt geschieht." Die großspurigen theatralischen Gesten, die Salome hier machte, nahmen sich in der flackernden, rotqualmenden Fackelbeleuchtung des Platzes eigentümlich genug aus und Vatinius fühlte sich von der Priesterin der allwissenden Göttermutter Ma[30] plötzlich sehr angezogen. Vatinius der an keine Götter und an keinen Gott glaubte, der die Vestalinnen gemein beschimpft

---

[30] Ma, auch Bellona genannt, war eine Göttin, deren Dienst aus Cappadocia nach Rom eingeschleppt worden war.

hatte und den Götterbildern Nachts Bärte anmalte, der kein Herz und keine Seele in sich trug und für religiöse Dinge durchaus ohne Begriff war, derselbe Vatinius wurde ein Kind, wenn er von Wahrsagen hörte. Aufgeregt und hitzig fragte er:

„Du kannst wahrsagen?"

Salome steckte die priesterlichsten Mienen auf, die ihr zu Gebote standen, hob die Hand mit großartiger Geste aus dem schmutzigen Überwurf heraus, der um ihre Schultern lag und sagte feierlich, aber formelmäßig, wie auswendig gelernt:

„Kein Ding unter der Sonne ist der ältesten, weisesten und größten Göttin, der Göttermutter Ma verborgen, mich hat sie begnadet, damit ich als ihre schlechte, unterwürfige Dienerin ihre Weisheit unter den Menschen verkünde. Was zweifelst Du?"

Mit ungeheurem Pathos und dumpfer geheimnisvoller Stimme, wie eine Schauspielerin, die sich gerade mit Zuckerwasser vergiftet hätte, so redete die Priesterin auf Vatinius ein. Aber sie machte ihre Sache gerade gut genug, wenigstens für Vatinius gut genug.

„Willst du mir mein Schicksal wahrsagen? Aber klar und genau, ausführlich; ich will alles wissen."

Vatinius hatte auf einmal wieder Interesse und Zeit für die verkommene Salome, fragte aber trotzdem hastig, begierig und heftig.

„Was opferst du der Göttin?" fragte Salome zurück. Gewöhnlichen Leuten sagte sie in der Regel: du musst vorher bezahlen, aber Vatinius sollte nicht so billig wegkommen. Sie sah, dass er an ihrer Angel festhing und gerade Vatinius, der reiche Emporkömmling, an dem natürlich der Neid seiner früheren Schicksalsgenossen hing, war der Mann, der derb bluten sollte. Salome hatte einen geheimen Groll auf ihn; Neid oder angeborene Bosheit — sie konnte dem Vatinius nicht vergeben, dass er ein reicher Mann geworden war.

„Du musst mir sagen, ob ich den Konsul Seneca und den Senator Marcus in meine Gewalt bekomme, ob ich von meiner neuen Sklavin Lakme geliebt werde" — Salome zuckte leicht zusammen — „und wo die Christen ihr schändliches Treiben fortsetzen, wie lange ich noch lebe und ob ich den Kaiser noch einmal tot vor mir sehe, so dass ich ihm auch einen Fußtritt geben kann, wie er es immer mit mir tut. Kannst du mir das sagen?"

„Allwissend ist die Göttin! Sie teilt es uns mit, wenn du gut opferst."

Salome hielt die Hand auf und Vatinius legte eine Anzahl Münzen hinein, die Salome sofort wegsteckte. Dann hielt sie die Hand wieder auf.

„Willst Du, dass ich die Göttin mit so geringem Opfer bewegen soll, mir die Staatsgeheimnisse des mächtigen, römischen Reiches zu verraten? Du musst es besser machen, herrlicher Vatinius."

Vatinius legte noch einmal Münzen in die Hand der schlauen Zigeunerin und als auch dieses Opfer noch zu klein erschien, auch noch ein drittes Mal, bis er schließlich nichts mehr hatte — es war sein ganzer Vorrat, den er Salome für ihre Weisheit geben musste. Alles verschwand in den schmutzigen Gewändern der Priesterin.

„Wirst du mir nun endlich die Wahrheit sagen?" fragte Vatinius ungeduldig und drohend.

„Reiche mir deine Hand." antwortete ihm Salome mit kühler, vornehmer Ruhe.

Vatinius gab ihr seine Hand und Salome betrachtete die Linien der Innenfläche derselben eine ziemlich lange Weile, wobei sie die nachdenklichsten Gesichter schnitt, als ob in der Hand irgendetwas Ungewöhnliches zu sehen gewesen wäre. Schließlich stieß sie einen lauten Schrei aus und fiel jammernd und heulend auf die Knie.

„Große, mächtige Ma, weiseste Göttin, was zeigst du meinem erschreckten Blick? Oh hab' Erbarmen und Gnade mit ihm, der dir vertraut."

Es konnte ja sein, dass Salome zu ihrem gaunerischen Gewerbe etwas schauspielerisches Brimborium nötig hatte, allein ein solches künstlerisches Raffinement, wie sie es jetzt vor Vatinius zur Schau trug, ging deutlich über das Gewöhnliche hinaus. In der Hand des Vatinius war ganz gewiss nicht mehr und nicht weniger zu sehen, wie etwa in jeder anderen Hand auch, als Vatinius aber das

Treiben der Salome sah, war er überzeugt, sie habe etwas gesehen, was vielleicht nur für sie sichtbar sei, was aber tatsächlich vorhanden sein müsse. Kopfschüttelnd und höchst erstaunt besah er nun selbst zunächst die Hand. Er sah aber nichts Besonderes daran.

„Wirst du mir die Wahrheit sagen oder nicht? Was soll das alles? Was hast du? Ich will alles wissen, rede."

„Du wirst mich aber auch ganz gewiss nicht schlagen, edler Vatinius."

„Ich werde dir nichts tun, rede!"

„Nein, du musst es mir bei allen Göttern und bei deiner Ehre versprechen, dass du mir nichts Böses tun wirst."

„Gut, ich verspreche es dir bei allen Göttern und bei meiner Ehre. Nun aber rede endlich."

„Bedenke, edler Vatinius," fuhr die Priesterin mit niederträchtiger Ironie fort, „dass mir die Göttin gerade so dies Geschick zeigt, wie ich es dir sagen werde. Was würde es dir nützen, wenn ich dir die schönsten Sachen wahrsage und sie treffen dann nicht ein? Besser die Wahrheit und nur die Wahrheit."

„Was soll die Winselei? Wirst du nun endlich sprechen, was dir die Göttin gezeigt hat? Es sei was es sei!"

Salome stand auf, trat einige Schritte zurück und rief dann fast lachend — wenigstens klang es so:

„Vatinius! Du brichst dir noch heute den Hals!" — und verschwand in der Menge.

Vatinius, erschrak heftig und wurde bleich. Er sah, wie sie hohnlachend davonsprang und wollte ihr nach, aber sie, war ihm zu flink. Einige Burschen stellten sich ihm breitspurig in den Weg, so dass sie ihm schnell aus dem Gesicht entschwand.

„Dass tausend Dämonen deine Seele plagen, verfluchte Hexe, du!" murmelte er mit geballten Fäusten. Er war höchst erbost und aufgebracht, was so drollig aussah, dass die Umstehenden anfingen zu lachen. Rasch lief er über den Platz weiter in Richtung zu seinem Haus, aber er lief nicht mehr so unvorsichtig und so toll wie vorher; er nahm sich sehr in Acht und namentlich in den engen finstern Gassen ging er langsam und tappend vorwärts. Er hatte plötzlich Angst vor dem Hinfallen bekommen, woran er vor dem Orakel nicht gedacht hatte. Wenn er unglücklich fiel, so konnte bei seiner Gebrechlichkeit leicht die Ma Recht behalten. Auch nahm sich Vatinius vor, das Haus heute nicht mehr zu verlassen, der Sicherheit wegen; man konnte nie wissen, was geschehen würde, sicher — war sicher, Vatinius hatte Angst.

So kam er endlich in der Alta Semita an. Vorsichtig stieg er die erleuchtete schöne Marmortreppe hinauf, seine

Sklaven gingen vor ihm und hinter ihm — es konnte durchaus nichts geschehen.

„Wo ist die Griechin?"

„Sie ist im oberen Triclinium, wie du befohlen hast, Herr," sagte ein hünenhafter Britannier. Vatinius liebte in seinem Haus überhaupt große wilde Gestalten und kaufte seine Hausklaven mit Vorliebe aus den nordischen Provinzen.

„Warum kommt sie mir nicht entgegen?"

„Sie kann nicht, wir mussten sie einschließen!"

„Weshalb einschließen?" fragte Vatinius scharf und bissig weiter.

„Herr," sagte der Britannier, „sie hat fliehen wollen und wir konnten sie nur mit Mühe wieder von der Straße hereinholen. Aber wir haben ihr eine Tracht Prügel gegeben, so dass sie nicht mehr an Flucht denken wird."

„So, so," antwortete Vatinius in einem wunderlichen Ton, „und wieviel Schläge hast du ihr geben lassen, mein Jüngelchen?"

„Es mögen wohl zwanzig gewesen sein."

Vatinius sah den riesigen Sklaven zornig von oben bis unten an.

„Bindet ihn sofort und gebt ihm Hunderte Hiebe," schrie er dann empört, „und wenn er sich zu Tode heult, schenkt ihm keinen! Habe ich gesagt, dass ihr sie schlagen sollt? Habe ich gesagt, dass ihr sie einsperren sollt? Barbaren, die ihr seid!"

Der Sklave warf sich seinem Herrn zu Füssen und flehte in den beweglichsten Worten um Gnade.

„Ich glaubte dir zu gefallen, edler Herr, oh hab' Erbarmen mit mir, ich will dir mein Leben opfern, lass mich töten, aber lass mich nicht wieder schlagen. Meine Wunden vom letzten Mal sind noch nicht wieder verheilt!"

Vatinius hatte keine Zeit, sich zu erbarmen, er eilte vorwärts die Treppe hinauf in das obere Triclinium, wo er eintrat. Auf einem Polster, das über einem etwa Fußhohen breiten Eisengestell lag, ruhte stöhnend vor Schmerz und Gram die liebliche Lakme, die angetraute Frau des Marcus, die einzige Beute von Vatinius' Streifzügen durch die Seneca'sche Villa.

Im Garten schlafend, war sie aufgegriffen worden und eigentlich dem Staat als Sklavin verfallen, aber Vatinius hatte sie an sich genommen.

„Man hat dich geschlagen, Geliebte, verzeih, dass ich abwesend sein musste; du kannst aber jetzt sehen, wie man deinen Peiniger zu Tode peitscht."

Lakme seufzte leise auf und wandte sich matt und mit erschrecktem Blick zu dem Eintretenden.

„Oh lass ihn frei und unberührt, erlass ihm seine Strafe."

Erstaunt sah Vatinius sie an.

„Wie meinst du das? Er soll seine Strafe büßen, dann kannst du ruhig sein, dass dir nichts wieder geschieht."

Vertraulich, mit linkischen Bewegungen und verlegenen Blicken näherte sich Vatinius dem Lager Lakmes und sagte mit einer Stimme und einer Betonung, wie man sie wohl hört, wenn Kinder mit Katzen oder Hunden spielen und sie liebkosen:

„Und warum wolltest du entfliehen von mir? Habe ich dir nicht alles, was ich besitze, zu Füssen gelegt, bin ich nicht dein Sklave, dein Knecht? Was verlangst du noch?"

„Lass mich frei; du besitzt mich ohne Fug und Recht, ich gehöre nicht zu dir."

„Das ist das einzige, was ich nicht tun kann.

Im Gegenteil ich werde dich gegen eine Welt verteidigen."

Ein verächtlicher Blick streifte dabei den kleinen Mann, aber er bemerkte ihn nicht und fuhr fort:

„Warum willst du nicht bei mir bleiben? Bin ich auch nicht schön wie Apollo, so sollte doch eine Sklavin mit Vatinius und seiner Macht sich mehr als glücklich schätzen. Du weißt, was ich will, das setze ich durch - Ich habe noch nirgends vergebens gebettelt."

„Wenn du mich liebst, warum tust du so wenig, was mir gefällt? Warum verfolgst du so hartnäckig die Leute, die mir so nahe stehen und die dir nichts getan haben?"

„Das verstehst du nicht, Vatinius ist nicht der Mann, der sich beirren lässt, am allerwenigsten von einer Sklavin und sei sie noch so schön, noch so liebreizend und zart. Ich habe vor dir gefleht und gebettelt, vergiss nicht, dass ich nur zu befehlen brauche."

„Du wirst vergebens befehlen, dass ich dich lieben soll."

„Pah, Redensarten! Komm, mein Täubchen, mein süßes Kind, meine holde Lakme, komm und mache mir ein wenig Platz auf deinem Lager, denn ich bin sehr müde."

Damit näherte er sich dem Gestell, auf dem Lakme lag. Schmiegsam und furchtsam drückte sie sich auf einem kleinen Raum zusammen, so dass auf dem Polster noch Platz für drei solche kleine Kerle, wie Vatinius war, gewesen wäre und er sich behaglich hätte ausstrecken können. Aber zitternd und ängstlich sah Lakme, wie er sich nicht niederlegte, sondern auf dem Polster kniete und sich gegen sie vorbeugend, sie zu umfangen versuchte. Bei seiner Berührung zuckte Lakme am ganzen Körper vor Schreck zusammen und ihr Arm fuhr rasch, wie zur Abwehr, gegen die Brust des Vatinius. Sei es nun, dass der Stoß ziemlich stark war, oder sehr unerwartet kam, genug, Vatinius taumelte rückwärts, verlor das Gleichgewicht und fiel so unglücklich — oder glücklich — von dem Gestell herunter, dass er sich — den Hals brach!

Erschreckt sah Lakme plötzlich die kleine Leiche vor sich liegen. War das eine Fügung des Himmels? Sollte sie ihre Freiheit durch einen solchen Zufall wieder erhalten? Sie tastete scheu und ängstlich auf dem Körper des Vatinius herum, hörte an seiner Brust — es gab kein Zweifel, Vatinius war tot und konnte gar nicht toter sein, wie er war.

Langsam und vorsichtig erhob sie sich und lauschte in das Haus hinunter. Das Geschrei des Sklaven, an dem soeben die schmerzhafte von Vatinius beauftragte Exekution vollzogen wurde, schallte durch das Haus. Sie ging hinab an mehreren Sklaven vorbei — keiner wagte sie anzuhalten oder auch nur zu befragen; Vatinius selbst hatte ja soeben ein so schauerliches Exempel statuiert. Der Türwärter öffnete ihr das bereits geschlossene Tor und ließ sie frei und ungehindert hinaustreten in die schwüle, warme Sommernacht. Tief atmete sie auf, — sie war frei! Frei aus der schrecklichsten aller Gefangenschaften, aus den Klauen des gemeinen Lasters, des fühllosen, herzlosen Heidentums. Sie fiel auf dem Pflaster nieder und dankte ihrem gütigen Gott, der sie so sichtbar beschützt und errettet hatte, dann eilte sie im schnellen Lauf davon und verschwand in der Nacht.

16. Kapitel

Was hätte Seneca darum gegeben, wenn sich der herrliche Vatinius drei Tage früher den Hals gebrochen hätte? Sein Konsulat, seine Millionen, seine Götter — Alles! es war ja ohnehin nun alles verloren. Seit der verhängnisvollen Nacht an der Piscina seines Parks irrte er verzweifelt und angstvoll, um seine Freiheit und sein Leben besorgt, in Rom umher, — ohne Nahrung, ohne Lager, ohne Trost. Er traute sich bei keinem seiner vielen Freunde, denen er teils zu Stellung und Vermögen verholfen, teils selbst ausgiebige Gastfreundschaft gewährt hatte, anzuklopfen, aus Furcht vor Verrat. Man konnte sich ja jetzt mit seinem Leben eine Gunst beim Kaiser erkaufen, was hatte Seneca also zu erwarten, wenn er sich jemandem anvertraute? Freundschaft in der Not, Opferbereitschaft waren in Rom rare Ware; Rom war nicht mehr Rom,

Rom hieß Nero. Sollte auch er ins mammertinische Gefängnis wandern wie Plantius und die anderen? Seneca kannte das! Er hatte Grund genug, sich um seine Freiheit zu sorgen.

So wankte der müde Greis, zum Tode matt, von Hügel zu Hügel in der ewigen Stadt, wo ihm jeder Tempel, jedes Haus schmerzhafte Erinnerungen wachrief. In seiner Verkleidung, mit einer großen Wolltoga verhüllt und die

Cucullus[31] weit über die Stirn herabgezogen, war er durchaus unkenntlich; trotzdem vermied er ängstlich die Orte seines früheren Glanzes, das Forum, wo er seine gebietende Stimme so oft hatte erschallen lassen, die Via Lata, den Palatin, wo ihn seine Sklaven in der Konsulsänfte hin und hergetragen hatten, die Rednertribüne, das Senatsgebäude, wo er in vorsichtigen, klugen Reden seinen Reichtum, seine Stellung, seinen Einfluss gezimmert hatte. Er war mit dem Plan gegangen, aus Rom fort auf eines seiner Güter in der Provinz zu fliehen, als er aber hörte, dass der Senat seine Güter eingezogen hat und dass sie nun von Soldaten bewacht wurden, war ihm der Mut dazu wieder entschwunden. Was hätte er auch außerhalb Roms tun sollen? Für Seneca gab es außerhalb von Rom keine Welt mehr.

In derselben Nacht, in der Lakme aus dem Haus des Vatinius entfloh, befand sich Seneca auf dem kapitolinischen Hügel in den Trümmern des Jupiter Tempels, den der Brand ebenfalls darnieder geworfen hatte. Sklaven waren beschäftigt, Ordnung in diese Trümmerwelt zu bringen, das stolze Wort des Kaisers, dass er aus der Backsteinstadt eine Marmorstadt machen wolle, setzte Hunderttausende von Menschen in Bewegung und überall erhoben sich aus den Trümmern großartige Bauwerke, die bis in ferne Jahrtausende

---

[31] Cucullus ist eine an der Toga befestigte Kapuze, wie sie ähnlich noch heute die Franziskaner tragen.

prahlen sollten von der erlogenen Herrlichkeit der spätrömischen Welt.

„Was kann es sonst bedeuten," sagte ein brauner, ägyptischer Sklave, der sich müde auf die Hacke stützte, „als ein Zeugnis unerhörten Druckes, der auf den Völkern lastet. Je mächtiger dieser Druck, umso bedeutender derjenige, der ihn ausübt, umso einflussreicher, bestimmender, entscheidender sein Wille."

„Wer hat denn gesagt, dass es etwas anderes sein soll?" erwiderte ein anderer. „Ein Staat, ein Kaiser, ein Wille ist mächtig, wenn recht viele ihm ihre Kraft leihen. Wenn ein Gott käme, der das Volk veranlassen könnte, das freiwillig zu tun, so brauchte man niemand zu zwingen, zu drücken. Jedermann wäre glücklich, der Staat groß und frei. Von selbst aber lernt ein Volk nie verstehen, warum und wie es den Staat stützen muss und deshalb werden wir gezwungen."

„Ich verstehe es auch nicht."

„Eben deshalb wirst du gezwungen, deine Arbeit zu verrichten."

„Gibt es überhaupt jemand, der das versteht?"

„Ich weiß es nicht."

„Was habe ich vom Staat? Wozu ein Staat?"

„Ich weiß es nicht, lass mich in Ruhe."

Seneca — selbst eine Ruine — saß zwischen den Ruinen des Jupitertempels verborgen und hörte dieser Sklavenphilosophie zu. Es war ihm, als wenn er die Leute über die Notwendigkeit des Staates für jeden einzelnen hätte belehren müssen; er hatte früher, als er noch im Besitz seiner Millionen war, endlos darüber sprechen können — aber er hatte alles vergessen. Seit die Millionen fort waren, wusste auch Seneca nicht mehr, wozu ein Staat überhaupt da sei.

„Wer gibt einem Menschen das Recht, auf seine Mitmenschen einen solchen Zwang auszuüben, wie an uns ausgeübt wird?" fragte der braune Ägypter wieder. Der andere zuckte mit den Achseln.

„Wenn ich dich zwingen könnte, endlich einmal das Maul zu halten, so würde ich es tun und mich nicht einmal um das Recht dazu kümmern. Zwang hebt eben das Recht auf."

„Ich will aber mein Recht!"

„Du hast keins."

Wieder war es Seneca, als ob er eigentlich intervenieren müsste, als ob die Sklaven eine Tracht Hiebe für ihre Reden erhalten müssten. Was hatten die Sklaven zu reden? Sie waren doch nicht zum Reden da, sondern zum Arbeiten! Aber Seneca hatte in den drei letzten Tagen so viel vergessen — oder so viel gelernt — er wusste es nicht, dass ihm jetzt nichts einfiel, womit er die Sklaven hätte zum Schweigen bringen können. In seinem traumhaften, entnervten, müden Dasein stellte er Betrachtungen an über die Natur des Rechts; es fiel ihm ein, dass ein rechtloser Mensch in jedem Fall eine unwürdige, in seinem — Seneca's — besonderen Fall geradezu eine unmögliche Existenz sei. Das wäre dem ehemaligen Konsul Seneca vielleicht nicht eingefallen, wenn es ihm nicht an seiner eigenen Person demonstriert worden wäre. Als Konsul hätte er wohl solcher plebejischer Einfälle entziehen können. Es fiel ihm ferner ein, dass die eigentliche wahre Rechtsidee ein Ding ist, was von unten nach oben steigt, und dass das Recht, das von oben nach unten geht oft nur ein Surrogat, ein Scheinrecht, — wenn nicht gar ein Betrug ist.

Der braune Ägypter war ein unverbesserlicher Schwätzer; wieder fing er an zu diskutieren:

„Wenn ich kein Recht habe — wer hat dann mein Recht? Denn ich habe doch einmal ein Recht gehabt, jeder Mensch hat durch seine Geburt ein Recht an Luft, Licht, an Nahrung und Entwicklung — also, wo ist mein Recht hingekommen!"

„Was geht mich dein Recht an? Ich hab' selber keins.

„Aber es muss doch da sein! Mein Recht geht nur mit mir wieder unter."

„Gewiss, es ist dasselbe Recht, mit dem dich der Kaiser zwingt zu arbeiten."

„Mit meinem eigenen Recht zwingt er mich? Was? Ich habe es ihm doch nicht gegeben, er hat es sich genommen, er hat es gestohlen?"

Der andere sah sich um.

„Dort kommt der Aufseher, der wird dir dein Recht gleich klar machen!"

Seneca hörte in seinem Versteck jemanden herankommen, dann vernahm er einige Peitschenhiebe, einige Flüche, einige halbunterdrückte Schmerzensschreie und der jemand ging wieder fort. Der Aufseher tut seine Schuldigkeit, dachte sich Seneca, er tut Recht daran; Seneca lobte ihn darum. Aber kaum war sich der alte Konsul dieses Gedankenganges bewusst geworden, als ihn ein neues, ganz eigentümliches, mitleidiges Gefühl beschlich. Er hatte Mitgefühl mit dem armen, braunen Ägypter, dem man sein Recht gestohlen hatte, der damit zur Arbeit gezwungen wurde und den der Aufseher schlug. Wo war das Recht? Hatte es der Kaiser wirklich gestohlen? Hatte er — Seneca — es verkauft, verhandelt, klebte es an seinen — an Seneca's — Fingern mit all' den übrigen? Wo war denn Seneca's Recht geblieben?

Wie der Konsul so träumerisch in der wüsten Trümmerwelt verborgen da lag, war es ihm, als ob er wieder die Stimme des Predigers Urbanus hörte, der rief:

„Das aber ist das Gericht; das Licht ist in die Welt gekommen. Denn die Menschen liebten die Finsternis und ihre Werke waren böse."

Ein unsäglicher Gedankenschmerz überschlich Seneca. Er fing in seinem Unglück an zu begreifen, wie es sein könnte, sein müsste — und wie es war. Mit Angst und Schauern erinnerte sich er auch an die Szene, wo Paulus vor ihm gestanden hatte und er noch stolz im goldenen, kurulischen Stuhl mit voller Konsularischer Würde gethront hatte. Als er ihm vorgeworfen hatte, dass Paulus selbst Pharisäer gewesen und die Christen blutig verfolgt habe, hatte dieser geantwortet:

„Wie magst du mir vorwerfen, was dir jede Stunde geschehen kann und was dir, so wahr ich lebe, noch geschehen wird?" Konnte der Apostel wirklich in die Zukunft schauen? War die Stunde nicht schon gekommen? Wo war der starke, eifrige Götterglaube des Seneca geblieben? — Seneca hatte in den zwei Tagen viel zu viel gelernt, als dass er nicht auch vieles vergessen haben müsste. Seine Götter hatten ihn verlassen — er hatte sie verlassen — wohl schon lange vorher — er war ein anderer Mensch geworden.

„Wenn ich ein Kaiser wäre" — so hörte er den plauderhaften Ägypter wieder sagen — „so würde ich niemandem sein Recht nehmen!"

„Und wenn ich ein Aufseher wäre, so würde ich dir doppelt so viel Schläge geben und mir keine, du Plappermaul du!"

„Wenn ich ein Kaiser wäre, würde ich meine Untertanen lieben und versuchen ihnen Gutes zu tun, statt sie zu bestehlen!"

„Du bist ein Narr, einen solchen Kaiser gibt es nicht. Der Kaiser ist dazu da, dass er nimmt, was da ist und damit herrscht."

„Und ich?"

„Du! wer fragt nach Dir? Wenn dir dein Dasein nicht passt, so steht es dir frei, dir den Schädel einzurennen; aber du musst es gut machen, denn sonst brennen sie dich, und das tut weh, so lange du noch nicht tot bist."

Seneca hörte einen tiefen Seufzer, dann griff der Ägypter wieder wie wütend nach der Hacke und schlug sie in den Schutt, dass die Funken flogen. Aber Seneca hörte nur den Seufzer, wie er sich aus der tiefsten Tiefe der Brust des geknechteten Ägypters loslöste und es schien ihm, als wenn dieser Seufzer Hunderte und Tausende von Echos weckte, als ob Millionen und Millionen Seufzer lang und klagend durch die Luft zitterten; in ganz Rom, in allen Provinzen, im ganzen römischen Weltreich, das sich über drei Erdteile erstreckte, hörte er diesen Seufzer und Millionen zogen sich über Rom zusammen zu einem Sturm, zu einem wilden Orkan, der alles löste und alles auseinanderriss und verschlang. — Oh wie tief innerlich fühlte Seneca, dass er alt geworden, wie sehr kurz und voller Irrtümer sein Leben gewesen war. Wie hatte er sich in seinen Mitteln und Zielen so schwer und gründlich getäuscht! Sein Lebenswerk war ein Unglückssacker, eine Saat für Elend und Verderben. Das Geschick so vieler Hunderttausender hatte in seiner Hand geruht, Segen und Vertrauen seiner Mitbürger wurde ihm in Hülle und Fülle entgegengebracht — und er hatte sie dafür hinabgestoßen in die Nacht der Dummheit, der Sklaverei und des Verderbens; den Sauerteig des Christentums, der die Grundlage einer neuen Ära römischer Kultur hätte sein müssen, hatte er aus — Eigennutz, aus persönlichem Interesse verfolgt. Er hatte nicht nur Tausenden Recht und Freiheit genommen, sondern er hatte Millionen das Evangelium geraubt — er war schlimmer, als alle Kaiser der römischen Welt.

Heiße Tränen tropften auf seine Hand — Seneca weinte. Über sich oder die anderen? Seneca hatte nie in seinem Leben gewusst, was Reue ist — jetzt lernte er sie kennen, diese hässlichste der Erinnyen[32] im Gefolge der Themis, die wütend sein Herz zerriss und ihn zerfleischte. Wie von Furien verfolgt, sprang er auf und floh aus der Trümmerwelt, die von den Seufzern der Sklaven durchhallte.

---

[32] Erinnyen: Bei den Römern als Furien bezeichnet, sind in der griechischen Mythologie die drei Rachegöttinnen Alekto (Unaufhörliche), Megaira (Neidischer Zorn), Tisiphone (Vergeltung). Sie stellen die personifizierten Gewissensbisse dar.

Im tollen Lauf, wie im Wahnsinn stürmte er davon, raufte sich das Haar und netzte Bart und Brust mit seinen Tränen der Reue und des Schmerzes. An der Treppe, die vom Tabularium[33] zum Forum hinabführte, setzte er sich keuchend nieder auf die Stufen.

Ein Mann in schmutzigen Bettlerkleidern, deren Fetzen weit herabhingen und auf der Erde nachschleppten mit langem zottigen und ungeordneten Bart und Haar, das wohl Jahrzehnte weder Kamm noch Schere sah, schritt, stolz wie ein König, die Treppe herauf. Auf seinem Rücken hing ein schäbiger Ranzen, der aber ziemlich vollgepackt zu sein schein, in der Hand hielt er einen derben Knüppel, den er wohl weniger zur Stütze brauchte, denn er war ein breitschultriger starkknochiger Mann in seinen besten Jahren. Eine große unverschämte Dreistigkeit lag über der Gestalt, die durch kolossale Kinnbacken und Kauwerkzeuge noch den Eindruck roher Gefräßigkeit und ordinärer Denkweise machte.

Als der Mann Seneca sitzen sah, schritt er hocherhobenen Hauptes mit stolzem, unverschämtem Gesichtsausdruck auf ihn zu und sagte, die Hand bettelnd ausstreckend:

„Schenke mir Geld, damit ich Brot kaufen kann."

---

[33] Als Tabularium wurden zu Zeit des antiken römischen Reichs Gebäude und Räume zur Aufbewahrung von Urkunden bezeichnet.

Erschreckt fuhr Seneca aus seinem dumpfen Brüten auf und fragte ängstlich:

„Wer bist Du? Ich kenne dich nicht."

Der Mann stampfte mit einer ungeduldigen Gebärde mit seinem Knüppel auf den Boden.

„Wozu brauchst du mich zu kennen? Siehst du mir nicht den Philosophen, den Zyniker an? Ich bin ein Schüler des Diogenes und des Demetrius. Mache also keine Flausen und krame die Taschen aus."

„Mein lieber Herr, es sind so viele Jünger des Demetrius jetzt in der Stadt und überall, dass nur ein sehr reicher Mann allen geben kann. Sieh, ich bin sehr arm; ich habe nichts, was ich dir geben könnte."

„Was? du hast nicht einmal einige lumpige Sesterze? Du bist wohl gar ein elender Bettler? Wer bist du denn?"

„Ich bin ein armer Unglücklicher, der schon seit zwei Tagen nichts gegessen hat. Ich habe noch niemanden angebettelt und will es auch nicht tun. Ich warte, dass mich die Götter gnädig von der Erde nehmen, denn ich bin sehr müde."

„Vor allen Dingen zeige einmal deine Tasche, damit ich sehe, ob du wirklich gar nichts hast; denn solche Redensarten, weißt du, kriegen wir Philosophen vielfach zu hören, aber sie nützen bei mir nichts."

Damit untersuchte der brutale Jünger des Demetrius die Tasche des Seneca, in der er aber nichts als einen kleinen Fetzen groben Wolltuches fand, den sich Seneca heimlich von der Toga des Paulus hatte abschneiden lassen.

„Dieses Tuch ist mir eine heilige Reliquie, oh lass es mir, es kann dir zu nichts nützen."

Der Mann besah es genau, dann warf er es dem Seneca ins Gesicht und sagte:

„Bist du ein trauriger Mensch! Du hast ja gar nichts? Warum wirst du nicht auch ein Zyniker? Da, sieh einmal her, man lebt doch als Zyniker noch so ziemlich anständig, wenn man es auch nicht jedermann sagen darf."

Der Mann packte seinen Ranzen aus und zeigte dem Seneca dessen Inhalt, wohl um ihm Lust zum Zynismus zu machen. Es waren darin teure Kleiderschnallen — da und dort zusammengepresst — alte teure Weine in Tonflaschen mit Ort und Jahreszahl bezeichnet, Würfel zum Spielen, allerlei Speisen und Backware und wohl mehr als fünf Pfund Gold. Seneca wusste wohl, dass bei den Jüngern des Demetrius, deren Zahl in Rom in die Tausende ging, von den reinen Lehren des Zynismus nichts mehr übrig geblieben war und ihr ganzer Zynismus nur noch in zwangloser Unsittlichkeit, Stab, Ranzen, groben Schimpfen und drohenden zur Schau stellen mächtiger Arme und breiter Schultern bestand, aber das hätte er doch nicht geglaubt, dass sie ihr Gelübde der Armut so sehr außer Acht setzen würden.

„Wie darfst du als Zyniker so eine Menge Gold besitzen? Hast du nicht gelobt, dass Armut die höchste Tugend ist?"

„Gewiss, armes Närrchen; eben weil es die größte Tugend ist, müssen wir sie dem anderen doch nach Möglichkeit beibringen; sind wir also echte Zyniker oder sind wir es nicht? Ich hätte sie dir auch beigebracht, aber zu meinem Bedauern hattest du sie schon."

„Ich habe dich wohl auch schon gesehen," sagte Seneca weiter. „Du gehst tagsüber in die Tavernen, trinkst, spielst und führst das große Wort. Ist das nicht gegen dein Gelübde?"

„Im Gegenteil, das ist unser Handwerk. Wenn der oder jener reiche Filz uns von seiner Tür weist, und wir gar nicht mehr wissen, wie wir ihm die größte Tugend beibringen sollen, so hallt sein Name bald in allen möglichen Schattierungen von den Wänden aller Tavernen in Rom wieder. Glaub mir nur, wir haben schon manchen in Rom zahm gemacht, der uns auf der Straße über die Achsel ansieht. Wir halten zusammen, wir Philosophen, und die Menge macht, was der Einzelne nicht erreichen kann."

Seneca sagte nichts mehr. Er dachte an seine letzte Unterredung mit Demetrius. Was war aus all' den philosophischen Träumereien und Plänen geworden?

Das Elend! Seneca seufzte und stand auf, um weiter zu gehen. Der Zyniker sagte aber:

„Du bist ein armer Schlucker, komm mit mir, du sollst einmal wieder ordentlich essen und trinken und lustig sein, du sollst sehen, wie es sich als Zyniker lebt, damit du dich vor unserem Mummenschanz auf der Straße nicht mehr fürchtest; du sollst sehen, dass mancher Patrizier nicht so gut wohnt wie ich, mancher nicht so fette Austern isst, so alten Sizilianer-Wein trinkt wie ich. Ich halte darauf. Zu Hause nobel, auf der Straße das Geschäft."

Seneca schauderte vor dem Mann. Er dankte kurz und ging die Treppe hinab. Leise murmelte er für sich:

„Demetrius, Demetrius! Wie viele werden auch auf dich fluchen!"

Immer trauriger, müder, elender stieg er die Treppe hinab. Säule um Säule seines stolzen Gebäudes sah er stürzen. Seine Existenz lag zu trostlosen Trümmern zusammengebrochen am Boden, sein Götterglaube war dahin, seine Philosophie war ein Verbrechen geworden; aber die des Demetrius, war sie nicht auch eines geworden? Es genügt nicht, dass man das Wahre sagt, man muss es auch zum Richtigen sagen! Es genügt nicht, dass eine Philosophie ein fester, undurchdringlicher Panzer für das Leben ist, die Leute müssen ihn auch tragen können.

Seneca seufzte wieder verzweifelt auf. Ein Fluch, eine Erbsünde lag auf ihm und auf dem ganzen Volk, immer mehr und mehr wurde er sich bewusst, dass er gegen das unentwirrbare Elend der Welt ohnmächtig ist, dass er unglücklich werden musste, Unglück schaffen musste, dass nur ein höherer Geist das lastende Verhängnis der Welt heben, das Licht der Erlösung verbreiten konnte. Er selbst hatte durch seine Irrtümer nur Schuld auf Schuld gehäuft. Was sollte aus Seneca werden, wenn sein Elend das Maß seiner Schuld erreichen, vergelten sollte?

17. Kapitel

Scheu, fast widerwillig näherte sich Seneca mit schwankendem Schritt dem Forum. Wie ein Verbrecher, wie ein schuldbewusster, gebrochener Sünder wollte er sich vorsichtig hinter dem Tempel der Concordia, dem Schauplatz seiner früheren Triumphe im Senat, wegschleichen, als er im ersten fahlen Morgengrauen auf der anderen Seite der Straße an der gemonischen Treppe einen Leichnam hängen sah. Er trug keinen Kopf mehr. Dieser war vielmehr am anderen Treppengeländer, auf eine Stange gespießt, angebunden. Trotz der grausamen Behandlung und Verstümmelung sah der Kopf nicht schreckhaft aus. Die Augen hatte eine liebende Hand geschlossen, der lange, schwarze nur stellenweise mit Blut verklebte Bart umrahmte ein edles, mildes, bleiches Gesicht.

Seneca fiel vor Schreck in die Knie und stieß einen leisen Schrei aus. Er bedeckte die Augen mit den Händen und wollte nicht mehr zum Leichnam sehen, wollte sich rasch vorbeistehlen — wohin? — — Wohin! Vielleicht hatte er sich getäuscht, ein wildes furchtbares Traumbild hatte ihn geäfft. Zitternd, zweifelnd und noch hoffend, überschritt er den kleinen Raum zwischen dem Concordia-Tempel und dem Gefängnis und näherte sich der Leiche. Plötzlich griff er mit hastigen, fiebernden Händen nach seiner Tasche, zerrte den wollenen Fetzen, den er glücklich aus den Händen des ‚Philosophen' gerettet hatte — seinen einzigen Talisman — heraus und verglich das Tuch mit der Toga, die man mitleidig um den Körper des Toten gelassen hatte. Es war dieselbe Farbe, dasselbe Tuch. Noch immer hoffend, faltete er die Toga auseinander, bis er die Stelle fand, an der das Stück herausgeschnitten war — es passte ganz genau! Mit einem markerschütternden Schrei fuhr Seneca entsetzt zurück, fasste in wilder Raserei mit beiden Händen nach Stirn und Augen und schrie mit mächtiger weithin schallender Stimme:

„Paulus, Paulus!"

Dann brach er auf der Treppe zu den Füssen des Leichnams zusammen.

Schließlich fing er wieder an zu schluchzen, zuckend umarmte er die Füße des Paulus und zahlreicher und immer zahlreicher stürzten ihm die Tränen aus den Augen, mit denen er die Füße des Apostels badete; immer weicher und milder, aber nicht weniger tief und innerlich wurde sein Schmerz; ein zu Tode gequälter Greis, weltverloren, gebrochen, wand sich Seneca zu den Füssen der heiligen Leiche. Dann erhob er die Stimme wieder, aber ohne Kraft und Energie, sogar ohne jede rhetorische Schulung, die Seneca nie vernachlässigte, ohne jede Regel der Kunst, waren es nur lallende, klägliche Laute, die sich den zitternden Lippen stoßweise, mit vielen Unterbrechungen entrangen. Wo war die unvergleichliche Rhetorik Seneca's geblieben? Sie war den Weg seiner Philosophie gegangen, und war nur noch ein gebrochener, mitleidwerter, kindischer Ton, ein Stammeln der Seele, mit der er sagte:

„Paulus, verklage mich nicht bei deinem Gott! Sieh mich in Todesangst und Not zu deinen Füssen, oh linder meinen Schmerz, erlöse mich von meiner Qual, bitte für mich bei deinem Gott. Ich war nicht böse, ich habe nicht anders gekonnt, es war mein Fluch, dass ich die Sünde deiner Verurteilung auf mich nehmen musste, aber getötet hätte ich dich nicht — bei allem, was dir und mir heilig ist, ich hätte es nicht getan, so wahr mir — Paulus, höre mich wohl" — er würgte diese Worte mit wahrer Seelenangst heraus — „so war mir dein Gott in meiner letzten Stunde helfe."

Die Kleider des Leichnams flatterten im Morgenwind, und eine bleiche, welke Hand, die schlaff am Körper herunterhing, wurde sichtbar. Begierig griff Seneca danach, drückte sie an sein Herz und küsste sie lange mit Inbrunst. Dann fuhr er fort mit seiner lallenden Stimme zu klagen:

„Paulus, verklage mich nicht bei deinem Gott, auf dass dein Blut nur über die komme, die mir das Urteil abgepresst haben und über die, die es vergossen haben. Mein Leben ist ohnehin voller Greul und Sünde, aber meine Reue ist tief und mein Schmerz groß. Dein Gott ist ein Gott der Gnade und Barmherzigkeit, wird er mich verdammen? Paulus, ich habe eine große Sündenlast auf mir, mein Kreuz ist schwer, aber ich will es tragen, um der Vergebung meiner Sünden willen."

Immer mehr lichteten sich die Straßen im Morgengrauen, aber der geächtete und verfolgte Seneca achtete nicht darauf. Nach einer Pause, in der er, keuchend vor sich hinstarrend, sich zu erholen versuchte, fuhr er mit etwas festerer und klarerer Stimme fort:

„Paulus, du allein, der du die Gnade des Herrn an dir selbst empfunden hast, du konntest uns erlösen, konntest Licht in unsere Finsternis bringen, die der Menschen törichtes Tun und Denken allein nimmermehr aufhellen kann. Und du hast uns verlassen, hast dich hinweggestohlen aus unserer Mitte, wo wir dich am Nötigsten brauchten. Was kann ich alter, schwacher Greis noch tun? — Ich kann nur bereuen und sterben. Ich bin ein Verstoßener, ein Verfolgter und Verlorener, was soll ich noch hier? Mein Leben war ein wüster, törichter Traum und mein Erwachen ist ein Ende mit Schrecken. Paulus, Paulus, nimm dich meiner an, auf dass mir Gnade gewährt wird, sonst vergehe ich noch vor Schmerz und Qual."

Erschöpft ließ Seneca hier den Kopf wieder niedersinken zu den Füssen des Apostels und eine mitleidige Ohnmacht erbarmte sich seines Alters, seines Kummers. Er sah nicht wie die verderbenbringende, bedrohliche Helligkeit immer weiter zunahm, wie fahle Lichtstreifen vom Osten her den nahenden Tag verkündeten. Wollte er sich zu den Füssen des Apostels fangen lassen, opfern? Er hörte nicht, wie ein Karren, ein zweirädriger, von flinken Maultieren gezogener Kampagna - Karren in Eile heranrollte. Wer neidete dem alten fünfundsiebzigjährigen Seneca seine kurze Rast zu den Füssen des Apostels? Mit tollen Poltern und Krachen auf dem großsteinigen Pflaster rollte es hinter den Trümmern der verbrannten Curia Hostilia[34] heran und bog dann links um die Ecke gerade auf das Carcer Mammertinus[35], — wo Seneca lag, zu. Noch immer hörte der Konsul nichts. Wollte er nicht fliehen? Wusste er nicht, dass er ein verlorener Mann war, wenn er ergriffen wurde? Hoffte er auf Gnade? Vergebene Hoffnung! Sein Urteil war längst gesprochen, man wartete nur noch auf ihn.

Gerade vor der gemonischen Treppe hielt der Karren endlich an; aus dem mit grauen Tüchern überspannten Innern des Wagens lugte vorsichtig ein Wagenlenker, drehte sich aber sofort um und sprach in den Wagen hinein, als er Seneca am Fuß der Leiche des Apostels erblickt hatte.

„Um Himmels Willen nur keinen Aufenthalt, sonst überrascht uns hier der Tag. Lasst sehen, wer es ist."

Mit diesen Worten stieg Mechthilde aus dem Karren heraus und ging einige Stufen der Treppe hinauf, bis sie direkt vor Seneca stand, dessen Körper fast die ganze Breite der Stufen einnahm. Einen Augenblick stand Mechthilde still vor der Jammergestalt; war es einer der ihrigen, den das Elend zu den Füssen des Apostels getrieben, oder war es ein Fremder, den der Fluch des

---

[34] Curia Hostilia: Versammlungsort des römischen Senats
[35] Carcer Mammertinus: Der Mammertinische Kerker

Schicksals dahin geschleudert hatte? Vorsichtig schlug sie den Cucullus zurück, um den Konsul in das Gesicht sehen zu können, wodurch Seneca wieder zu sich kam, und die Augen aufschlug. Entsetzt trat Mechthilde einen Schritt zurück — das war nicht mehr Seneca! Seneca, der durch die Pflege seiner Sklaven sonst stets tadellos, weiß und sauber gefaltet gekleidet war, das Haupt lockig frisiert, parfümiert und gesalbt, dem die munteren, fröhlichen Augen aus dem runden frischen Gesicht klug und energisch leuchteten — was hatten die drei Tage aus Seneca gemacht? Der fahle Morgenschein fiel in ein gramzerfressenes, gelbliches, mit graugrünen, tiefen Furchen durchzogenes Leidensangesicht, mit todesmüden, jammervollen Zügen, um das die Haare, die sonst so kunstvoll gepflegten, lockigen Haare in langen dünnen, wirren und weißgrauen Strähnen hingen; die in ihre Hohlen tief zurückgesunkenen Augen blickten hohl, furchtsam, hilflos aus grauen Rändern, nur eine schmutzige, zerrissene Toga hing unordentlich, formlos um die mageren Glieder.

„Allmächtiger Gott, der Konsul.." stieß Mechthilde leise und erschrocken hervor.

Mit mattem, fast klanglosem Wimmern und dem hoffnungslosen Gleichmut des Elends sagte Seneca:

„Erbarmen, erbarme dich meiner, hab' Mitleid mit einem armen Mann, den ein grausames Geschick bis hierher verschlug."

Seneca erkannte Mechthilde nicht; er sah sie kaum an, und sie schlug in ihrem erstaunten Schrecken die Hände zusammen und blickte zum Himmel auf.

„Wenn ihr Christen seid, so nehmt mich auf," fuhr der Konsul fort, „seid ihr aber Römer, so habt Erbarmen mit mir, und stoßt mir ein Messer in die unglückliche Brust. Mein Leben ist mein Elend — erbarmt euch meiner."

Gedachte Mechthilde jenes Tages, wo sie selbst in der Via Lata solche Worte — fast dieselben — in ihrem übermenschlichen Leiden ausgestoßen hatte an der Tür desselben Mannes, der sie jetzt, hilflos und elend zu ihren Füssen liegend, sie selbst um Erbarmen anflehte? Gedachte sie der grausamen Schläge, die sie als Antwort auf ihr heißes Flehen zu Boden geworfen, in Verzweiflung gestürzt hatten? Gedachte sie ihrer toten Söhne, der Rache ihrer Kinder, die man wie wilde Tiere in der Arena zu unförmlichen Klumpen geschlagen hatte? Gedachte sie endlich des Mannes, der sie den Schlägen seiner Sklaven preisgegeben, der sie und die Christen alle auf den Tod verfolgt und gemartert hatte, der selbst nie wusste, nie wissen wollte, was Erbarmen ist?

Seneca versuchte aufzustehen; er stützte sich auf die Arme und wollte sich erheben, aber kraftlos brach er wieder ächzend zusammen.

„So lasst sie kommen! — Lasst sie mich auch zerfleischen und zerreißen, lasst sie mich dem hungernden Bestien vorwerfen, wie sie es — mit den —

anderen gemacht haben — ich hab's nicht besser verdient."

Dumpf stierte er vor sich hin, wie fühllos gegen sein eigenes Elend.

Oder gedachte Mechthilde der Worte, die der Mund, der jetzt über ihr auf eine Stange gespießt hing, und nichts mehr sagen konnte, ihr verkündet hatte, der mit der Allgewalt des jungen Christentums gesprochen hatte: Liebet euch untereinander!

Sie war Christin — nicht nur dem Namen nach, solche gab es zu jener Zeit noch nicht! — und kaum hatte sie ihren Schreck überwunden, beugte sie sich auch schon zu dem hilflosen Seneca herab und sagte mitleidig und tröstend:

„So komm und steh auf, wir wollen dich in Sicherheit bringen. Komm, der Tag bricht an und wir müssen uns beeilen."

Wieder richtete sich der alte gebrochene Mann in die Hohe, diesmal von Mechthilde hilfreich unterstützt. Plötzlich ging aber eine zuckende, krampfhafte Bewegung durch seinen Körper, voll und starr richtete er die Augen auf die Gestalt Mechthildens und stieß einen unheimlich klingenden Schrei des Schreckens aus.

„Oh ihr heiligen Götter da droben, bist du es?

Bist du die Frau, die immer Erbarmen rief deren Söhne — Oh — lass mich, weg, weg, sage ich!"

„Lass das Vergangene vergangen sein und komm, Konsul, die Zeit drängt, wir müssen uns beeilen."

Aber mit Aufbietung der letzten Kräfte entriss sich Seneca ihren Händen, richtete sich vollends auf und trat fliehend von ihr weg. Noch einmal siegte Scham und Schande vor der Frau, die er über alles beleidigt hatte, und über seine elende gebrechliche Schwäche. Wankend und taumelnd, wie irrsinnig, ging er die Treppe hinab und die Straße entlang.

„Lass mich" — lallte er — „lass mich. Meinen Weg muss ich gehen, es ist zu spät, ich kann nicht mehr umkehren."

„Was tust du, Seneca," rief ihm Mechthilde nach, „Du gehst in dein Verderben! Steige ein und du bist gerettet."

Seneca taumelte immer weiter. Klagend und jammernd tönte seine Stimme noch von weitem:

„Oh ihr großen Götter von Rom, ist mein Schicksal noch nicht grausam genug? Habt ihr euch noch nicht genug gelabt an meinem fluchbeladenen Untergang, muss ich auch noch dem Spott und Hohn meiner Feinde verfallen? — Zerreißt mich, Römer, zerfleischt mich, werft mich vom tarpejischen Felsen[36] hinunter in die grauenvollen Riffe, dass die Vögel meinen Leib fressen, nur erspart mir den Hohn des Schicksals, den ich nicht verdiene."

Noch einmal bäumte sich in Seneca der verhängnisvolle Römerstolz auf, noch im Untergehen prahlte er mit einer Größe, die keine war — Mechthilde konnte ihm nicht folgen, so gerne sie es getan hätte, traurig sah sie ihm nach, wie der taumelnde Greis in dem dämmernden Morgen verschwand. Dann sah sie sich mit hastigen Blicken in der Straße um — noch war alles still und leer. Aber es wurde zunehmend heller und eilig machte sie sich an ihr Werk. Mit einem krummen — wie eine umgekehrte Sichel gebogenen — Messer schnitt sie die Stricke durch, die den Körper des Apostels an der gemonischen Treppe hielten, umfasste ihn mit starken Armen und hob ihn in den Wagen, wo ihn Livia, die Gattin des Sertrinus, in Empfang nahm und bettete. Mit gleicher Geschwindigkeit nahm sie auch den Kopf von der Stange, den sie fromm küsste und ebenfalls unter dem schützenden Dach des Wagens barg. Dann stieg sie selbst wieder ein und der Wagen rollte auf seinen breiten, plumpen Rädern polternd über das großsteinige Pflaster davon.

Wieder lag die gemonische Treppe stumm und schaurig in der Morgendämmerung, wie vorher, aber Seneca hatte

---

[36] Tarpejischer Fels: südliche Spitze des Kapitolhügels, von der aus Todesurteile durch Hinabstoßen vom Fels vollstreckt wurden.

ihr sein Opfer gebracht und der Leib des Apostels war geborgen!

18. Kapitel

Mit den ersten Sonnenstrahlen, die über die gemonische Treppe fielen, erschien vor derselben, kaum eine Stunde nachdem Sencca den Platz verlassen hatte, ‚Zeuge' Pollio mit etwa hundert oder hundertundfünfzig Soldaten. Mit ihm kam der ‚Philosoph', der Jünger des Diogenes und Demetrius, den Seneca auf der Treppe des Tabulariums getroffen hatte. Sie waren auf der Suche nach dem alten Konsul.

Hundertmal war Pollio, dieser edelste aller römischer Ritter die Via Sacra auf und niedergestiegen, hatte die Sklaventreppen des Kaiserlichen Palastes in Anspruch genommen, in dem Amt der Bittschriften geliebdienert und dem Vorsteher des Kaiserlichen Schlafgemaches, dem Freigelassenen Vincentius Versprechungen und Geschenke gemacht, bis endlich seine diplomatische Begabung und sein eifriger Patriotismus trotz des Unglücks, das zu seinem großen Leidwesen seinem Protektor, dem herrlichen Vatinius widerfahren war, zur Anerkennung gekommen war; er hatte in dieser Weise den Auftrag zur Verfolgung der flüchtigen ‚Verschworenen', insbesondere des Konsuls Seneca erhalten.

Wenn jemand hätte behaupten wollen, nicht das sei ein Verbrechen, sich gegen einen solchen Kaiser wie Nero einer war, zu verschwören, sondern vielmehr sich nicht zu verschwören sei ein Verbrechen an Staat und Bürger, so hätte ihn Pollio ohne Weiteres niedergemacht. Er war von einem ebenso eifrigen und lobenswerten, wie grenzenlosen Patriotismus und gab sich der Lösung seiner schmierigen Aufgabe mit aufopfernder Energie hin.

Es ging für Pollio nicht darum, einen armen altersschwachen Mann einzufangen, sondern die Aufgabe des Pollio ging dahin, das Haupt und die Seele der gegen Kaiser und Reich gerichteten furchtbaren Verschwörung dingfest und unschädlich zu machen, das Reich zu retten, den Kaiser zu schützen, mit seinem Körper zu decken, sich aufzuopfern für die Ruhe und das Wohl der erhabenen Majestät von Rom — Pollio war Feuer und Flamme! Auf ihm ruhte das Staatswohl, die Sicherheit der kaiserlichen Person — oh, er wollte sie schon dingfest machen, die im Finstern schleichenden Reichsverräter, die Verbrecher an Kaiser und Reich, er wollte... aber eigentlich wollte Pollio nur den Seneca beerben. Das sagte er aber natürlich nicht. Er sah in dem erhaltenen Auftrag eine Gelegenheit, sich wieder emporzuhelfen. Daher sein aufopfernder Patriotismus, seine unermüdliche Tätigkeit, des Konsuls habhaft zu werden.

Er war ganz der Mann, dem sterbenden Löwen noch einen Fußtritt zu versetzen.

„Lieber Freund," sagte Pollio zu dem schmierigen Philosophen, „vergiss nicht, dass du in meiner Gewalt bist. Sobald ich bemerke, dass du uns falsch führst, lasse ich dich peitschen."

„Ich sage dir, herrlicher Pollio, dass ich deinen Mann vor einer Stunde auf der Treppe des Tabulariums gesprochen habe, dass ich ihn herabsteigen und vor der gemonischen Treppe mit einem lauten Schrei zusammenstürzen sah, und wenn du mit dem Handeln und Feilschen nicht so viel Zeit verloren hättest, so würdest du ihn längst in mitten deiner Soldaten, solide und fest gebunden, führen," antwortete der Jünger des Zynismus.

„Und wo hat sich der Konsul von hier aus hingewendet?"

„Ich bringe dich dahin, wo er ist, wenn du mir zweihundert Sesterze zahlst. Hundert jetzt sogleich und hundert, wenn wir ihn haben. Zahlst du nichts, so gehe ich keinen Schritt weiter! Ist das nicht eine Lumperei? Für einen Konsul von Rom nur zweihundert Sesterze?"

Pollio hätte die hundert Sesterze in seinem patriotischen Eifer natürlich gern behalten, aber es blieb ihm nichts anderes übrig, als sich den Bedingungen des philosophischen Gauners zu fügen und so zog er einen Lederbeutel, den er an einer Schnur um den Hals auf der Brust trug, aus dem er dem Philosophen hundert Sesterze in die schmutzige Hand zählte. Um aber seinen Sesterzen noch einen besonderen Nachdruck zu verleihen, sagte er dabei drohend:

„Du lieferst mir also den alten Konsul aus, mein süßer Liebling. Finde ich heraus, dass du mich geäfft oder betrogen hast, so werde ich dir das mit der Peitsche in derber Weise bemerklich machen und zu deinem philosophischen Bewusstsein bringen, was für ein Staatsverbrechen es ist, einen kaiserlichen Beamten zu hintergehen."

„Habe keine Sorge, ich halte mein Pactum[37]," sagte der Zyniker und blinzelte dem zählenden Pollio listig und verschlagen an. Der robuste, starkknochige Mann stand dem Pollio gegenüber, als könne er ihn mit einem Schlag seiner nervigen Faust zu Boden strecken. Im Übrigen standen sich aber die beiden einander durchaus nah.

„Gut, gut, mein lieber Schatz; ich habe also entweder heute Abend meinen Konsul, oder du hast den Rücken so voller Schläge, dass du dein eigenes Fleisch zum Abendessen rösten kannst!"

Damit fing nun eine sonderbare Wanderung an, die wohl von einer genauen Kenntnis des Philosophen aller obskuren Tavernen und Spelunken in Rom vollgültige Beweise lieferte, sonst aber nur den Erfolg hatte, dass die Soldaten des Pollio nach und nach unter der glühenden Sonnenhitze eines römischen Hochsommertages unsäglich litten und den schäbigen Philosophen mit all seiner Kenntnis zweifelhafter und zweifelloser Herbergen in Rom in den Hades wünschten. Aus der elenden Tuskergasse, die zu zwei Dritteln in Trümmer und Schutt lag, weil die Bewohner zu arm waren, ihre durch die Feuersbrunst zerstörten Häuser

---

[37] Pactum: Vertrag

wieder aufzubauen, ging es immer im heißen Sonnenbrand hinaus zum Janiculus, in die verlassene Villa des Burrus, in die Kaisergärten, dann in die finsteren, übelriechenden Fischer- und Hafenarbeitertavernen, die längs des Tibers standen, überall mussten die Soldaten herumkriechen — ohne Erfolg. Hiernach ging es wieder zurück zum Aventin, wo sich die Soldaten in kleine Trupps teilen mussten, die bis zum Abhang des Palatin hin streiften, sich bis zur Porta Latina ausbreiteten und so über den Caelius bis gegen den Tempel der Minerva Medica und der Porta Tiburtina vorrückten. Die Mittagsstunden kamen darüber heran und die Hitze wurde immer unerträglicher. Seneca war wie verschwunden und die Soldaten murrten und fluchten wegen des unnützen Stöberns und Suchens. Aber der Patriotismus des Pollio wusste sie immer wieder von Neuem vorwärts zu bringen und mit Versprechungen zu füttern, so dass man sich entschließen konnte, nun die Villa des Seneca in Tibur abzusuchen. War der Konsul nicht in Rom, so musste er auf alle Fälle in Tibur sein, das war des Philosophen entschiedene Meinung. Die Sonne stand im Zenit, Hitze und Staub waren erdrückend und erstickend; dazu ein dreistündiger Marsch durch die verbrannte, baumlose Kampagna! Noch nicht ein Drittel des Weges war zurückgelegt und schon fingen die Soldaten an, der Anstrengung und Hitze zu erliegen. Sie fielen in der eintönigen Ebene, von Durst und Hitze gequält, nieder, oder suchten in einem der einzeln stehenden Hirtenhäuser Ruhe und Erholung. Die übrigen jammerten laut über den tollen, ruhelosen Marsch, als gelte es ein flüchtiges Wild zu jagen, wo doch bloß ein alter, kranker Mann zu fangen war. Selbst Pollio begann das Vertrauen in die Führerschaft des Zynikers zu verlieren und schoss wütende und drohende Blicke auf diesen hernieder. Die Lage des letzteren schien sich ungemein kritisch zu gestalten; die Soldaten ließen nicht mit sich spaßen, und wenn der tolle Konsul auch nicht in Tibur war, wo in aller Welt sollte er ihn dann noch suchen? An ein Fortstehlen, an ein Entweichen aus dem Soldatenhaufen war gar nicht zu denken, sie hatten scharf Obacht auf ihn und es wollte dem Zyniker scheinen, als ob er sich trotz aller seiner geriebenen Schlauheit und körperlichen Stärke in eine böse Falle begeben hätte.

So kamen sie in Tibur an. Die Villa Seneca's war leer! Die Herrschaft geächtet und verfolgt, die Dienerschaft entflohen, schien über das ganze, üppige, strahlende Gebäude, über die kühlen Gärten und plätschernden Fontänen, über die lauschigen Tempelchen und Jasminbüsche eine Verzauberung, ein Bann, ein Fluch gelagert zu sein — überall Totenstille, unheimliche Einsamkeit, Verlassenheit, Trostlosigkeit. Mit harter Schwere lag die kaiserliche Ungnade auch auf diesem lieblichen Tusculum und hatte aus diesem lebensfrohen, heiteren genussfreudigen, und glücklichen Heim — ein Denkmal der Unbeständigkeit und der Untreue der Fortuna gemacht.

Nichts von alledem sah Pollio. Mit lüsternen Blicken betrachtete er die feinen, kostbaren Einrichtungen, die

Bäder, die herrlichen statuengeschmückten Terrassen, die prachtvollen Innenräume, die Triclinien[38], das mit kostbaren Wandgemälden geschmückte Peristylium und anderes. Alles erregte seine Gier, seinen Neid vulgo Patriotismus an und zornig wandte er sich an den Philosophen, an dem er nun seine Wut über das Misslingen seiner Jagd auszulassen gedachte. Er sollte büßen für seinen — Pollio's — Misserfolg. Den Ärger über den Verlust der Belohnung, die ihm sicher gewesen wäre, wenn er sich als Überwinder des Seneca vor dem Kaiser hätte zeigen können, sollte der Zyniker hinunter würgen.

„Mein Herzchen," sagte er, „Du siehst, dass uns deine Wissenschaft einen schlimmen Streich gespielt hat. Ehe wir wieder in die Stadt zurückgelangen können, wird es Nacht und unser Flüchtling längst über alle Berge sein. Wir wollen also unsere Abrechnung gleich machen. Lege dich dort auf die Bank, meine Soldaten werden dich lehren, wie man mit kaiserlichen Beamten zu verfahren hat!"

Der Zyniker verfärbte sich! Die Geißelung war eine Strafe, die selten ohne Blut abging, und die Soldaten sahen ihm auch nicht danach aus, als ob sie nach den ausgestandenen Strapazen, die sie ihm verdankten, von Mitleid überfließen würden.

---

[38] Das Triclinium war in der Antike ein steinernes oder hölzernes dreiliegiges Speisesofa.

„Wie, du wagst es, mir, einem freien Römer, einem Zyniker mit der Geißelung zu drohen?" erwiderte er; aber seine Entrüstung missglückte. Auf einen Wink des Pollio nahmen ihn die Soldaten ohne weiteres fest und schnallten ihn auf einer Marmorbank in der Villa des Seneca mit Riemen fest. Der robuste Gliederbau des Zynikers nützte ihm dabei nichts, denn die Legionäre des Pollio waren derbe Gallier, die sich vor dem römischen Zyniker nicht zu verstecken brauchten. Lachend drängten sich die Soldaten um die Bank, immer einer nach dem anderen wechselten sie sich ab — beim Hauen; es kam auf einen Schlag mehr oder weniger nicht an.

Wie sich die Zeiten ändern! Das waren andere Töne, die jetzt durch die Gärten des Seneca hallten, als jene, die die Gärten zur Zeit Lakmes und Marcus durchrauschten, als sie in der lauschigen, mondglänzenden Liebesnacht am Herkulestempel unter dem Zauber ihrer ersten tiefen Liebesleidenschaft standen. Und wenn der Zyniker auch noch so sehr die Zähne zusammenbiss, hier half keine Philosophie und kein Zynismus, endlich öffneten sich Schmerz und Wut doch eine Straße und ein stöhnendes, hässliches Röcheln wurde hörbar, das sich zu einem entsetzlichen Geheul steigerte, als der Zyniker sein Blut vom nackten Rücken herunterrieseln fühlte.

Halbtot ließen ihn die Soldaten liegen und traten den Rückweg an. Eben ritt der edle Pollio mit sorgender, staatsmännischer Miene unter einer Terrasse der Villa vorüber, als eine gewichtige Amorstatue von der Terrasse heruntergeschleudert wurde und den Pollio so unglücklich auf den Schädel traf, dass er blutüberströmt und bewusstlos vom Pferd herunterfiel.

„Ist dir das zu viel Liebe, mein süßes Leben?" höhnte der Zyniker von der Terrasse herab. „Und ich gab's dir so gerne!" Keuchend und eilig entfloh er hierauf in die weiten Gärten des Seneca hinein, um sich einer etwaigen Rache der Soldaten zu entziehen.

So endete der große Patriot und edle Ritter Publius Silanus Pollio, tief betrauert von allen denen, die es ehrlich mit den Vaterland meinten und sein Wohl mit ganzer Kraft und Aufrichtigkeit erstrebten. Der edle Pollio war der bedauernswerteste, aufopferungsfähigste, mutigste und selbstloseste aller Staatsritter alter und neuer Geschichte; es war jammerschade um ihn. Er hatte alle Talente, die in Rom dazu gehörten, um ein bedeutender Mann zu werden und Pollio hatte deshalb alle Aussicht gehabt, schließlich doch wieder zu den verdienten Ehren zu kommen. Er war ein Schmeichler und Kriecher, gedankenlos, niederträchtig, gewissenlos, faul, dumm und liederlich, ohne Gemüt und von eiskaltem Egoismus, kurz er war ein echter römischer Patrizier neronischer Zeit. Er machte deshalb auch von allen Rechten eines solchen Gebrauch, d.h. er war rücksichtslos, grausam, unmoralisch. Er hatte ein geschmeidiges Rückgrat und ein gefühlloses Herz — wie gesagt — ein echter Römer. Ein Kind seiner Zeit, wurde an ihm selbst die edelste Blüte eines freien Volkstums, — nämlich der Patriotismus, zur Fratze, zum

Aushängeschild verworfener Leidenschaften und verlodderten Wesens.

19. Kapitel

In der Vigna, die etwas unterhalb der Piscina im Seneca'schen Park an diesen stieß, stand eine alte, halbverfallene Strohhütte, mit einem ärmlichen Strohlager, wie es von den Arbeitern, die in dem Weinberg arbeiten mussten, zum Schutz gegen die glühende Mittagshitze, oder auch zum gelegentlichen Nachtquartier eines Weinhüters benutzt wurde. Hierher hatte sich Seneca geschleppt; das war alles, was dem mächtigen und klugen Konsul von Rom von seiner Macht und seinem Reichtum geblieben war.

Die Sonne ging unter und Seneca schaute starr und grübelnd in den dunkelroten Ball, der sich am Horizont langsam und majestätisch herniedersenkte, auf den leuchtenden, glitzernden Streifen, den das tyrrhenische Meer bildete. Fortwährend und unverwandt verfolgte er den glühenden Feuerball mit den Augen, als ob er ihn noch einmal recht genau ansehen möchte, als ob er fürchtete, ihn nicht wieder zu sehen, weder morgen, noch übermorgen, noch je. Wunderlich jagten sich seine Gedanken in dem fiebernden Hirn und suchten die Grenze festzustellen, wo die Unerträglichkeit des Lebens sich mit der von ihm so geistreich und glänzend erwiesenen ‚Wohltat des Todes' verbindet. Er fand sie nicht! Und doch sah er die Sonne so aufmerksam und genau an, als wusste er bestimmt, dass er sie nie, niemals wiedersehen werde und er wäre darüber fast zufrieden gewesen, — wenn nicht die Nacht, die grauenvollste, schauerlichste Nacht zwischen dem Heute und Morgen gelegen hätte, die Nacht, die die geheimnisvolle Grenze unerbittlich barg und bergen musste — aber er fand sie nicht, fand sie noch nicht, obwohl er ein ganzes Leben lang mit geistreicher Schauspielerei darüber philosophiert hatte.

Da tauchte aus den niedrigen Weinstöcken eine wunderliche Gestalt auf und stellte sich zwischen ihm und die Sonne. Der Mann, der da stand war steinalt, seine Haut war lederartig und braun, im Gesicht mit tiefen Runzeln bedeckt. Seine Haare, die ganz kurz geschoren waren und sein Bart, der gar nicht geschoren war, sondern lang über die Brust herabhing, waren aber trotz seines Alters nicht grau oder weiß, oder eisgrau, sondern, wie seine Augen, pechschwarz. Dem ganzen Kopf sah man eine orientalische, vielleicht arabische, Abstammung an. In der alten runzligen Hand hatte er einen Stab, roh, knotig, viel länger als der Mann selbst war, an dem er sich aufrechter hielt. Sein Körper war krumm, gebeugt; alte zerrissene Kleider aus weißen Linnen, die ebenfalls mehr auf orientalische als auf römische Abstammung schließen ließen, bedeckten ihn nur notdürftig, Kopf und Füße waren nackt. Über das ganze Wesen lag war eine unendlich müde Traurigkeit, gepaart mit einer suchenden, ängstlichen Hast, die sich namentlich in den unruhigen Augen aussprach. Er machte den Eindruck, als wenn er seit hundert Jahren etwas suchte und nicht fand und doch finden musste.

„Was suchst du denn?" fragte Seneca.

„Ruhe!" antwortete der alte Mann.

„Hier? — Ha ha!" Seneca schüttelte verwundert den Kopf. Alles war in Rom zu finden — nur das nicht!

Zum Erbarmen müde und traurig, seufzte der Mann tief auf, hielt sich mit beiden Händen an seinem Stab fest und sandte den Blick sehnsüchtig und suchend zum Himmel.

„Wer bist du denn?" fragte Seneca weiter.

„Wer ich bin! Vom Ganges bis zum Tiber habe ich die Länder durchwandert, habe des Lebens Joch und Qual redlich getragen, vom Schmerz des Erdenlebens wurde mir nichts erspart, aber überall, wo ich mein müdes Haupt zur Ruhe betten wollte, schallte dieselbe Frage an mein Ohr, floh man mit demselben Grauen, so wie du dich abwenden wirst, wenn du meinen Namen gehört hast."

Seneca sah den Mann noch schärfer an. Aus den Augen schien ein unheimliches, schauerliches Grauen zu drohen, dem sich der Konsul in seiner elenden Lage am liebsten entziehen wollte. Er hatte keine Furcht vor dem Mann — was hätte ein Seneca noch zu fürchten gehabt? — aber der Mann vor ihm erschien wie das leibhaftige Weltelend, vor dem Seneca Grauen empfand. Er verfiel wieder in Zweifel, ob er wirklich schon auf der tiefsten Tiefe des menschlichen Verfalles angekommen war, ob ihm im nächsten Augenblick nicht noch ungeahnte Abgründe des Lebens offenbar würden.

„Wie?" sagte er, „dir soll es noch elender gehen, als Seneca? Oh, sei ruhig, das ist unmöglich. Wer du auch bist, Seneca ist so gesunken und verachtet, so schlecht und verfolgt, dass er niemandem verflucht, und glücklich wäre, wenn ihm niemand mehr verfluchen würde.

Was du auch getan hast, Seneca verflucht dich nicht, Seneca ist noch viel sündhafter als du."

„Sage das nicht, denn du weißt nicht, was du sagst. Für mich hat die Welt weder Hoffnung noch Schrecken, weder Freude noch Grauen, denn ich habe das Schrecklichste gehört, was die Welt erlebt hat und nie wieder erleben wird, ich habe das ‚Kreuzige ihn' des Judenvolkes vor der Treppe des Pilatus zu Jerusalem gehört!"

„Du bist." Entsetzt hielt Seneca inne.

Der Alte aber fuhr hastig keuchend und mit der Angst der Verzweiflung fort:

„Ja! Über mir stand der, der über Leben und Tod zu gebieten hat, den sie ihren Gott nannten, — gleich wie mir ein Verbrecher. Und sie schrien immer wilder und grässlicher: „Kreuzige ihn, kreuzige ihn und gib Bar Abbas[39] frei!" Er aber sprach zu mir: so lebe Du! — Da

---

[39] Bar Abbas (Barabbas): war ein Mann, der sich in der Zeit der Passion in römischer Haft befand. Diesen Berichten zufolge soll Pontius Pilatus dem versammelten Volk die Alternative

war ich zum Leben verdammt — oh, zu einem fürchterlichen, qualvollen Leben, denn jener Ton treibt mich ruhelos durch die Welt ohne Ende, ohne Ziel — zur Lebensqual."

„Unglücklicher," schrie Seneca, „Du bist Bar Abbas!"

„Oh verfluche mir nicht, denn wahrlich, mein Unglück ist größer als meine Schuld!"

Seneca sagte nichts und sah starr vor sich nieder. Bar Abbas trug das Unglück, Seneca aber trug die Schuld!

Nach einer langen, langen Pause fuhr Bar Abbas in einer weichen, schwärmerischen Träumerei, wie sie den Orientalen eigen ist, fort:

„Mein Fluch erfüllt sich, — Tag für Tag. Er war ja da, das Himmelslicht der Liebe zu einander, es leuchtete ja durch die Welt und doch erschallte das: Kreuzige ihn, damals wie heute und durch alle Zeiten. Aus jedem Mund tönt es mir zu — aus deinem auch! Er trug das Kreuz, den Schandpfahl des Verbrechers hat er mit seinem Leib veredelt, zum Glaubenssignum einer besseren Welt gemacht, zum Liebeszeichen umgewandelt — und doch hör ich's noch alle Tage das wilde, grauenvolle: „Kreuzige ihn."

---

angeboten haben, entweder ihn oder Jesus freizulassen. Das Volk entschied sich für Bar Abbas.

Noch versunkener, weltentfremdet und von wildphantastischen Verzückungen unterbrochen, fuhr Bar Abbas fort:

„Mein Fluch erfüllt sich, — Tag für Tag. Das Grauen vertrieb mich aus dem Vaterland — zu euch, nach Rom!"

„Schweig still, Bar Abbas, still."

Müde, elend schlich Bar Abbas weiter. Seneca sah starr, totenähnlich vor sich nieder und schien nicht zu bemerken, was um ihn herum vorging. Stunden waren bereits wieder vergangen, die Nacht war vollständig hereingebrochen und der Mond leuchtete mit seinem goldigen Licht heimelig süß über die rauschenden Gärten des Seneca, wie über die elende Weinhüter Hütte und über den elenden Seneca selbst, als dieser, wie vom stillen Wahn umnachtet murmelte:

„Und warum tötest du dich nicht selbst?"

Er war offenbar der Meinung, Bar Abbas sei noch da, denn an diesen war die Frage gerichtet. Seneca sah auf, als er keine Antwort hörte, und bemerkte, dass er allein war. Allein, verlassen in seiner Not, gestürzt von seiner Höhe, verfolgt, verflucht, allein! Ohne Trost und ohne Pflege in seinem Alter, ohne liebende Hand, die seine fiebernde Stirn kühlte, die seine wilden Fieberphantasien bändigte, dem Wahnsinn wehrte, der ihn umdrohte— allein! Müde erhob sich Seneca.

Dieselben Ideen, mit denen er sonst zierlich, kunstgerecht und geistreich gespielt hatte, hatten jetzt ein so ganz anderes, unheimliches, grässliches Gesicht, sein gebildeter Geist bäumte noch immer erschreckt zurück vor dem Selbstmord, dieser höchsten und ärgsten Brutalität gegen die Natur.

In der Verzweiflung seines Herzens hinausstarrend in die wonnige Frische der mondhellen, zauberischen Sommernacht, tauchte vor seinem Geist wieder die Naumachie aus seinem verbrannten Haus in der Via Lata auf, und es schien ihm, als wenn der Neptun jetzt wirklich auf das Ungeheuer des Meeres zugestoßen hätte, aber es war kein Dreizack, mit dem er dem Meerungetüm die Todeswunde beigebracht hatte, sondern es war ein kleines, unscheinbares Holzkreuz und der Neptun war nicht mehr der Neptun, sondern eine Lichtgestalt, welche die Züge des Paulus trug. Während das Ungeheuer in furchtbaren Todeszuckungen verendete, wuchs das Kreuz in der Hand des Paulus und nahm einen leuchtenden Glanz an, der sich weit über die ganze Stadt und das Reich verbreitete und alle Völker der Erde fielen betend vor dem glänzenden Kreuz nieder und vor dem, der es hielt. Überall hörte Seneca das siegende Singen der Christenlieder und überall sah Seneca das Leuchten des Kreuzes zurückstrahlen aus den Herzen der Menschen und hoch am Firmament las er in großen Flammenzügen die Worte: In Hoc Signo Vinces! Da fühlte sich auch Seneca durchbohrt von dem kleinen Holzkreuz, dem er sich hatte entgegenstellen wollen und alles um ihn her brach in sich zusammen und stürzte mit ihm in die grauenhafte Tiefe eines Abgrundes wo er ächzend und stöhnend lag und das Blut aus seinem Innern fließen sah. —

Jämmerlich tönte das Stöhnen des armen Seneca aus der Strohhütte in die warme, wohlige Sommernacht hinaus, ein entsetzlicher Gegensatz zu dem Frieden und zu der Harmonie der Natur. —

Seneca erwachte aus seinem quälerischen Halbschlummer und starrte entsetzt wie geistesumnachtet zum Ausgang der Hütte, als ob ihm von dort Hilfe, Errettung, Erhörung kommen müsste! Oder musste er sein Elend immer noch weiter tragen?

War auch er zum Leben verdammt, zur bewussten Qual? Doch nicht zu ihm hatte der Christ gesagt: so lebe Du! Er war nicht Bar Abbas.

Da glitzerte etwas im Mondschein!

Seneca fuhr hastig auf den Gegenstand los. Niemand hätte geglaubt, dass der alte, kranke, halb irrsinnige Mann noch so rasche Bewegungen machen könnte. Mit gierigen, irren Glitzern hefteten sich seine Augen auf den Gegenstand. Es war ein Messer, wie es die Sklaven beim Verschneiden der Reben in den Weinbergen brauchen, Griff und Klinge zusammen etwas mehr als handlang. Der Griff war ganz roh aus Holz gearbeitet, die Klinge in herkömmlicher — jetzt allerdings fremder Form — in sonderbarer Weise gebogen. Die so gebogene Klinge hatte zwei Schneiden und wand sich in drei Bogen zu einer scharfen Spitze in die Höhe. Sie war etwas verrostet, nicht so blank wie ein Theatermesser, nur an den Schneiden glänzte sie. Seneca prüfte die Spitze, indem er sich leicht in den Finger stach. Ein kleiner, schwacher Laut entrang sich ihm. Das Messer war sehr spitz und sehr scharf!

Er seufzte; die Hand mit der er das Messer hielt, sank matt herab und Seneca trat vor den Ausgang der Hütte, als wollte er sich umsehen, oder Luft schöpfen; eigentlich war es aber wohl nur eine zögernde Unruhe, eine auswegsuchende Geschäftigkeit, die sich seiner bemächtigte. Die Wirklichkeit, die vor ihm stand, war zu grauenvoll, die Grenze, an der er nun stand, war zu entsetzlich. Wenn auch sein Geist und Körper nur noch Ruinen waren, so waren es doch immer Ruinen eines hochentwickelten, feingebildeten und groß angelegten Geistes, die hier unter den Trümmern eigener Kraft und Größe zusammenbrachen.

Seneca schabte mit der Klinge des Messers sein Kleid vom rechten Unterarm zurück. Der Arm war abgemagert, grau, faltig in der Haut; man sah die Adern liegen. Dann schlug er plötzlich mit einer kräftigen Handbewegung das Messer auf den Arm und schnitt dadurch die Pulsader durch. Ein leiser, mit hinfälliger Kraft ausgestoßener Schrei durchzitterte die Luft, und ein dünner Blutstrom, der sich alsbald in einzelne Tropfen auflöste, floss träge und langsam aus der Wunde hervor. Es war ganz wenig Blut! Nicht einmal so viel, wie von einem Huhn. Tropfen auf Tropfen sickerte aus der Wunde auf den Sandboden;

es genügte nicht einmal, um einen kleinen Tümpel zu machen. — Seneca hatte in den letzten Tagen so wenig gegessen — woher sollte das Blut kommen? Trotzdem fühlte er, wie es Nacht um ihn wurde, seine Sinne verwirrten sich — er fühlte eine Ohnmacht nahen. Aber er wollte den Schritt ganz tun, nicht nur halb! er wollte und musste sterben.

Da setzte er sich in Ermangelung eines anderen Gerätes nieder auf sein ärmliches Strohlager, nahm das Messer in seine verwundete rechte Hand und versuchte noch die linke Pulsader zu durchschlagen; aber es gelang ihm nicht — die Hand war zu schwach geworden! — Es war ein Bild jammervollsten, grauenhaftesten Menschenelends, das sich jetzt darbot. Ein furchtbarer, schon von den Todesschatten umnachteter Blick fuhr blitzschnell in der Hütte umher, wie um Hilfe zu suchen zu einem fürchterlichen Werk, ein Blick voll Todesangst und Grauen vor einer Zukunft und voll Leid über sein erbärmliches Elend und klägliches Ende.

„Hilft mir niemand?" röchelte er.

Wer hat nicht schon die markerschütternde Stimme — und sei sie noch so schwach — eines Sterbenden gehört, der in Todesschauern ringt und kämpft? Dieses wie schon weltentrückte, geisterhafte Lallen? Die Stimme des Seneca klang vollständig verändert — wie Gespensterhauch, wie losgetrennt von seinem Wesen; trocken, krächzend, krampfhaft rang es sich aus seiner Kehle hervor in die holde friedliche Sommernacht! Er erschrak selbst über diesen Ton. Schreckensbleich, und mit der Kraft der Verzweiflung fasste er nochmals das Messer und bohrte es tief in den linken Unterarm ein.

Dick, fast knochig guckte ein Stück der Arterie aus der Wunde heraus, wieder ein dünner, schwacher Blutstrom, wie beim rechten Arm es war ein trauriges Sterben. Kein mitleidiger Wahnsinn umfing ihn, ungetröstet, unbeweint, ohne Gebet, mit schwerer Schuld belastet, die Erlösung vom Leben mit einer letzten Sünde erkauft und doch zitternd, hilflos und bebend vor Todesangst — ein Opfer des Gottesgerichts!

Da tönte durch die stille Nacht ein wunderbares Klingen und Singen. Leise, aber eindringlich — nicht in dem barbarischen Unisono der Römermusik, — sondern in weichen, seelenvollen Akkorden klang es durch die heilige, friedliche Sommernacht. Seneca lauschte; neues Leben schien seine Züge zu durchzucken, neuer Glanz belebte sein Auge! Was war das? Sollte er in seinem einsamen traurigen Sterben noch Hoffnung schöpfen? Wie vom Himmel herab drangen die Töne zu ihm, ein neues nie geahntes Glück, ein zum Herzen dringendes, sanftes, tröstendes Gefühl quoll aus den Tönen des frommen Chorals heraus — Seneca fühlte es ganz deutlich, — in diesen Tönen ruhte etwas Göttliches, ein Funke jener allmächtigen Kraft, welche der Genius der Menschheit allen in die Brust gelegt hat zur Wehr gegen Trübsal, Trauer und umnachtende Verzweiflung.

Es waren die in der Piscina des Konsuls versammelten Christen, von denen dieser Trauergesang ausging. Um die Leiche des Apostels versammelt, gaben sie ihrer Verehrung und ihrem Schmerz in herzerhebender Weise Ausdruck. Mit unsäglicher Anstrengung hatte sich der sterbende Seneca erhoben, wankend und blutend, mit den Händen tastend, versuchte er den Ausgang der Hütte zu gewinnen, um sich der Gemeinde zu nähern; der Mann, der dem ‚Hohn des Schicksals' hatte entfliehen wollen, ging jetzt gespenstergleich dem strahlenden Kreuz entgegen — nicht aus Rache oder Verfolgungswahn — die Zeiten waren vorbei; sondern aus innerem Antrieb seines besseren Teiles. Er konnte nicht sterben, ehe er nicht einen einzigen Funken jenes ewigen Lichtes erhaschte, ehe ihm nicht der letzte Hoffnungsstrahl geleuchtet hatte.

Aber Seneca hatte seine Kräfte überschätzt. Von der Strohhütte ging kein guter Weg zur Piscina hinauf und so wollte sich der Konsul durch verschlungene Reben und regelmäßig in Reihen aufgepflanzte Weinstöcke einen Weg bahnen, wobei er strauchelte und zwischen den Weinstöcken zu Fall kam. Hier konnte er sich nicht mehr erheben. Er wollte rufen, denn er war ganz nahe und konnte die Stimmen der in der Piscina Versammelten unterscheiden, aber seine Stimme versagte. Nur ein tonloses, heiseres Ächzen stieß er heraus.

Mit dem feinen Gehör, das Sterbenden so oft eigentümlich ist, hörte er die Stimme des Predigers Urbanus aus der Piscina heraustönen, die sagte:

„Semen est ecclesiae sanguis martyrum. — Sie glaubten ihn und unsere Brüder zu töten, aber sie wandten nur den Glorienschein des Martyriums um ihre Häupter, der Strahlenglanz, der im ewigen Leben schöner und mächtiger leuchtet, als irdische Kaiser- und Königskronen; sie töteten nur ihren Leib und befreiten ihre Seelen; sie haben sich durchgerungen zum Höchsten und Besten, und wie Paulus selber von sich sagt: ‚Ich bin kein Fauler gewesen‘, so werden auch die übrigen einst sagen können, wir sind nicht müßig gewesen und haben mit unserem Pfand gewuchert. Denn ihr Zeugnis, dass sie mit ihrem Blut und Leben besiegelten, ist eine neue Hoffnung geworden in der Welt, sie haben das Leben siegreich überwunden und die Ewigkeit errungen. —" Weinen und Schluchzen der Frauen, die um den Sarg des Apostels herum knieten und beteten, hörte Seneca aus der Piscina dringen, und Lichtstrahlen fielen heraus, lockend verheißend — wie das Leuchten des Kreuzes, das er in seinen Fieberphantasien gesehen hatte — aber er lag ohnmächtig ächzend fest und konnte sich nicht nähern. War es nicht doch ein Hohn des Schicksals, dem er erlag? So nahe der tröstenden Hoffnung, konnte er ihrer doch nicht teilhaftig werden.

Wie anders als sein Sterben war der Tod des Apostels. Dort standen die, die er gelehrt hatte, um seine Leiche trauernd und noch in liebender Trauer erhoben, durch den lichtumflossenen Sieg, durch die Erlösung des verehrten Lehrers. Das war kein Ende, sondern es war der Anfang eines ewigen, ruhmvollen Glanzes.

Wo waren seine, des Seneca, Schüler und Anhänger? Wer trauerte um ihn, den Philosophen, den Konsul? Wo waren die Früchte seiner Existenz, wo war die Ernte seiner Aussaat? Wer Liebe sät, wird Liebe ernten. Seneca hatte aber keine gesät — aus seiner Saat gingen schwarze Schatten hervor, die ihn umdrohten. Sein Tod war das Ende, das Verschwinden, Verlöschen aus dem Leben, aus dem er nur die Erkenntnis seiner eigenen Ohnmacht und das Ahnen der sittlichen Macht und Größe des Christentums rettete.

„Die neue Hoffnung", — tönte die Stimme des Urbanus weiter — „ist nicht ein Sieg über die irdische Materie, nicht ein Sieg über unsere Verfolger und Feinde, denn der Christ sagt: Liebet eure Feinde, — nicht ein Sieg, der Glanz und Ruhm, Macht und Reichtum verleiht, denn diese untergraben unsere Seele, sondern der Sieg der neuen Hoffnung, des christlichen Glaubens ist ein Sieg über uns selbst, über unsere Leidenschaften, über unsere dämonischen Kräfte, die uns mit dem Verlust des irdischen Glücks und mit dem Verlust des ewigen Lebens bedrohen, die unser besseres, edleres Sein zerstören und unsere Seelen schädigen. Der Sieg der neuen Hoffnung ist die Überwindung unserer Schwächen, damit wir des ewigen Lebens teilhaftig werden, die Erkenntnis des Evangeliums, der Liebe der Menschen unter einander, ohne welche es kein Glück und Segen gibt, weder hier noch dort. Der Sieg der neuen Hoffnung führt uns durch strenge und harte Entbehrungen und zeitliche Leiden zur glücklichen Zufriedenheit im Leben und zur Freude der Seligkeit nach dem Tod. Das ist die

Verheißung unseres Herrn, und unser Glaube daran macht uns selig!"

Seneca machte gewaltige Anstrengungen, um sich aufzuhelfen. Tief gruben sich seine blutigen Hände im weichen Erdreich ein, seine Augen traten irr aus ihren Höhlen — sollten seine Qualen nie enden? Was wollte er noch? Konnte er noch immer nicht sterben?

Er hat gehört, dass der Christ, als er noch auf Erden wandelte, durch Auflegen der Hände, durch Blicke und Reden die Menschen erlöst habe. Warum sollten seine Priester diese Kraft nicht auch haben? Und wenn er vor dem Priester zusammenbrach, was lag ihm daran? Wenn er nur nicht früher zusammenbrach, er musste zur Piscina; irre Töne zwängten sich hervor aus seiner Brust und er machte mit seinen letzten Kräften der Verzweiflung Versuche, sich zu erheben, aber er lag in der Tiefe des Abgrunds, hilflos, jammervoll sah er von Weitem das Licht der Erlösung, und konnte es nicht erreichen, es war — zu spät.

Da hörte er plötzlich noch einmal das donnerähnliche Krachen im Himmelsraum, noch einmal sah er das gewaltige Flammenmeer am Horizont aufleuchten, ganz wie vorhin und das Wesen erschien, dass er so sehr fürchtete, das zwei Köpfe hatte, einen für die, welche es liebte, einen anderen für die, welche es hasste — Es war zu spät. Seneca war ein Heide und blieb ein Heide. Da half kein Auflegen der Hände, keine Worte und Blicke, Seneca begriff den Christengott nicht, er sah immer nur das Wesen, das seine Philosophie geschaffen hatte und gerade dieses verdammte ihn. Denn das ist der Fluch der Wissenschaft und des Unglaubens, dass sie hoffnungslos machen und hoffnungslos untergehen lassen!

Gehobenen Herzens und voll freudiger Zuversicht verließen die Christen die Piscina des Konsulpalastes und Marcus ging mit Lakme still und in sich gekehrt, die Vigna hinab. Da stieß sein Fuß an einen leblosen Gegenstand, und im ungewissen Mondlicht starrte ihn ein schmerz- und gramverzerrtes Gesicht entgegen. Die Augen weit und fürchterlich geöffnet, gegen den Himmel starrend, die Finger wie im letzten Verzweiflungskampf in die Erde gewühlt und krampfhaft geballt, tot und starr und kalt, wie ein aus dem Leben und Weben der Natur ausgestoßenes wesenloses Ding — das war sein Vater! — Der große Konsul von Rom, der mächtige Seneca, der Philosoph lag in seiner schauerlichen Erbärmlichkeit da, von seinem Geschick ereilt. Marcus stand vor dem Ende all dieser Sachen und erschrak bis ins Innerste hinein vor dem grausamen Beweis der Vergänglichkeit des Ruhmes und Glanzes, vor dem tiefen Fall, den der Mächtige getan hatte.

„Sieh nicht hin, Lakme," sagte er ängstlich, „es sind die Schrecken des Todes, die unser Glaube besiegt hat und nur die Heiden treffen; was willst du dich entsetzen?"

Sorgend und schützend führte er sein Weib vorüber an dem grausigen Leichnam und erst dann tat er seine Sohnespflicht.

20. Kapitel

Um eine hübsche Sage, um eine niedliche Erfindung, eine bequeme Lüge war man in Rom nie verlegen; eine der schönsten und zugleich charakteristischsten war die von der Treulosigkeit und Unbeständigkeit der Fortuna. In dem Drang, dieser ebenso geduldigen wie bequemen Göttin möglichst vieles in die Schuhe schieben zu können, ihrer Treulosigkeit möglichst ausgiebig die eigenen Treulosigkeiten und Torheiten aufzubürden, wurde ihr Einfluss in Rom im Laufe der Jahrhunderte immer verblüffender. Rom baute dieser eigentümlichen, angeblich so sehr wandelbaren Göttin achtzig Tempel, der Göttin der Vernunft nicht einen! Das war denn doch ein sehr bezeichnender Kultus.

Warum hörte man denn in der stillen ländlichen Einsamkeit des meerumrauschten Marechiarum so wenig von der Wandelbarkeit des Glückes?

Tag für Tag leuchtete das wonnige, blauwogende tyrrhenische Meer um das Cap des Posillipo, Tag für Tag malte die Sonne von früh bis spät ihre Farbenwunder auf die Inseln, auf die Küsten und das Meer, in die Golfe hinein, in die Luft — Alles überstrahlte sie mit der glücklichen Überschwenglichkeit, mit der zierlichen, spielenden Großartigkeit, mit der ungebundenen selbstgefälligen Reichhaltigkeit einer glücklichen Natur, Tag für Tag rauschten geschwätzig-träumerisch die glitzernden Wellen des Meeres um die felsigen Küsten, sprangen im Übermut weißschäumend hinauf an den ragenden Felsen- oder Häuserwänden, tummelten sich im plätschernden, gurgelnden, quatschenden Geräusch um Löcher und Felsenritzen, brachen in die großen Tuffsteinhöhlen mit polterndem Rauschen ein und machten an den Wänden der dunklen Hohlen erschreckliche Echos, als wollten sie die Najaden erschrecken, Tag für Tag säuselten sanfte Winde über Wein- und Olivengärten dahin, bewegten einmal im langsamen flüsternden Rauschen, dann wieder mit gewichtigen, rollenden Brausen die Wipfel der Pinien- und Zypressen, die Zweige der Palmen — Tag für Tag brachte die Natur, was der Mensch zu seinem Glück braucht. Die Christengemeinde, die sich in Marechiarum um das Haus der Livia angesiedelt hatte, brauchte keine Fortuna, weder eine treue, noch eine treulose. Sie erkannten als dankbare Geschöpfe dem Gott das als Glück an, was die Natur bot und kümmerten sich wenig darum, wenn man anderwärts Begriffe über das Glück und die Glücksgöttin entwickelte, die aus Irrtümern und Leidenschaften der Menschen resultierten, wenn man in Rom für Glück hielt, was keins war, wenn man fortfuhr, sich — sozusagen — um allen Tod und Teufel zu kümmern und zu scheren, vom Glück verlangte, was es nicht zu bieten vermochte, sich abhetzte, stumpf und blöde machte in der Jagd nach etwas, was es nicht gab, was nur in der krankhaften Einbildung der Menschen lebte, und um das einzige, wahre, vorhandene Glück den Lebenden betrog. Die Leidensschule, die die geflohenen Christen in dem tosenden, qualsüchtigen Rom durchgemacht hatten, hatte sie erkennen lassen, was zum Glück gehörte und namentlich was nicht dazu gehörte. Deshalb hatten sie auch keinen Grund, über die Wandelbarkeit und Untreue des Glückes zu klagen, das sie durch tätige Arbeit und ruhiges Genießen an sich zu fesseln wussten.

Bald nach ihrer zweiten Ankunft im Marechiarum vernahm Livia, dass Sertrinus sie in Rom als Christin angeklagt hatte und zu ihrer Verfolgung nach Marechiarum aufgebrochen war. Sertrinus hatte zu viel Gefallen an dem Erbe seiner ersten Frau gefunden, um das Christentum seiner zweiten Frau nicht als ein todeswürdiges Verbrechen anzusehen. Auf seiner Reise von Rom nach Marechiarum war er aber in Capua erkrankt und wenige Tage darauf an einer hässlichen Blutvergiftung gestorben. Im Übrigen hatten die Christen in Marechiarum vor weiteren Nachstellungen Ruhe, da die neronische Christenverfolgung sich im Wesentlichen nicht über die Stadtgrenze von Rom erstreckte. Dieser Schrecken war einer späteren Zeit vorbehalten.

Seit dem Tod des Seneca legte sich auch in Rom selbst die Wut der Christenverfolgung, wenn auch immer noch manche Opfer fielen. Von allen Christen betrauert und beweint wurde der Prediger Urbanus, den nichts vermocht hatte, sein Amt in Rom selbst zu verlassen, an der lateinischen Straße gekreuzigt. Im vollsten und wahrsten Sinne des Wortes 'Treu bis in den Tod' war er vom Altar weg zum Kreuz geschleppt worden. Auf einem etwas erhöhten Punkt außerhalb der Porta Latina an der

Via Latina, wo er den Tod am Kreuz erlitt, wurde ihm ein Grabmal errichtet.

Mechthilde und Livia fanden sich in der gemeinsamen Wehmut und Trauer um Gernot und Hilderich immer inniger und liebevoller zusammen. Mechthilde sah in Livia gern einen Ersatz für ihre Söhne, eine Tochter, während Livia, die nach dem Tod ihres Mannes ihre Kinder zu sich nahm und sie selbst erzog, ihre Familie zu vergrößern strebte und sich kindlich an Mechthilde anschloss. Trotz ihrer verschiedenen Lebensläufe und Erfahrungen, ihrer verschiedener Abstammung fanden sich die beiden Frauen in dem gemeinsamen Glauben zu einander und bald gab es nichts Fremdes mehr zwischen ihnen. Schon dadurch, dass Livia ihre Kinder zu sich nahm, und sie selbst erzog, brach sie vollständig mit den Traditionen des römischen Adels, der in der Erziehung der Kinder eine Sklavenarbeit sah — wie ja zu allen Zeiten die Kinder unwürdiger Eltern ähnlichem Unverstand zum Opfer fallen. — Aber auch in ihrer übrigen Lebensweise, in ihren Anschauungen und Interessen ging sie allmählich in die gesitteteren Bahnen des Christentums über. Sie hatte in Pomponia, die ebenfalls in Marechiarum eine Zuflucht vor dem Wüten der Christenverfolgung in Rom gesucht und gefunden hatte, ein leuchtendes und belebendes Beispiel.

Die Jahre flogen dahin und Rom sah die ersten Flügelschläge einer neuen Zeit über sich wehen, sah in dem immer mehr und kräftiger aufblühenden Christentum die Erlösung von dem Elend, in welches der Wahnsinn der Cäsarenwirtschaft die Welt gestürzt hatte; das gewaltige Gefüge des römischen Weltreiches erbebte, ein anarchisches Zittern erschütterte das Reich und die Provinzial-Regierungen wurden immer selbstständiger, unabhängiger; den mächtigen Schwingungen jener siegenden neuen Hoffnung, welche berufen war, Jahrtautausenden ihren Stempel aufzudrücken, wich der Druck der Weltherrschaft, der Welttyrannei immer mehr und mehr. Zwar sind ja im Laufe der menschlichen Entwicklung auch andere Kräfte, elementare Naturkräfte in die Erscheinung getreten, und wurden die Ursache tiefgehender und nachhaltiger Veränderungen oder Besserungen, aber nie unterlag das Menschengeschlecht einer so glänzenden, veredelnden, Poesie- und seelenvollen göttlichen Kraft, nie wurde seine Vervollkommnung mächtiger gefördert, nie seine Existenz und Kampffähigkeit im Leben mehr gestählt und gestärkt als durch das Evangelium der Liebe, durch die Lehre vom reinen, ungetrübten Christentum.

Lakme, das rundliche Kind des sonnigen Griechenlands lag auf dem Dach des Landhauses der Livia und heftete ihre vollen, großen, feuchtglänzenden Augen nachdenklich auf das blauleuchtende, tyrrhenische Meer, das sich endlos vor ihr ausbreitete. Wie neckende, spielende Kobolde tauchten kleine weißglänzende Wellenhäupter auf und unter, Möwen mit glitzerndem Gefieder belebten die weite Wasserfläche, zogen unregelmäßige Kreise, netzten zierlich und graziös die fein gegliederten Flügel in den Wellen, oder schaukelten sich auf ihnen zur kurzen Rast, träumend und weltverloren ragten die dunkeln Felsen der Wunderinsel Capri aus den Wogen und unterbrachen wohltuend die weite Wasserfläche.

„Weißt du noch," sagte Lakme und schmiegte sich an den neben ihr ruhenden Marcus, „wie du mich in der Villa deines Vaters in Tibur so hart und rau behandelt hast? Oh, ich vergesse es nicht! Ich war deine Sklavin, du konntest mit mir tun, was du wolltest, mein Körper war dein Eigentum."

„Lakme!"

„Bitte sehr, nur mein Körper! du hättest mich töten können!"

„Oh, oh, wie hätte ich das machen sollen?"

„Jawohl! du warst ein böser Herr; was konnte ich tun gegen dich, ich kleines Ding? Ich sah wie deine Augen wild funkelten und fühlte deinen heißen Atem, du warst so verwildert"

„Vergiss es, Lakme! Ich habe mich immer bemüht zu vergessen, was vorher war; es war roh, barbarisch, hässlich!"

„Und doch erinnere ich dich gern daran. Es ist mir, als ob ich dich erst richtig schätzen und lieben lernte, wenn ich mich besinne, was früher war."

„Weißt du noch, Lakme, wie wir an dem verhängnisvollen Morgen aus der Piscina am Palatin traten, wo uns Urbanus getraut hatte, da sagtest du auch, du hättest dich eher getötet als einem Heiden dein Herz geschenkt."

„Ich hatte Recht!"

„Mir war an jenem Morgen so rein und religiös zu Sinnen, Urbanus hatte mein Herz berührt; und als wir durch den Park gingen und nach Hause kamen, da hast du mich doch von den ewigen Dingen abgelenkt wie ging das zu? Ich vergaß Himmel und Erde bei dir, Lakme; warum hast du dich in dieser Nacht nicht getötet?"

Lakme errötete tief und sagte:

„Oh, das war anders, ganz anders; deine Stimme war sanft, dein Herz war rein, du warst nicht mein Besitzer, du warst mein Mann, ich deine Frau, Marcus, das war doch ganz anders!"

Er beugte sich lächelnd über sie und küsste sie. — Sie erschrak nicht, sie war nicht prüde, sie versuchte sich ihm nicht zu entziehen! Lakme hatte eine Lehrmeisterin gehabt, die leider immer mehr und mehr in den Verruf der Unanständigkeit gekommen ist und immer weniger verstanden und immer mehr missverstanden wird — die Natur! Sie hatte den unbeschreiblichen Takt echter, natürlicher Weiblichkeit. Mit ihrer kleinen, feinen Hand fasste sie ihm in die krausen, schwarzen Stirnhaare und zog ihn daran zu sich hernieder um ihn wieder zu küssen — einmal, zweimal — hundertmal — sie hatten sich so lieb, und waren so glücklich! Warum hätten sie denn nicht genießen sollen, was die Natur ihnen rein und unverfälscht bot?

„Marcus," sagte sie nach einer Pause weiter, „warum macht die Liebe so unaussprechlich glücklich?"

„Weil sie so selten ist!"

Betroffen schaute sie ihn an.

„Selten? Warum sollte sie so selten sein?"

„Weil die Menschen meist schlecht und übel beraten sind. Nur gute Menschen können lieben und geliebt werden. Von allem auf der Welt lässt sich die Liebe am wenigsten täuschen, von allem rächt sie sich am grimmigsten für jeden Lug und Trug! Sie gibt reines Gold gegen reines Gold, aber Fluch gegen Täuschung!"

„Und warum täuschen denn die Menschen die Liebe?" Marcus strich ihre schwarzen Ringellocken zu einem mächtigen Zopf zusammen und sagte lachend:

„Kennst du die Welt so schlecht? Es gibt überraschend wenig Menschen, die wirklich wissen, was die Liebe eigentlich ist. Einige haben keine Zeit, oder glauben keine Zeit zu haben, um sich darum zu kümmern, andere sind zu viel Spekulant, um auf das Einfachste, natürlichste und glücklichste aller menschlichen Gefühle zu kommen, wieder andere täuschen sich selbst und nehmen und geben eine momentane Leidenschaft für

Liebe aus, die sich schon nach kurzer Zeit in ihre wahren Bestandteile auflöst. Die wunderlichsten Mischungen von Leidenschaft, Interesse und Unverstand werden an den Markt gebracht, für bare Münze gegeben und zur Schau getragen, weil man nicht bedenkt, dass man sich selbst am schwersten täuscht. Sie tragen nicht allein den Fluch der Lieblosigkeit, sondern es schwindet auch der Glaube an das Glück der Liebe, sie sagen und denken, was ihnen versagt ist, hätten andere auch nicht, vergessen, dass, wenn einer fehl geht, deswegen dieses Los doch nicht allen blüht. Die Menschen sind zu klug! Zum Glück aber braucht es mehr Gefühl und Herz, als Verstand, braucht es Einfältigkeit — ganz besonders zum Liebesglück!"

Die runde Lakme hörte verwundert auf die Weisheit ihres Mannes. Sein Mund floss ja förmlich über von Welt- und Menschenkenntnis! Sie hatte noch gar nicht gewusst, dass und was sie für einen gescheiten Mann hatte.

Bestürzt antwortete sie:

„Ist das nicht vielleicht eine Sünde, dass du das alles weißt?"

„Das Wissen ist Nichts, das Leben ist Alles." sagte Marcus und beugte sich zärtlich über sie.

Am Cap des Posillipo wehte ein günstiger Hauch. Schuld und Leidenschaft versank in der harmonischen Schönheit der Natur und die Menschen genossen, bewusst oder unbewusst, das stille, hohe Glück, das dem geheimnisvollen Walten der Natur entströmt.

Unter dem Oleanderbaum, in dessen Schatten Marcus und Lakme ruhten, regte sich noch ein drittes Wesen; es war noch ein ganz kleines Wesen und stellte eben kühne Versuche zum Gebrauch seiner Beine an, indem es versuchte, über den gewaltigen Körper des Markus hinweg zu klettern. Lakme schien eine besondere Anziehungskraft auch auf dieses Wesen zu haben, denn der pausbäckige Junge ächzte und pustete schwer, und gab sich gewaltige Mühe, um das in Gestalt seines großen Vaters vor ihm liegende Hindernis, zu überwinden. Das kleine Wesen nannte sich — oder wurde vorläufig noch genannt — Marcus Johannes Seneca und hatte die Merkwürdigkeit für sich, dass es an demselben Tag geboren worden war, an dem sich der große Kaiser des römischen Weltreiches, der letzte aus dem Hause der Cäsaren, der geniale und talentvolle Künstler Nero die Gurgel aufschnitt. Aber diese höchst sonderbare Merkwürdigkeit half ihm bei seinen Kletterversuchen — und auch sonst im Leben — nichts und wenn sein großer Vater nicht hinter sich gelangt und den kleinen Knirps mit einem „Da!" seiner Mutter in den Schoß geworfen hätte, so würde die Annahme gerechtfertigt gewesen sein, dass er heute noch klettern würde.

Lakme lächelte — oder vielmehr, ‚das Glück ruhte auf ihren Zügen aus!' und leuchtete und glitzerte in ihren feuchten Augen. Und nach einer Weile stellte Lakme, die mit einem gar nicht so glänzenden Verstand ausgestattet war die tiefsinnige Frage:

„Warum sind nicht alle Menschen so glücklich wie wir?" Marcus war schon ernster und verständiger aber diese Frage brachte ihn nun doch etwas ins Bedrängnis. Er beantwortete sie in seiner Schlauheit mit einer Gegenfrage und sagte:

„Weshalb tun nicht alle, was wir tun? Das Glück geht nicht aus der Welt, es ist immer da, nur die Menschen sind nicht immer so beschaffen, dass sie es verstehen und erfassen. Die Hoffnung und die erlösende Kraft des Glaubens sind immer da, aber die Menschen sind nicht immer geschickt, sie zu begreifen, und deshalb müssen sie vieles dulden!"

- **Ende** –

Weitere Bücher von Alexander Kronenheim:

Bücher aus der Reihe ‚Rom im Untergang'

Band 1: Eine neue Macht
ISBN: 9783738651812

Band 2: Kampf um Germanien
ISBN: 9783734787928

Band 3: Die Rückkehr der Götter
ISBN: 9783734745560

Band 4: Entscheidungsschlacht am Frigidus
ISBN: 9783734791222

Band 5: Aetius – Roms letzter Adler
ISBN: 9783738635034

Band 6: Aetius - Attilas Zorn
ISBN: 9783738635874

Band 7: Aetius - Die Zerstörung Aquileias
ISBN: 9783738635904

ROM IM UNTERGANG
Band 1: Eine neue Macht (ISBN: 9783734787911)
Band 2: Kampf in Germanien (ISBN: 9783734787928)

Band 1 und 2: Historische Romane welche zur Zeit Marc Aurels spielen, geschildert aus römischer Sicht und durch die Augen eines germanischen Tribuns. In spannender Weise werden die aufkeimenden Konflikte mit neuen Mächten beschrieben, welche als Auslöser des Untergangs von Roms gesehen werden können.

(ISBN:9783734787911)

(ISBN:9783734787928)

ROM IM UNTERGANG
Band 3: Die Rückkehr der Götter (ISBN: 9783734745560)

Historischer Roman zur Zeit Theodosius, geschildert aus Sicht der Bekenner der alten nationalen römischen Götter und durch die Augen des Alemannischen Herzogs von Italien christlichen Glaubens. In spannender Weise werden die aufflammenden Konflikte zwischen alter und neuer Macht beschrieben, welche als Auslöser des Untergangs von Roms zu sehen sind.
Auszug:
„Ich vermute, dass die Narbe, welche deine Stirn schmückt, mit diesem letzten Fall in Verbindung steht."
Winfried lächelte. Eine freudige Erinnerung ließ sein männliches Gesicht erstrahlen.

„Die Franken hatten uns in den Wäldern überrumpelt," erzählte er, „und zwar in so überwiegender Zahl, dass ich sofort begriff, es bleibt mir nur die Abwehr. Ohne Kommando schlossen sich meine Leute zusammen, wie ein umstelltes Rudel von Hirschen, bereit, den Kampf mit dem Schwert, mit dem Schild, mit der Faust, mit den Zähnen zu führen. Wir waren überzeugt, dass aus dieser Falle kein einziger mit dem Leben davonkommen wird. Und wir verlangten es auch nicht, denn das Leben retten hätte bedeutet in Gefangenschaft zu geraten. Die Barbaren stürzten so zahlreich und mit solchem Ungestüm über uns her, dass unser geschlossenes Häuflein binnen kurzem in blutige Fransen zerrissen war."

(ISBN: 9783734745560)

(ISBN: 9783734791222)

ROM IM UNTERGANG
Band 4: Entscheidungsschlacht am Frigidus (ISBN: 9783734791222)

Historischer Roman zur Zeit Theodosius, geschildert aus Sicht der Bekenner der alten nationalen Götter und durch die Augen des Alemannischen Herzogs von Italien christlichen Glaubens. In spannender Weise werden die aufflammenden Konflikte zwischen alter und neuer Macht beschrieben, welche als Auslöser des Untergangs von Roms zu sehen sind. Auszug:

Flavianus rief aus voller Brust: „Galerius! "
Ja, es war Galerius, welcher mit den Trümmern seiner Legion hier standhaft den Platz behauptete und jetzt zu seinem Feldherrn aufschaute.
„Galerius, du hältst dein Versprechen. Ich sterbe mit dir!" Damit wollte er sich in das Kampfgewühl stürzen. Doch plötzlich schob sich zwischen den Knäuel und Flavians Ross ein herbeisprengender Reiter. „Fabricius! . . . Verräter!" schrie Flavianus auf.
„Sei gegrüßt, Präfekt!" meldete sich Fabricius ruhig. „Deinetwegen bin ich herbeigeeilt. Ich will dich und dieses Häuflein tapferer Römer schonen. Ergib dich und befiehl es auch Galerius!". „Noch bedarf Rom nicht der Großmut der Barbaren." antwortete Flavianus, äußerlich nun ganz kühl erscheinend. „Warum zückst du dein Schwert nicht?"
In Fabricius' Gesicht zuckte es. Doch verwand er die Beschimpfung, wendete sein Pferd und ritt schnell zurück an den Ort, von welchem aus er vorher den kämpfenden Knäuel beachtet hatte.
Flavianus aber gab seinem Ross die Sporen und setzte mitten unter die Kämpfenden mit dem Schwert in der Hand. „Sei gegrüßt, Feldherr!" rief ihm Galerius zu. „Morituri te salutant! Sterbende begrüßen dich!